漫時光

長風渡

上卷

【第一部】長風起

墨書白 著

高寶書版集團

目錄
CONTENTS

第一章 柳家嫡女

夢裡漆黑的長夜，她摸索在路上，提著一盞燈，走得很急。

月光落在羊腸小徑上，映著她纖瘦的影子和搖晃的燈光，彷若幽冥使者，提燈夜行。

不遠處，小巷盡頭，燈火通明，有許多人站在那裡，議論聲中夾著哭喊，男人的怒吼和女人的尖叫聲交織在一起，似如地獄被拖到了人間，聽得人頭皮發麻。

她走出小巷，混入人群，心跳得又快又急，只聽旁人議論道：「顧家這是犯了什麼罪啊？」

「哪裡是犯了罪？」圍觀的人道：「不過是王大人缺了糧餉，宰頭肥羊罷了。」

她側目看去，說話的人是城東說書的一位先生，消息極為靈通，他嘆了口氣道：「梁王謀反後，范軒領兵入東都，說是清君側，卻在一夜間殺完了所有李姓子孫，而後挾持太后百官擁他為帝。他不過只是一個幽州節度使，就敢自稱天子，其他各方英雄誰能服氣？於是各地節度使打著滅反賊的名義自立為王，亂世來了，咱們王大人，也不過是順勢而為罷了。」

「不過也怪這顧家，」說書先生扇子一指，所有人把目光落在那朱紅大門之前，大門前一個女子正被官兵抓著頭髮拖出來，她叫得聲嘶力竭，然而眾人卻是十分冷漠，聽著說書先生道，「他家本就富庶，當年仗著與梁王沾親帶故，在揚州橫行霸道。他那兒子顧九思，向來是個不成器的，整日賭錢生事，若非當年他打折了王大人長子的腿，今日這場災禍，或許還輪不到他們。」

「是啊，」說起顧九思，所有人立刻附和起來，「他當初不僅打折了王大人的腿，我還聽說，他當街縱馬，差點踩死了九生他娘呢。」

這一開頭，所有人都議論起來，不過頃刻之間，柳玉茹就清楚聽到，原本不過只是一個喜歡打架賭錢的紈褲子弟，突然就變成了殺人放火、無惡不作的混世魔王。

她覺得呼吸困難。

她也不知自己為何有這樣的情緒，只是清楚的知道，那九生他娘，本就是個訛錢為生的，平日裡所有人都對她罵罵咧咧，現在卻成了純良孤苦的老婦人。

而他們說的那王大人的兒子，才是個真正的色中餓鬼，糟蹋了不知道多少好姑娘，只是仗著家大勢大，所有人拿他沒有辦法。

她靜靜看著一切，捏緊手裡的燈籠，然後她看見一個衣著華貴的女子被一個二十多歲的男人拖了出來，隨後一個男人嘶吼著追了出來，大吼道：「娘！」

追出來的青年看上去不到二十歲，玉冠早已歪斜，如綢墨髮凌亂散開，衣衫上沾染了血跡，他的臉上全是眼淚和憤怒，然而饒是如此，卻仍舊沒有折損容貌分毫。

他眼若桃花，眉如遠山，生得極為秀雅，但因長得極為高瘦，眉宇間又帶著疏朗之氣，哪怕五官十分精緻，卻不顯得陰氣，反而讓人覺得，清雋俊雅，如松如竹。

在他出現的那瞬間，原本議論著的人頓時止住了聲音，所有人看過去，而拖著他母親的那人轉過頭，將手搭在他母親肩頭，笑著道：「顧九思，你不是挺能耐的嗎？現在就知道哭了？」

聽到這話，顧九思整個人微微顫抖，可他還是道：「王榮，一人做事一人當，你放開我娘。」

「你這是什麼話？」王榮笑起來，手裡輕輕甩著鞭子，「你們顧家跟隨梁王謀逆，這罪是你一人能當的？你放心吧，你娘不會死的，我父親向來寬厚，你們家的小孩、女人，我們都會留下，哦，對了，你還沒有兒子是吧？」

說著，王榮覺得有些可惜，嘆了口氣道：「唉，你也沒娶個妻妾，家裡就剩下你娘和你爹那幾個妾室能賣了，不過她們年老朱黃，也只能賣到最下等的暗窯去，可惜了。」

「王榮！」顧九思怒吼。

王榮看見他的模樣，大笑起來：「這樣不是正好嗎？有人好好照顧你娘，你和你爹走得也沒牽掛。」

顧九思不說話了。

他捏緊了拳頭，雨淅淅瀝瀝下起來，旁邊都是女人的尖叫聲，他們府中的男子無論如何都是要死的，於是一個個持劍擋在女子身前，想要護住妻兒。

顧九思靜靜看著王榮，他的目光絕望又悲戚，像一隻被因於絕地的孤鶴，高傲中帶著決絕。

他終於道：「王榮，你要怎樣，才願意放了我娘？」

「怎樣？」王榮笑起來，他摸了摸下巴，想了想，「要不，你給我磕三個頭，從今後當我的乾兒子吧？當了我的乾兒子，你也算我爹的孫子了，說不定會放你們顧家一馬呢？」

聽到這話，顧九思睫毛微顫。

柳玉茹靜靜看著，雨越來越大，打濕了她手裡提著的燈。圍觀的人因著大雨，也陸陸續續離開，只有柳玉茹站在那裡，面色平靜，無悲無喜。

好久後，她聽見顧九思低聲道：「好。」

說著，他顫抖著身子，低了頭，彎了膝蓋。

那瞬間，王榮身邊的女子驟然從袖中抽出利刃，猛地捅進了王榮的腹間。旁邊的侍衛反應得極快，在女子抽刀那刻就揮刀砍了過去，顧九思高喝一聲，撲到那女子身上，然而四面八方都是刀劍，母子二人當場被十幾把刀劍貫穿了身體。

「我兒……」

女子微微顫抖，她抬起染血的手，覆在顧九思面容之上，喘息著道：「寧做太平犬……不做亂世人……輪迴路上，莫要走錯了路……」

顧九思沒有動，他口中鮮血大口大口嘔出來，女人慢慢閉上了眼睛，他單膝跪在地上，低聲應了句：「孩兒……遵命。」

而後他從自己身上抽出了刀，慢慢站了起來，雨水混著他的鮮血一路蔓延，落到她腳下，他提著刀轉身，電閃雷鳴間，男子渾身染血，似若修羅。

眾人驚得不由得退了一步。

而那人卻是提著刀，一步一步朝她走了過來。

「救我……」

他沙啞出聲，目光死死盯住了她：「柳玉茹，」他叫出她的名字，「救我！」

柳玉茹是被雞鳴聲驚醒的。

她睜開眼時，已是晨時，太陽剛出來，光溫柔地落在房間裡，丫鬟印紅捧了剛從院子裡採摘的鳳仙回來，插入花瓶中，笑著看向柳玉茹道：「小姐醒了？」

柳玉茹輕輕喘息著，沒有回話，她滿腦子都是那雙絕望又痛苦的眼睛，印紅皺了皺眉頭，走到柳玉茹身前，不由得道：「小姐可是魘住了？」

印紅的話讓柳玉茹慢慢回神，等反應過來，她輕拍在自己的額頭上，嘆息道：「是做了個噩夢。」

不僅是噩夢，還有些荒唐。

不僅夢到了和她素昧平生的顧九思，居然還夢到了梁王謀反，天下大亂。

眾人皆知梁王乃西南忠心耿耿的異姓王，梁王手握重兵，曾數次救天子於危難，為了讓天子放心，還把自己一家老小全送到了東都，作為人質安撫眾人的揣測。他若是要反早就反了，還等著現在？

幽州節度使如今雖然不知道具體名誰，但也知是姓趙，絕不是她夢裡那個范軒。

而顧九思和王榮……

他們兩家一直交好，雖然不怎麼聽聞王榮和顧九思往來，但想必關係也不差，怎麼會有他把王榮打斷腿一說？

一番細想下來，柳玉茹頓覺可笑，她竟然被這樣的夢境嚇住了。

怎麼會夢到顧九思呢？

她不由得想，覺得自己也是太過奇怪了。

她和顧九思根本八竿子打不著邊，顧九思是這揚州城最有權有勢的富豪家中的嫡子，而她只是一個小小布商之家不受寵的嫡女。之所以知道顧九思，無非是因為這位少爺平日在揚州城裡日日鬧個不停，走到哪兒都聽聞罷了。

今日聽說他在春風樓一擲千金博花魁娘子一笑，明日聽聞他在賭坊豪賭萬兩白銀一夜輸光。偶爾她上集市，也會遇見顧九思，這公子哥十分顯眼，常常身著白衣，手裡拿個摺扇，提著個鳥籠，一張姣好的臉上笑得春風得意，眼角眉梢俱是傲慢輕蔑。

人長得太好，做事又如此招搖，想認不出都難。

她不知道顧九思認不認識她，她想也可能認識，畢竟她在揚州城頗有名聲，但這名聲卻不是什麼值得慶賀的事，原因無他，她的名聲就是：出了名的艱難。

她家在揚州，勉強擠進富商之列，以絲綢布料為營生。她父親柳宣生性風流，而母親蘇婉則是父母媒妁之言所娶，故而雖然是正室，卻不受寵愛，加之身體孱弱，這麼多年，也就生了柳玉茹一個女兒，反倒是妾室張月兒，生了兩男一女。

沒有一兒半子，於這個時代便是女子最大的錯，於是蘇婉雖為正妻，家中卻是由張月兒掌管中饋，有名無權，自然過得不甚如意，於是整個揚州城都知道，柳宣寵妾滅妻，對蘇婉和柳玉茹十分同情。

活在這樣的環境裡，柳玉茹學會了時時守著規矩，懂時務，知進退，見誰都有三分人緣，不做任何逾矩之事，成為一個標標準準的大家閨秀，找個妥妥當當的人，體體面面嫁了，安安分分過上一輩子，這就是她一生的規劃。

她是個極有目標和執行力的人，為了走好這一生，她很早就定了，她想嫁給葉家的大公子，葉世安。

葉家與他們這些商戶不同，乃士族出身，早先葉家就住在柳家對門，算得上是門當戶對。柳玉茹與葉家大小姐葉韻交好，常去葉家串門子，她早早看出來，葉家家風正，家裡不是嫌貧愛富的，老太太也喜歡她，而葉世安這位公子，早些年還未去白鷺書院時她見過幾次，那時還小，不大看得出相貌，但人長得算端正，雖然不大愛說話，做事卻很踏實，小的時候就是一干童生裡功課最好的，日後或許能掙個功名。葉世安人不錯，葉家也好，嫁過去，差不多能滿足她這「安安穩穩」過一生的目標。

為了嫁給葉世安，她常去葉家找葉韻，然後陪著葉韻一起照顧葉老太太，哄著葉老太太開心，這麼一照顧，就是七八年，葉老太太也對她上了心。與其讓孫兒娶一個不知根底的女人，倒不如娶知根知底又貼心的柳玉茹。

於是她前日及笄禮，葉老太太親自上門來當了她的賓客，私下裡同她道：「過些時日，我便單獨找妳父母聊聊。」

得了這話，她自是明白了葉老太太的意思，便一直等著。

等到了今日，她用水清洗了臉，讓自己從噩夢中清醒過來，便聽印紅高興道：「小姐，葉老太太來了！」

聽到這話，柳玉茹的心飛快跳起來。

她很想上前廳去聽一下葉老太太是如何說的，可她是晚輩，未經召喚過去始終是不妥，等了許久之後，終於有人過來，讓柳玉茹上前廳去，柳玉茹已經梳洗完畢，她深吸一口氣，跟著侍女到了前廳。

廳裡坐了三個人，葉老太太坐在正上方左手邊的椅子上，柳宣坐在右手邊，而張月兒則是笑意盈盈坐在柳宣身旁最近的椅子上，同葉老太太說著話。

柳玉茹先是愣了愣，隨後迅速低下頭，遮住那一絲不悅的情緒。

葉老太太見她進來了，高興道：「來來，玉茹，坐過來說話。」

柳玉茹抬頭朝著葉老太太笑了笑，卻還是恭恭敬敬先行了禮，隨後得了柳宣的應許，才來到葉老太太身邊坐下。葉老太太握著她的手，笑著道：「玉茹啊，真是我見過最乖巧有禮的姑娘了。我以前就想著，柳家的家教這樣好，竟能教出這樣好的姑娘來，若這姑娘是我孫女，那就太好了。」

「老夫人哪裡的話，」柳宣給葉老太太倒了茶，笑著道，「玉茹還是因為常在您身側，您教導的好。葉家書香門第，讓我們玉茹也沾染些墨香。」

雙方互相恭維一番後，柳宣才終於跟柳玉茹說了正事，輕咳一聲道：「玉茹啊，今日老夫人上門來，是和我們商議妳的婚事。她希望妳能和葉家大公子結秦晉之好，我們便叫妳過來問問，妳怎麼想？」

聽了這話，柳玉茹壓著衝動，溫和道：「玉茹聽爹娘的。」

大夥兒笑了起來，柳宣道：「那便定下了。不過大公子如今似乎正在參加鄉試，不知提親得到何時了？」

說著，柳宣似是有些憂慮道：「我聽說顧家那位大公子也到了年紀，他母親正替他到處相看，前陣子才上了劉家的門。老夫人，」柳宣轉過頭去，同葉老太太道，「得抓緊些。」

在座所有人都明白柳宣的意思，顧九思是揚州出了名的霸王，但家大勢大，他父母自然想讓他娶揚州城最好的姑娘。只是這揚州凡是好一點的姑娘，都看不上他，怕就怕他退而求其次，來求娶柳玉茹這樣，姑娘拔尖、家世一般的，到時候仗著家世逼著人，就是不想嫁也得嫁了。

只是顧九思既然去了劉家，應當不會來柳家，畢竟劉家姑娘劉雨思的背景，比柳玉茹更好一些。柳宣如今說起來，也不過就是給柳玉茹添點面子而已。

而柳玉茹聽到「劉家」，她下意識抬眼看了看，心裡有了幾分不安。劉雨思是她的手帕交，與她情誼深厚，顧九思居然去了她家？

她垂眼琢磨著，等會兒得去見見劉雨思。

而葉老太太聽了柳宣的話，也沒多想，只是道：「您放心，等鄉試完畢，我立刻讓我兒帶著世安上門提親。」

「那不若讓葉老爺先來提親吧？」張月兒適時開口，「這事本是長輩的事，大公子回不回來，倒也無妨，先定下來，以免後面再生變故。」

「這怕是不行，」葉老太太搖了搖頭，「我兒一個朋友出任幽州節度使，他趕去慶賀，還未歸來。」

聽到「幽州節度使」，柳玉茹下意識道：「可是姓范？」

所有人看向她，柳玉茹愣了愣，她自己都沒明白，自己為什麼會突然問出這一句。

或許是早上的夢境一直讓她有些恍惚，然而話已經問了出來，也不是什麼大事，她刻意放柔了聲音，假作懵懂道：「新任的幽州節度使大人，可是姓范名軒？」

「妳怎知道？」葉老太太有些詫異，柳玉茹心裡猛地一驚，猶如受到了當頭一棒，然而她面上不顯，只是道，「聽朋友提起，之前我還不信，節度使這樣的位子，豈是說換就換的？」

「原來如此，」葉老太太笑起來，「妳說得是，不過這范軒在幽州已經任職十三年，根基深厚，上一任節度使病去，臨死之前舉薦了他，這才讓他當上了節度使。」

聽到這話，柳宣點著頭，感慨道：「人生際遇啊……」

親事差不多說完，葉老太太閒聊了一陣子，便起身離去。

等葉老太太走後，柳玉茹回到屋裡，將印紅叫了過去，整個人焦躁起來。

她來到書桌前，開始拚命寫著夢裡的聽聞。

「幽州節度使，范軒。」

「顧九思，王榮。」

「梁王……」

她把夢裡所有事寫了一遍，看著上面的字，腦海裡浮現出顧九思那雙眼。

——「救我……」

她慢慢閉上眼睛。

范軒……到底是巧合，還是預知？

或許是巧合吧？

柳玉茹拚了命說服自己，或許她過去就聽過這個消息，只是忘了……

她找著無數理由。然而過了許久，還是忍不住，站起身道：「去幫我同月姨娘說一聲，我要去劉家一趟，請她應允。」

如今張月兒掌著後院的事，柳玉茹要出門，需得張月兒的允許。

印紅不解柳玉茹為什麼這樣吩咐，只能提醒道：「是不是該先同夫人說一聲婚事？」

柳玉茹愣了愣，隨後嘆了口氣：「妳說得是，當同母親說一聲才是。」

說著，她便提步去了蘇婉的房裡。蘇婉房裡常年帶著藥味，她躺在榻上，正低頭看著一本話冊。

柳玉茹走了進來，仔細檢查屋內擺設，確認下人沒有怠慢蘇婉之後，才坐到蘇婉身邊，同蘇婉道：「母親，妳可聽說今日葉老太太上門了？」

「聽說了，」蘇婉輕咳著，笑著道，「妳父親讓人來請我，可我病著，不好見客，便讓月姨娘過去了。」

柳玉茹聽著這話，並沒有揭穿蘇婉的謊言。她知道蘇婉是為了讓她心裡舒服一些，否則親生女兒的親事，不讓她出面，卻讓一個妾室去接客，真的太過恥辱。

柳玉茹覺得心裡微酸，面上卻沒有揭穿，笑著從旁端了茶，給蘇婉喝了，便細細同蘇婉將今日的事說了。

「葉家的聘禮應當給得豐厚，所以月姨娘和父親著急，就怕他們悔了這門親事，催促著定下。」柳玉茹笑著道，「母親妳放心，我嫁過去不會受委屈的。」

然而聽到這話，蘇婉卻是皺緊了眉頭。

她似乎想說什麼，最後卻是嘆息了一聲，無奈道：「妳父親這樣不妥，會讓人看輕的。」

柳玉茹心中苦楚，她如何不知道呢？可是她也不能當著母親的面哭訴，畢竟蘇婉也做不了什麼，說起來不過徒增她傷心。於是柳玉茹假作什麼都不懂道：「母親妳多想了，葉家老夫人可疼我了。」

看到女兒這傻樂的樣子，蘇婉也不知該擔心還是該慶幸，最後只能長嘆了一聲，囑咐柳玉茹幾句，一定要規規矩矩之後，她也疲了，便躺下睡了。

從蘇婉這裡走出來，柳玉茹嘆了口氣，她看著院子圍牆圈出來的一方天地，心裡盤算著，以後嫁到了葉家，也不知道能不能經常回來看望蘇婉。想了片刻後，她終於提步，同張月兒請示過後，急急去了劉府。

路上她提前讓人去劉府給劉思雨下了拜帖，她來時劉思雨早有準備，然而剛進屋，柳玉茹卻知道，劉思雨這應當是剛哭過不久的樣子。

她走上前去，假作什麼都不知道，笑著拉過劉思雨，同她道：「今日這是怎麼了，腫著眼來見我？」

一聽這話，劉思雨的眼睛立刻紅了。柳玉茹朝旁邊的丫鬟使了個眼色，讓丫鬟退了下去，便單獨拉著劉思雨步入園子，同劉思雨道：「妳且先哭著，我拉著妳逛逛園子，等心情舒暢些，再同我說話？」

聽到這話，劉思雨吸了吸鼻子，似是要笑起來，然而最終還是笑不起來，強行揚了幾次嘴角後，終於道：「算了，在妳這我也不強顏歡笑了。」

「到底是怎麼了，且說出來聽聽？」

「顧家老爺，來了我家一趟。」劉思雨艱澀開口：「就前兩日，顧家老爺夫人一起來的，把我叫到正堂去，看了幾眼，誇了誇，給了我一個玉鐲子，就讓我退下了。」

聽到這話，柳玉茹皺起眉頭：「他們這是什麼意思？」

「我不知道，但我爹娘琢磨著，」劉思雨一說起來，頓時又要哭了，「他們怕是來給顧九思說親的。」

不出所料的答案，讓柳玉茹嘆了口氣，她腦海裡閃過夢裡顧九思的一雙眼，心裡琢磨著，且不說這夢是真還是假，這個親是不能結的。

柳玉茹和劉思雨見面的時候，三個青年穿著劉家下人的衣服，低著頭走在花園裡。

三個人中旁邊兩個稍矮一些，唯獨中間那個個頭高上許多，於是走在一起，就成了典型的「山」字型。

他們三個雖然穿著下人衣服，看上去神色僵硬，但舉手投足間，卻不顯膽怯，明顯不是下人的模樣。尤其是走在中間那個，走著走著，還從袖子裡掏出一把扇子，輕輕戳了戳前面的青年道：「陳尋，你到底搞什麼鬼？」

「等會兒你就知道了。」走在前面的陳尋道：「九思，你別著急。」

「你說這話說了大半天了。」顧九思不滿道，「在外面時說混進劉府告訴我，現在混進劉府了你還不說，你是不是討打？」

「我來替他說，」走在最後的楊文昌忍不住了，有些興奮道，「我們這是帶你來看你媳婦的！」

「我媳婦？」顧九思猛地頓住了步子。

楊文昌差一點撞在他身上，他看著顧九思震驚的表情，不由得有些害怕道：「對啊。」

「我哪來的媳婦？」顧九思皺起眉來，「我怎麼不知道？」

「你爹娘前兩天上劉府了，」楊文昌小心翼翼道，「你不知道啊？」

聽到這話，顧九思深吸一口氣，捏了扇子就要走。旁邊楊文昌和陳尋立刻拉住他，小聲道：「別走別走，都來這了，好歹看一眼再走，先確定長的怎麼樣。」

「長成天仙也不成！」

顧九思低喝，陳尋還要再說，就被楊文昌往假山後面一推，用又急又低的聲音道：「有人來了！」

三個大男人驚慌失措，趕緊躲進假山洞裡，山洞裡有些擠，三個大男人擠在一起，顧九思還不忘用扇子戳陳尋。陳尋咬著牙不說話，捏住顧九思扇子，兩人在山洞裡默默對視，用眼神廝殺糾纏。這時候外面傳來腳步聲，卻是兩個少女在交談。

三人聽了半天，聽明白了，原來這就是劉思雨，而且人家不想嫁給顧九思，正為此哭得傷心欲絕。

而從稱呼上看，另外一位說著話的少女，就是這揚州城那家寵妾滅妻出了名的柳家的嫡女，柳玉茹了。

於是三個人不打鬧了，認真聽著兩個少女聊天。就聽劉思雨聊到動情之處，哭著道：「玉茹，顧家家大業大，我怕我爹為了錢就這麼應承了，真嫁給了他，妳讓我怎麼活？」

柳玉茹聞言，嘆了口氣，握住劉思雨的手，溫和道：「我明白，妳的苦我都理解，若換做是我要嫁給他，便是立刻投了這湖的心都有了。」

聽到這話，顧九思的臉色不太好看了，他的兩位兄弟都看著他，顧九思故作淡定張開了扇子，假裝什麼沒聽到，輕輕搖著扇子。楊文昌默默抬手，按住這總是試圖打他臉的扇子。

然後三個人聚精會神聽著對話，就聽見柳玉茹替劉思雨出著主意：「不若這樣，我們去打聽一下他的為人，到時候與他的喜好反著來，逼著他來退親。」

「逼著他來退親？」劉思雨愣了，柳玉茹點點頭，繼續道，「比如說，我聽聞顧九思至今未曾婚配，是因他對妻子要求甚高。他討厭遵守繁文縟節的大家閨秀，尤其討厭張口就是聖人經典的。妳今日回去，便將四書五經好好讀一讀，尤其是勸人言行的，好好記下來，改日見了他，便時時刻刻勸誡他。」

聽到這話，陳尋和楊文昌都看著顧九思，朝他豎起大拇指，用眼神讚嘆：「這姑娘厲害啊。」

顧九思沒說話，眼裡帶了幾分鄙夷。

接著他又聽柳玉茹道：「我還聽聞，他厭惡矯揉造作的女子，尤其是主動靠近他的，他更是討厭，妳日後若是見了他，需得捏了嗓子說話，他若說一句重話，妳就哭，說話千萬別太有條理像個正常人，一定要說不清楚話，做不清楚事，就知道和他要錢。」

「這……」劉思雨猶豫道，「這不大好吧……」

「妳莫做得太明顯。」柳玉茹笑了笑，「人前便不要同他有什麼正面接觸了，妳私下偶遇他幾次，噁心他幾次便好。他名聲這樣，就算說妳的不是，大家也會覺得是他詆毀妳之言。」

「好。」劉思雨下了決心，「妳說得對，若我不噁心他，他就得找我麻煩了。」

「還有，」柳玉茹認真想了想，「他從不參加春花宴，有一日葉家擺酒，他來之後，有侍女靠近，他連著打了兩個噴嚏，那侍女身上的香囊是最次的濃香，用花瓣所製，他或許不喜濃烈的花味，甚至不喜歡花，我去替妳找一個濃烈的香包，到時候見了他記得把味道弄在帕子上，在他面前多搧一搧。」

楊文昌和陳尋更同情顧九思了。

顧九思聞到太濃烈的花味就容易打噴嚏，甚至滿身起紅疙瘩，這種事都被這姑娘觀察出來了，若她真的去認認真真調查一下顧九思，或許顧九思還要遭遇更多的不幸。

顧九思聽著兩個姑娘計畫著如何整治自己，以退掉自己這門親事，不由得怒火中燒。直到聽到劉思雨擔心道：「若到如此地步，他還是想娶我怎麼辦？」

顧九思聽不下去了。

他感覺自己受到了莫大的羞辱，於是他在陳尋楊文昌都沒反應過來時，突然衝出了山洞，提高了聲道：「妳放心吧，我絕對不會娶妳！」

柳玉茹和劉思雨同時回頭，柳玉茹對上那張今早才在夢中出現過的臉，頓時呆了，而劉思雨卻是皺起眉道：「你說什麼？你……你是哪個院的下人？你怎的會在這裡？你……」

劉思雨有些反應不過來，斷斷續續問著，而柳玉茹看顧九思一挑眉，一張口，便知顧九思是要開口自報家門。

然而在這後院之中見著顧九思，劉家是萬萬不敢把他怎麼樣的，到時候傳出去，吃虧的還是她和劉思雨。

於是柳玉茹顧不得其他，當機立斷上前一步，怒喝道：「哪裡來的奴才，敢擅闖後院！來人，給我拖下去，扔出府外！」

說完，她拉著劉思雨掉頭就跑，顧九思被柳玉茹這麼一吼，居然當場愣了片刻，等他反應過來時，他和剛出了假山洞的楊文昌、陳尋三人，已經被不明情況的家丁團團圍住。

這是劉府家丁生平第一次遇到這樣偷入劉府的人，雖然搞不清楚是誰，但必然是一些不入流的宵小，於是家丁們使出了十二分幹勁，上前就要擒住三人。

然而三人平日在街上打架鬥毆，尤其是顧九思，自幼學武，一身好武藝，在人群中左躲又竄，一手撈一個，三人被家丁追了一路，隨後攀牆而出。

等三人甩開追兵，衣冠不整氣喘吁吁靠在牆上時，陳尋終於道：「那姑娘膽子也忒小了，二話不說就喊人，真是跑死我了。」

「她膽子小？」顧九思聽到這話，嘲諷道：「她那明明是揣著明白裝糊塗，怕咱們壞了她們的名譽！柳玉茹這黑蓮花，外表聖潔，內心怕是九曲迴廊淤泥深溝，心機可比劉思雨深多了。」

「怪不得，」聽到這話，楊文昌喃喃道，「我說就她那樣子，怎麼能嫁給世安兄。」

「你說她嫁給誰？」顧九思下意識回頭，楊文昌一臉奇怪道：「就那個，白鷺書院的榜上第一，葉世安啊。聽說葉家老太太早就放話了，孫媳婦必須是柳玉茹。這事你不知道？」

顧九思一臉茫然，他腦子裡閃過剛才那姑娘的模樣。

看上去普普通通一個姑娘，家世普普通通，長得平凡無奇，性格循規蹈矩，除了心思多一點沒有其他可取之處，就她那樣的，配那個早就被大學士蘇文收為關門弟子，所有人都知道前途無量，但是讓他特別討厭的偽君子葉世安？

顧九思想了想——

可以！他同意這門婚事！

第二章　媒妁之言

顧九思對於葉世安的印象，來源於他爹顧朗華。

他爹雖然是個商人，卻是個喜愛詩詞的，一心指望他能好好讀書，考個功名。然而他對讀書向來沒什麼興趣，打小貪玩，為了激勵他，顧朗華便常常以葉世安為榜樣教育他，故而顧九思對葉世安的印象非常差。如今知道葉世安要娶柳玉茹這麼個心思活絡又長得普通的姑娘，不由得有些幸災樂禍。

他勾了勾嘴角，轉念一想，便用扇子戳了戳陳尋，同陳尋道：「你找人給我盯著柳玉茹。」

「盯著她做什麼？」陳尋愣了愣，隨後睜大了眼道，「九思，你不會是看上柳玉茹了吧？」

「你胡說八道什麼呢！」顧九思一扇子敲在陳尋腦袋上，怒道，「我是這麼沒眼的人嗎？我告訴你，就算全天下女人都死絕了，我也不會娶她！」

「那你讓陳尋盯著她一個姑娘做什麼？」

楊文昌有些警惕，他總覺得顧九思什麼都做得出來，顧九思挑了挑眉：「她今日這麼收拾我，我就算了？你們也能算了？我和你說，她可是葉世安的未婚妻，葉世安欺壓我們，她如今又這麼打我們的臉，我們這樣都不反擊，還算得上男人嗎？」

楊文昌和陳尋一聽，覺得頗有道理。

葉世安是揚州城所有紈褲子弟最討厭的對象，葉世安仗著學業好欺壓他們，現在他的未婚妻也欺壓他們，是可忍孰不可忍，他們必須反擊！

三人迅速達成共識，陳尋立刻去找街頭小弟安排下去，蹲守在柳玉茹家，有任何風吹草動，都不要放過！

三人在那邊商量著要怎麼對付柳玉茹，而這邊，柳玉茹拉著劉雨思一路狂奔回了小院。

柳玉茹同劉雨思說明了情況，在劉家安撫劉思雨一番，讓劉思雨放下心之後柳玉茹才回了家。

坐在馬車上，她不免頭疼起來。

這下子，劉雨思是不會嫁給顧九思了，按照顧九思那脾氣，他絕對不會娶劉雨思，只要顧九思不同意，他家這樣寵他，也不會勉強。只是顧九思和她的梁子，怕是就這樣結下了。

她一貫是小心謹慎的性子，頭一次冒失了些，就招惹了顧九思這樣麻煩的人，好在她要嫁人了……

柳玉茹想到這一點，舒了口氣，放下心來。

她馬上就要嫁人了，只要嫁給了葉世安，顧九思就算對她不滿，也要看在葉家的面上，就這樣做罷了吧？

顧家可以看不起經商的柳家，可士族出生的葉家，無論如何都是要給幾分薄面的。而且，她畢竟只是個小姑娘，顧九思一個大男人，應該也拉不下臉來找她麻煩。

然而她還是有些不放心，於是便指望著，葉世安能趕緊回來，將親事定下來。

後續幾日，柳玉茹一面盼著葉世安回來，打聽著葉世安的消息，一面讓人看著顧府的動態，隔了沒兩日，印紅笑著走進屋子道：「小姐，妳聽說了嗎，顧老爺昨個兒，氣得追著顧大公子打到了大街上。」

聽到顧九思的名字，柳玉茹的手顫了顫，她低頭繡著花，假作無事道：「怎了？」

「聽說是為了婚事。」印紅收整著桌子，閒聊道：「顧大公子滿大街嚷嚷，說他的婚事他做主，他不答應，他爹娘去誰家提親都做不得數。顧老爺氣瘋了，聽說去家裡提了根棍子就追著打了出來。」

說到這事，所有人都笑了起來，柳玉茹也忍不住笑了。

她腦子裡不由得想起那個夢。

顧九思這人其實算不上壞，平日就是行事荒唐了些，傷天害理的事倒也沒做過，反而是常在揚州城鬧笑話。這樣一個人，雖然討厭了些，但是若真是夢中那樣的下場，未免太過淒慘。

柳玉茹嘆了口氣，她也不知道夢中的事是真是假，若是真的，她又能做些什麼呢？

她思索很久。旁邊印紅插好了花，見柳玉茹發著呆，便笑起來道：「小姐，可是覺得無趣了？不若上街買些胭脂吧？」

柳玉茹聽到這話，回過神來，這才想起自己近來胭脂用完了，而蘇婉的房裡也需增添一些，想了想，便起身道：「那出去逛逛吧。」

如今長大了，在府裡待的日子是一日一日少下去，她便想多對蘇婉好一些，能多買些東西給她，就多買些東西，也是她作為女兒的一番孝心。

她如此想著，同張月兒請示過後，便上了街。

她剛出門，陳尋布置的小乞兒便趕緊去報了信，顧九思、陳尋、楊文昌正在賭場裡賭著錢，顧九思一聽柳玉茹出了門，頓時不賭了，拖著楊文昌和陳尋，氣勢洶洶找柳玉茹去。

他們商量好了，柳玉茹怎麼對付顧九思，顧九思就怎麼對付她。

柳玉茹讓劉思雨學顧九思最討厭的樣子，顧九思就去學柳玉茹最討厭的樣子！

而柳玉茹最討厭什麼？

顧九思琢磨了一下，其他的不知道，但是有一點他知道，柳玉茹，很討厭他。

畢竟柳玉茹親口說的——若換做是我要嫁給他，我便是立刻投了這湖的心都有了。她既然這麼討厭他，他就要趕緊去噁心她！

三個紈褲子弟的想法非常簡單，他們直奔柳玉茹去的地方，到的時候，柳玉茹正在胭脂鋪裡挑著胭脂。她是這裡的常客，店家知道，柳玉茹並不是個闊綽的，但她脾氣好，為人和善，和那些驕縱的大家千金不一樣，所以雖然她出手不算大方，但店家與她的關係還算不錯，便同她一面聊著，一面介紹著新貨。

柳玉茹正看中一款最新的胭脂，她極為喜歡，但問了價後，柳玉茹便有些猶豫，正在思索間，她突然聽見一聲熱情的呼喚，聲音裡彷彿含了蜜一樣，大聲從店外傳來：「玉茹妹妹！」

一聽到這聲音，柳玉茹便僵了身子。她下意識抬頭看去，就看見水粉店門口，三個公子哥正提步跨了進來。為首的是顧九思，他一身正紅金線繡雲紋長袍，頭戴銜珠金冠，手中握著一把摺扇，面上笑若桃花，豔色非常。而他身後楊文昌一襲藍袍、陳尋一身青竹綠衣，手中都拿著摺扇，跟著顧九思搖著扇子進來。

這本是女眷待的地方，他們三個大男人卻沒有絲毫臉紅的意思，其他女眷嚇得趕緊用團扇遮著臉躲開，柳玉茹雖然反應慢了半拍，卻還是趕緊回神，轉身就往胭脂店的後堂走去。

「玉茹妹妹！」

陳尋馬上反應過來，大步一跨，攔在柳玉茹前面。

柳玉茹趕緊轉身，楊文昌立刻堵住柳玉茹另一條去路，柳玉茹和丫鬟被三個大男人團團圍住，顧九思往旁邊櫃子上斜斜一靠，懶散道：「玉茹妹妹，買胭脂呢？」

顧九思有一副好皮囊。

他這麼隨便一個動作，若是旁人做起來，大約就是無精打采、軟了骨頭，他做出來，卻是慵懶優雅，還帶了幾分說不出的豔色。

印紅被這架勢嚇得瑟瑟發抖，柳玉茹強作鎮定，趕忙轉頭同店家道：「掌櫃的，男客到這兒來，不方便吧？」

聽到這話，掌櫃立刻反應過來，勉強笑著同顧九思道：「顧公子，這裡是胭脂店，您看您過來，我這裡的客人都……」

「哦，沒事，」顧九思抬眼，打斷掌櫃的話，朝著掌櫃拋了個「懂事點」的眼神，直接道，「今日妳這的胭脂，我都買了，也不影響其他客人了。」

說著，顧九思轉頭看向柳玉茹，放柔了聲音道：「玉茹妹妹，妳想要什麼胭脂就拿，哥哥送妳。」

「顧公子，您說話注意分寸！」印紅終於爆發出來，顫抖著聲道：「我們家小姐，是清清白白正經人家的姑娘，您這樣、您這樣……」

「我怎樣？」顧九思笑著詢問，「小丫頭，妳說說，我怎樣了？」

「顧公子。」柳玉茹露出委屈又害怕的表情，有些惶恐道：「我不知您今日尋玉茹是做什麼，玉茹與您雲泥之別，向來沒什麼交集，若是我兄弟家人有什麼得罪的地方，還望您見諒。」

柳玉茹想明白了，顧九思今日就是來找麻煩的。她躲不掉，當務之急，是千萬要保住名譽，別讓其他人以為她和顧九思有什麼私下交往。所以她上來先撇清了關係，然後暗示大家，是其他人得罪了顧九思，她不過是受了牽連。

顧九思看見她這模樣，頓時有些牙酸，還沒開口，就聽柳玉茹繼續道：「顧公子，您大人不記小人過，得饒人處且饒人，我便為我兄弟家人與您道歉，煩請您不要繼續為難我了吧？」

說著，柳玉茹眼眶說紅就紅，旁人看來，完全是一副良家婦女被欺凌的模樣。

旁邊楊文昌和陳尋頓時有些慌了，他們良心上受了譴責，竟就這麼把人欺負哭了？他們是不是過分了點？

然而顧九思卻是清楚知道柳玉茹那些小九九，他「嘶」了一聲，忍不住感慨道：「妳可真能裝啊。」

「顧公子……」柳玉茹一聽這話，眼淚啪嗒啪嗒下來了。

楊文昌慌亂道：「九思，要不算了……」

顧九思一看旁邊的人倒戈，心裡的火蹭蹭地上來了。

這個女人……這個女人！

他有些忍不住了，深吸一口氣，終於決定使出一個兩敗俱傷的絕招。他笑起來，臉上表情如春風化雨，溫柔道：「玉茹妹妹，妳哭什麼啊。我不是為難妳，我是喜歡妳啊。」

柳玉茹聽見這話，腦子頓時有些懵。

她呆呆抬眼，看著對面強作深情的男人，有一種想一巴掌抽在對方臉上的衝動，然而還要故作嬌羞茫然外加幾分震驚：「顧公子，你切勿玩笑！」

「玉茹妹妹，」顧九思上前一步，柳玉茹後退了一步，顧九思看著對面那矯揉做作的姿態，忍住把人扔到外面湖裡的衝動，柔聲道，「我哪裡是玩笑？我是對妳一見鍾情，再見傾心，今生今世，非妳不娶！」

柳玉茹：「……」

她感覺自己輸了。

論臉皮，她真的贏不了顧九思。

看著柳玉茹偽裝不下去的樣子，顧九思忍不住揚起一抹得意的笑。

柳玉茹看這樣子，算是明白顧九思有多小氣了。她沉默片刻，知道再這樣下去，顧九思怕是會追著她不放。

她嘆了口氣，乾脆小聲道：「顧公子，上次的事，我同你道歉。那也是無奈之舉，女子閨中名譽重要，是我的不是。今日您找了我麻煩，也算還回來了，還請您高抬貴手，可否？」

顧九思聽著柳玉茹的話，皮笑肉不笑：「不是說嫁我就跳湖？我現在都和妳求親了，趕緊，時不我待啊玉茹妹妹。」

說著，他揚了揚下巴，小聲道：「護城河就在妳後面，去跳。」

柳玉茹沒說話，她抿了抿唇，整個人氣得發抖，壓著火氣道：「顧公子，你一定要我跳了這河才肯甘休？」

顧九思想了想。

其實看見柳玉茹被他氣得發抖，然後和他認認真真認錯，也就沒有那麼生氣了。沒那麼生氣，他也失去了戲弄柳玉茹的意思，於是琢磨片刻後，露出一抹笑，摸了摸下巴道：「也不是，但妳得說一句，葉世安是個大混蛋，不如顧九思玉樹臨風英俊瀟灑才思敏捷人品端正。」

這些都是以前他爹誇葉世安的。

聽到這話，柳玉茹有些愣，她張了張口，磕磕巴巴，努力回憶著剛才的詞語，小聲道：「顧公子說的是，葉……葉公子是個大混蛋，不……不如您玉樹臨風、英俊……」

「瀟灑。」顧九思提醒她。

「對，」柳玉茹點點頭，繼續道，「英俊瀟灑、才思敏捷、人品……」

「端正。」

「嗯，端正。」柳玉茹繼續點頭，趕忙道，「您乃正人君子，品行高潔，斷不會為難我一個小女子的。」

顧九思聽到這話，「嘖」了一聲，隨後道：「妳這人還怪會說話的，行了，」他抓著胭脂盒在手裡拋著道，「走吧。」

得了這句話，柳玉茹如蒙大赦，趕緊就要離開。

然而提著裙子才往外走了幾步，顧九思叫住她：「等一下。」

說著，顧九思抬眼看向內堂裡正用扇子遮著臉的姑娘們道：「大家一人挑一盒胭脂吧，記我帳上。」

聽到這話，姑娘們對視一眼，隨後想了想，有幾個大著膽子走了上來。

有人開頭，大家都去挑挑揀揀，顧九思也不說話，提著扇子，同自個兒小廝吩咐一聲留著給錢後，就招呼著楊文昌和陳尋走了。走到柳玉茹身邊，他朝著柳玉茹上下打量，揚了揚下巴道：「站著做什麼？去選啊。」

柳玉茹愣了愣，顧九思挑眉：「瞧不起我？」

「不敢，只是……」

話沒說完，顧九思突然將一盒胭脂扔給她：「拿著，再挑幾盒。以後嫁給葉世安，」他壓低了聲音，漂亮的眼裡帶著光彩，認真道，「給我好好收拾他，嗯？」

說完，他便大笑著帶著人走了。

柳玉茹愣在原地，捧著手裡的胭脂，呆呆想著顧九思最後那挑眉的樣子。

這盒胭脂，正是她方才捨不得買的那盒。

而顧九思走出店去，楊文昌有些奇怪道：「你送她們胭脂做什麼？」

「怪不容易的。」顧九思搖著扇子。

陳尋有些奇怪：「什麼怪不容易的？」

顧九思嘆了口氣，有些憐憫道：「剛才她突然一轉口氣，和我道歉的時候，我突然覺得這姑娘也沒這麼討厭。」

說著，他抬手翻過扇子，遮住頭頂的陽光，抬頭看向春風樓翹起的屋簷下掛著的風鈴，皺著眉道：「我才想起來，這麼欺負她，好像有點不厚道。畢竟，」顧九思抿了抿唇，「她也活得怪不容易的。」

柳玉茹拿著那盒胭脂，好久後才反應過來。

店裡的姑娘都忙著挑選胭脂，沒人發現顧九思和她的交談，印紅也去挑了一盒胭脂，回來的時候，看見柳玉茹手裡拿著胭脂，笑著道：「小姐，您不再選一盒嗎？」

「嗯。」

柳玉茹垂下眼簾，如今店裡的姑娘都在挑胭脂，她若不挑，倒顯得異樣了。

她悄悄將胭脂收進袖中，上前去挑選了幾盒，掌櫃看著她，笑著道：「柳小姐，顧公子就是這個脾氣，妳別介意，他向來是個刀子嘴豆腐心的，定是妳兄弟在賭場上贏了他，他來找妳出口氣，忍一忍就罷了，沒什麼的。妳瞧，他出了氣，便拿銀子買高興了。」

「您說的是。」柳玉茹嘆了口氣，「讓姐姐看笑話了。」

柳玉茹在店鋪裡挑著胭脂，顧九思又回賭場繼續賭錢。兩人的對話卻迅速傳回了顧家。

顧朗華正在廳裡和自己夫人罵著顧九思，他怒氣沖沖道：「這小兔崽子不知好歹，他以為我給他定親是為什麼？還不是怕他親舅舅把他拖到宮裡舉薦，他長成這樣，萬一真讓哪個公主看上了，他受得了這氣嗎？」

「你也別氣了。」顧夫人江柔嘆了口氣：「九思說得也對，畢竟是他的婚事得找個自己喜歡的。你這麼稀裡糊塗給他定了親，娶個不喜歡的人，終究是不妥當。」

「那什麼算妥當？去尚公主就妥當了？」

兩人正爭執著，管家急急忙忙從外面趕了過來。

「老爺！夫人！」管家高興道，「找著了！」

「找著什麼了？」顧朗華和江柔有些奇怪，管家高興道，「少爺的意中人啊！」

聽到這話，江柔提高了聲音道：「九思有意中人？他怎的不和我們說？」

對比江柔，顧朗華則更沉穩些，先道：「你怎麼知道九思有意中人了？」

管家將侍衛帶回來的話說了一遍，高興道：「少爺都說了，除了這個姑娘就不娶了，這不是意中人是什麼？老爺，這姑娘我知道，現在也派人打聽著，是個好人家的姑娘，脾氣是頂好的，模樣普通了些，但也不算差。可娶妻娶賢，少爺喜歡，最重要不過了。」

「管家說得是。」江柔緩過神來，忙道，「那你趕緊準備一下，再打聽打聽姑娘的情況，若真是好姑娘，我明日就和老爺上門提親。」

管家得了吩咐，趕緊退了下去。顧朗華回想著剛才管家的話，轉頭同江柔道：「夫人，這事怎麼看都有些奇怪啊。」

「是奇怪啊，」江柔嘆了口氣，「九思向來什麼都同我說的，如今有喜歡的姑娘，卻未曾同我提起過，還是這麼普通的姑娘，他們是怎麼認識的？」

顧朗華沒說話，他仔細琢磨著，想了想，同江柔道：「提親的事，妳先不要同九思提起。反正這姑娘是他自己說了非她不娶的，我們先把親事定下來，這次絕不能讓他瞎鬧騰了。」

「這……」江柔有些猶豫，「提親這麼大的事，不同他說……不太好吧？」

「無妨。」顧朗華擺了擺手，「再拖下去，等妳哥哥提出要讓九思入京，咱們推拒就晚了。」

聽到這話，江柔便明白了。顧朗華已經不想管顧九思是因為什麼說這話了，總之顧九思說了這話，到時候就有了理由和兒子爭下去。

柳玉茹是土生土長的揚州人，她的過去普普通通，是標準的大家閨秀。管家隔日就帶了畫像和柳玉茹的生平回來，顧家夫婦十分滿意，對於自己那不靠譜的兒子，能找個這麼靠譜的姑娘，他們覺得再好不過了。

「不過有一個傳言，」管家猶豫片刻，還是說了出來，「聽說葉家的老夫人十分鐘意柳小姐，兩家的婚事，私下大概是定下了。」

一聽這話，江柔頓時急了：「那是定了？」

「沒有。」管家趕忙道，「都是傳言。」

「這樣吧，」顧朗華想了想，沉穩道，「我們親自上柳家大門，把情況問清楚。若是兩家定下了，自然君子不奪人所愛。若是沒定下，總該是柳家選的。」

管家明白了顧朗華的意思，隔日便同江柔擬出聘禮的清單，帶著人直接上了柳家大門。

顧家夫婦到柳玉茹家裡時，柳玉茹正在屋中照顧蘇婉。

江柔和顧朗華過來，誰都不曾想他們是來提親的，於是柳宣也就沒有召柳玉茹出來。

顧家在揚州家大業大，張月兒和柳宣有些忐忑，一面揣摩著顧朗華的來意，一面同顧朗華閒聊，聊了一會兒後，顧朗華笑著道：「前些時日聽說貴府有了喜事，似乎是柳大小姐和葉家定了親，可有此事？」

聽了這話，柳宣同張月兒對視一眼，張月兒腦子活絡，瞬間便明白了顧朗華的來意。她說今日顧家怎麼會上門，原來是衝著柳玉茹來的。

柳玉茹是蘇婉的女兒，張月兒對她一貫不大喜愛，但面子上得過得去。她看出來柳玉茹對自己婚事的經營，明白柳玉茹是想嫁個好人家。

她嫁了好人家，聘禮就多，聘禮進了柳家大門，日後都是留給她兒子的，於是張月兒也樂得讓柳玉茹經營，原先葉家來，她已經很是滿意，葉家的聘禮不菲，所以她急著將柳玉茹嫁過去。可是同顧家比起來，葉家的身家又算得上什麼？

張月兒想得極快，在柳宣猶豫之時，便笑起來道：「這都是謠言，我們玉茹同葉家大小姐乃閨中密友，所以與葉家走得近些，但婚嫁之事是全然未曾提過的。如今葉家的大公子還在趕考，哪裡有時間說這些？」

柳宣聽著張月兒睜眼說瞎話，有些不安，但話已經說出去，他也不好駁了張月兒的臉面，只能點頭道：「未曾定親。」

江柔和顧朗華對視一眼，兩人舒了口氣，江柔也沒有轉彎，開門見山說了來意：「實不相瞞，今日我們上門來，是想為小兒九思求娶柳大小姐。」

說著，江柔將柳玉茹誇讚一通，又將顧九思誇了一通，最後終於說了重點，朝身旁的侍女揮了揮手，轉頭同柳宣道：「我們顧家是直爽人家，做事講誠心，若是二位同意，這是顧家下聘的禮單，明日我們便會過來正式下聘。二位若覺得有什麼不妥，都可以同我們說一聲，我們能做到的，都會做到。」

聽到這話，張月兒眼睛亮起來，她面上笑意盈盈，看著柳宣接了禮單。那禮單從長度上來看，已經十分驚人，而其中的數額，對於柳家這樣的普通商戶來說更是一筆巨額之數。張月兒看著柳宣的表情，哪怕柳宣已經儘量故作鎮定，可他的眼神仍舊出賣了他。於是張月兒心中便有了數。

柳宣看完禮單，將禮單交給張月兒，張月兒看著上面的數額，連呼吸都有些不暢，可她還是輕咳了一聲，面上故作惋惜道：「我雖不是玉茹生母，但玉茹是我們家嫡女，我也是當成親生女兒看大，錢財不是最重要的，最重要的是，顧公子那邊，是不是誠心。」

江柔來之前，已經將柳家摸了個透澈，自然是十分清楚張月兒是什麼樣的人，她明白所謂的「誠心」是什麼，她看了顧朗華一眼，笑了笑道：「我們家人不大會說話，也說不出個花來，故而只能用金銀表達誠意，卻萬萬沒有辱沒小姐的意思。人這一輩子，唯有實實在在的東西，才是握在手裡的，您看是吧？」

「這樣吧，」顧朗華輕咳一聲，「東街那邊我們還有五個鋪面，都歸到這份聘禮裡，您看如何？」

東街是揚州城最繁華的街道，一個鋪面就價值不菲，更何況五個！

哪怕是顧家，這也算是出手闊綽了。

張月兒知道見好就收，她看了柳宣一眼，壓抑著激動道：「老爺，顧公子本就是青年才俊，能看上玉茹，是玉茹的福分，您看？」

柳宣聽著張月兒的話，目光落在禮單上，一面擔憂著柳玉茹的未來，一面又捨不得這些真金白銀。

他掙扎了許久，終於道：「敢問，顧公子對這門婚事怎麼看？」

顧家夫婦他接觸了，是好相與的，柳玉茹嫁過去，應當不會受累。顧九思雖然……雖然荒唐了些，但一個女人活得好不好，重要的還是那個男人喜不喜歡她。

聽到這話，江柔笑起來：「若不是我兒傾慕柳大小姐，我們又如何會如此大費周折？」

柳宣舒了一口氣，他就說顧家這樣的人家，就算低娶，也該先去劉家才是。

柳宣笑起來，正打算說去問問柳玉茹，就聽張月兒道：「那便是天作之合，月老欽點的好姻緣了！我們玉茹以前也曾說過，顧公子相貌堂堂，古道熱腸，是不可多得的好男兒！」

柳宣的臉色變了變，然而這時江柔已將話接了過去：「柳小姐當真是如此說的？」

「是啊。」張月兒同江柔攀談起來，「我們玉茹與顧公子雖然沒有什麼交情，但對顧公子也是讚賞有加。」

「那太好了，」江柔轉頭看著柳宣道，「柳老爺，明日我們便來正式下聘，就這樣說定了吧？」

柳宣被兩人這一唱一和，話都說到這裡，他也反對不了了。認真想了一下後，他覺著，婚姻這事，本也是父母之命媒妁之言，柳玉茹向來溫婉乖巧，不管是嫁給葉世安還是顧九思，對於她來說，應當沒有什麼差別。

於是柳宣點了點頭，笑起來，「那明日柳某恭候二位大駕光臨了。」

柳宣起身，同張月兒一起送走了顧朗華和江柔之後，柳宣嘆了口氣，回身道：「這事妳去同玉茹說一聲吧，妳們女子說這些話也方便些。」

張月兒笑著應下，抬手挽著柳宣的手，同柳宣道：「放心吧，老爺，顧家這樣的人家，比葉家好多了，葉家規矩多，顧家人好說話，家中有權有勢，又只有顧九思一個獨子，顧九思雖然性子荒唐些，可這世上哪有十全十美的人？只要顧九思喜歡咱們家玉茹，玉茹就能過得好。」

「妳說得是。」柳宣舒了口氣，「還是妳思慮得周到。」

「您別擔心了，我去同玉茹說說，」張月兒溫柔道，「玉茹年紀小，婚事這樣重大的決定，還是我們老的替她相看好才是。」

張月兒安撫柳宣一番，柳宣放下心來，便重新去忙生意上的事了。等柳宣離開後，張月兒招人來打聽一下柳玉茹和顧九思，便聽說了胭脂鋪的事。

張月兒聽著笑起來，坐在椅子上，同侍女道：「蘇婉是個沒本事的，她這女兒倒是招人。行吧，妳就拿著這個由頭過去，同她說，她行為不檢，禁足半月，先把婚事定下來。讓下人管好了嘴，訂婚前誰要是讓她知道這事，我就把他發賣出去！」

侍女明白張月兒是動了真格，忙道：「您放心，絕不會有人嘴碎的。」

張月兒點了點頭，想了想，她又道：「說話好聽些，她現在還等著葉世安回來定親，妳多哄哄她，等和顧家親事定下了，我再去勸她。」

「明白。」侍女笑著道，「您放心吧，奴一定把事辦得妥貼，畢竟是未來的顧少奶奶，不會得罪的。」

「可惜了，」張月兒嘆了口氣，「我也沒個適合出嫁的女兒，雪兒年紀太小了，不然，葉家也不錯。」

「這柳玉茹啊，」張月兒低頭看了看禮單，嘲諷一笑，「可真值錢。」

柳玉茹得了張月兒讓她禁足的消息時，有些意外。

張月兒對她算不上好，但為了討柳宣的歡心，她一向是一副慈母姿態，雖然是個妾室，為人處世卻不落正室風度半分。這些年來，她雖然從不培養她，但向來不拘著她，為了顧九思一樁戲弄禁足於她，讓柳玉茹有些詫異了。

來傳話的侍女桂香看出柳玉茹的疑惑，笑了笑，解惑道：「大小姐也別怪月姨娘，姨娘說了，您如今和以前不同，她禁您的足，也是為了傳出去說我們柳家家教森嚴，是為了您的名聲著想，還望您見諒。」

桂香這番話合情合理，若非柳玉茹深知張月兒的品性，幾乎要覺得張月兒真是再好不過的姨娘了。

然而她清楚知道張月兒是個無利不起早的人，突然這麼為她著想，柳玉茹不由得有些不安。不過她面上不顯，老老實實接了這個禁足的懲罰，送走桂香後，她從房裡拿了針線，便帶著印紅在小院裡坐著繡花。

印紅是個直率的人，有些疑惑道：「您說月姨娘怎麼突然轉性了，都開始真心實意為著您想了？」

柳玉茹繡著花的手頓了頓，想了想後，終於道：「大約是怕我和葉家的婚事出什麼變故吧。」

畢竟，她的婚事對於張月兒而言，可都是白花花的銀子。她沒有兄弟，日後柳家的家產都是張月兒的兒子繼承，所以這些年來，她在外想要謀求一門好的婚事，張月兒心知肚明，也從不阻止。

因為沒有核心利益衝突，甚至還類似於盟友的關係，所以這些年來，柳府內宅一向和睦。而柳玉茹清楚的知道，在自己母親沒有兒子的情況下，能讓母親過得好的唯一辦法，就是她嫁得好。

她能嫁得好，張月兒就算看在她的臉面上，也要好好對待蘇婉。

於女人而言，出生是第一次投胎，決定了婚前的命運。那婚姻便是第二次投胎，決定了一生的命運。柳玉茹相信這個道理，所以她從懂事以來，日日夜夜，費盡心機，只為求一門好姻緣。而如今她終於求到了，或許也是因此，張月兒改變了態度吧？

柳玉茹想著，心裡放心了不少。

她繡好一對鴛鴦，覺得眼睛有些疼，便放下針線，起身去了屋裡。

「小姐，」印紅知道她要去做什麼，不免有些奇怪，「又讀書啊？」

柳玉茹應了一聲，將一本《小石山記》拿了出來，柔聲道：「上次去葉府，阿韻同我說，葉公子之前讀過這本書，十分喜歡。我須得跟上，日後同他才好有話說。」

印紅聽到這話，嘆了口氣：「小姐，您可想得太遠了。為了和葉公子說得上話，您都快成才女了。」

聽到這話，柳玉茹笑笑，卻沒多說。

她低下頭去，翻閱著這本《小石山記》。

從她決定嫁給葉世安起，就一直和葉韻打聽他的情況。葉韻知道她的心思，作為閨中密友，從不遮掩。葉世安看過什麼書，喜歡什麼東西，她一清二楚。這些年來，為了日後能同葉世安好好相處，她讀過葉世安讀過的書，也學會了琴棋書畫，能寫幾首上得了檯面的詩，還臨了一手和葉世安極為相像的小楷。

她默默付出了這麼多努力，就等著有一天能嫁給葉世安。一個人努力久了，付出得多了，難免有了一些錯覺，她同葉世安沒見過幾面，也沒說過幾句話，葉世安打從十三歲就去了白鷺書院，她對他的印象都在十三歲以前，可就算這樣，她心底卻覺得，自己似乎、應該，是喜歡葉世安的。

她從沒想過嫁給其他人。

她看著《小石山記》，心底裡想像著葉世安翻看這本書的模樣，猜想著他會想什麼，等看完的時候，她嘆了口氣，抬眼看向印紅，有些苦惱道：「妳說葉公子什麼時候才回來啊？」

「放心吧。」印紅笑著道，「葉公子很快就回來了。」

說著，印紅壓低了聲，小聲道：「很快就回來娶您了！」

「別瞎說！」柳玉茹推了她一把，卻笑意不減。她私下會放縱一些性子，印紅也知道。兩人玩鬧了一陣，柳玉茹才洗漱睡下，睡前她睜著眼，看著旁邊的書，也不知怎麼的，忍不住小聲開口道：「葉公子，你要快點回來，我這輩子，可就靠你了。」

說著，她將書抱進懷裡，彷彿抱緊了自己所有的期望。

第二日清晨，柳玉茹照常起身，她先是臨摹了幾幅字帖，不久後，就聽到了外面的喧鬧之聲。她有些奇怪，便同印紅道：「妳去看看，怎麼回事？」

印紅應了聲，然而她出去沒片刻，便折回來道：「小姐，守在外面的侍衛說您被禁足了，我也不能出入，他找人去看了，等會兒回我們的話。」

柳玉茹點了點頭，她始終覺得有些不安，過了一會兒後，外面送了早飯過來，柳玉茹同送飯的侍女道：「勞煩您去同月姨娘說一聲，便說我想去見見母親，問她可否。」

侍女應聲下去，柳玉茹等在屋中，印紅同她道：「小姐，要不您先吃點東西，等吃完了再去看看。」

柳玉茹知道印紅說得也是，總不能什麼事都沒搞清楚就先慌了。於是她故作鎮定用了早飯，然後等著人來。

然而她坐了沒一會兒，就覺得雙眼有些睏頓，這樣突如其來的強烈睏意讓她有些不適，忍不住道：「印紅，我怎得這樣睏？」

「睏？」印紅有些疑惑，「小姐要不睡一睡？」

柳玉茹有些迷糊了，她睏得不行，含糊著點了頭，便由印紅扶著上了床。印紅笑著道：「小姐可是昨夜沒睡好，今日睏成這樣？」

柳玉茹沒說話，她頭一沾到枕巾上，便澈底昏睡過去。

這一覺睡得綿長，等她醒來時已是下午。印紅輕輕喚著她：「小姐、小姐。」

柳玉茹愣了愣，印紅忙道：「小姐，起來了，月姨娘來了，說是有話要同妳說。」

柳玉茹聽到這話，忙起身來。

她的頭有些疼，這種不自然的不適感讓她內心警戒起來。可仍舊搞不清楚發生了什麼，只能撐著起身，梳洗過後到了外堂。

張月兒已經等候了一會兒了，看見柳玉茹進來，面上露出幾分哀愁：「玉茹……」

柳玉茹看見張月兒的表情，心裡咯噔一下，張月兒嘆了口氣道：「玉茹，我今日來，是要同妳說一件事。今日，」張月兒猶豫著道，「今日，顧家來下聘了。」

聽到這話，柳玉茹猛地睜大了眼。

她一瞬間就明白發生了什麼！

然而她卻也不明白。

顧家來下聘了。

顧家怎麼會來下聘？

柳玉茹身形晃了晃，旁邊印紅連忙扶住她。印紅慌了，她清楚知道柳玉茹多想嫁給葉世安，也知道柳玉茹日日等著葉世安，怎麼就……怎麼就會是顧家來下聘呢？

「父親，」柳玉茹由印紅撐著，艱難道，「父親……怎麼說？」

「老爺他已經應下了。」

張月兒惋惜道，柳玉茹痛苦地閉上眼睛。

張月兒站起身，握住柳玉茹的手，柔和道：「玉茹，這事，我知道妳難受。可是妳父親也是為妳好。」

柳玉茹輕輕顫抖，她咬著牙關，一言不發。張月兒拉著她坐下，同她語重心長道：「原先妳要嫁入葉家，其實妳父親就有顧慮，葉家書香門第，規矩森嚴，我們商戶之家，妳嫁過去，怕別人多會輕賤於妳。而且葉世安如今已去科舉，未來前途無量，若去了東都為官，日後怕是又有其他際遇，萬一當了陳世美，妳成了糟糠妻，倒時妳的日子就難了。」

說著，張月兒露出幾分難過來：「而且真到了東都，山高水遠，日後父女難以相見，妳父親心裡十分難受。正巧顧家上門提親。妳父親想著，顧九思這人，雖然不學無術了些，性子也放蕩了點，但顧家家大勢大，顧夫人的兄弟在東都擔任高管，顧老爺又是揚州首富，而顧九思沒什麼建樹，日後也不會去東都，妳就可以留在揚州，金山銀山吃上一輩子。而且我們也同顧家談過了，顧老爺和顧夫人十分看重妳，日後嫁過去，妳就是穩穩的正室大夫人，家中還不是由妳說了算？日子攥在手裡，顧九思那性子，便隨他去好了。」

柳玉茹不說話，她在張月兒的話語裡，慢慢平靜下來。

她知道發生什麼了。

顧家來提親了，以顧家的財力，必然許下重金，重金面前，嫁個女兒算什麼？得罪葉家算什麼？能把錢攥在手裡，那才是最重要的。

張月兒為什麼禁她足？今日早上她為什麼吃了早飯就睏頓？都是張月兒為了定下這門親事做的鋪墊，怕她出來鬧，怕她不答應這件事！

可她怎麼甘心？

柳玉茹幾乎要咬碎了銀牙。

她花了這麼多年才等到葉世安。

她將自己一輩子的期許都給了葉世安。

到頭來卻告訴她，要嫁給顧九思！

這個揚州城所有大戶千金都避之不及、聞之色變、人人都罵是混世魔王的顧九思！

說什麼為了她好，說什麼日後她坐吃金山銀山，若是真的也就罷了，可要是那個夢是真的呢？

如今幽州節度使已是范軒，若是那個夢是真的，嫁給顧九思，她賠上的不僅是一輩子，還是一條命啊！

她固然不畏死，可她死了，母親怎麼辦？

她母親只有她一個孩子，一個無子的女人，在家中隨時面臨著被休棄的危險，若是她死了，誰來替母親撐腰？誰來照顧母親？

而且，她若真的沒了，母親還能活得下去嗎？

柳玉茹心裡想著，整個人都冷了下去。

張月兒見柳玉茹不說話，她拍了拍柳玉茹的手，溫柔道：「玉茹啊，妳別想不開。妳若嫁進了顧家，夫人也會過得好的。且不說其他的，就說夫人的病吧，以前大夫就說了，夫人這病啊，就得靠一些名貴藥材養著，只是咱們家沒這本事，找不到夫人要用的藥，妳若嫁進了顧家，這天下什麼天材地寶找不過來？玉茹，」張月兒半是勸導、半是威脅，眼裡滿是擔憂道，「為妳母親想想，嗯？」

柳玉茹沒說話了，她張開眼睛。

她突然冷靜下來，靜靜看著張月兒，被這樣一雙清明的眼睛看著，張月兒心裡突然有些發寒，她覺得柳玉茹似乎是看明白她所有的想法，可又覺得不大可能。

不過一個十五歲的女娃娃，能明白什麼？

她心中的顧慮一閃而逝，片刻後，她看見柳玉茹低下頭，有些難過道：「我……我可否同母親商量一下？」

「傻孩子，」張月兒溫和道，「妳父親已經決定了，聘禮也收下了，還有回頭路嗎？」

「妳要是退了親，玉茹，妳便再也找不到顧家這樣的人家了。」

這一點張月兒沒說錯，如果她真去退了親，她這輩子或許就只能往下嫁一些貧寒子弟，屠夫商販了。

柳玉茹沉默片刻，做出認命的姿態，繼續道：「既然父親和月姨娘已經定下了，那便定下吧。但葉家那邊……總該有個說辭。」

「這個妳放心，」張月兒立刻道，「我已經派人去同葉老夫人說過了，顧家這麼突然下聘，誰都沒想到，顧家家大勢大，我們也不敢得罪，葉老夫人會理解的。」

柳玉茹說不出話了。張月兒謀算著一切，沒有留半點餘地。

這一刻，她很想撕破臉，和面前這個女人同歸於盡。

然而理智克制住她。

她沒有，甚至還含著眼淚，低著頭，啞著聲道：「姨娘做事如此周全，玉茹也放心了。」說著，她站起身柔聲道：「姨娘，今日也到了我母親用藥的時間，我心裡放心不下，想去照顧一下，不知可否？」

張月兒沉默片刻，她心裡琢磨著，柳玉茹終究是要嫁給顧家的，能不結仇就不要結仇。現在柳玉茹看上去似乎也沒想明白是怎麼回事，繼續當個好姨娘，未來才能釣大魚。

於是她柔聲道：「若妳不嫌累，便去看看，多照顧照顧妳母親。如今妳也定親了，咱們也不用做給外人看，這禁足令便免了。」

「謝姨娘。」

得了允許，柳玉茹感謝了一番，張月兒心滿意足走了。

等她離開後，柳玉茹抬起頭，她捏著拳頭，神色冰冷。

「小姐……」印紅有些害怕道，「怎麼辦……我們要怎麼辦？」

柳玉茹沒說話，只是同印紅道：「妳把外院的芸芸叫來，讓她跟我一起找我娘。」

印紅不明白柳玉茹要做什麼，只是應聲下去了。

等印紅走了，柳玉茹坐在椅子上，她咬著牙關，終於低下頭去，讓眼淚肆意流了出來。

完了。

她清楚知道。

不管她報復再多，做再多，她這輩子，已經完了。

第三章 新嫁娘

印紅很快把那個叫「芸芸」的姑娘帶了過來，這時候柳玉茹已經哭完了。她在印紅來之前用水清洗過自己的臉，面上鎮定平靜，若不是那雙有些泛紅泛著水氣的臉，根本看不出她哭過。

來的姑娘身段苗條，長得清麗溫婉，往那裡一站，看上去便似弱柳迎風，讓人十分疼惜。這姑娘原先在外院做事，聽聞是托了關係才進了內院，以她的姿色進內院，其意圖便十分明顯了。她生來家貧，本是奴籍，生得這樣貌美，小廝是嫁不了的，就算嫁了，也守不住。正經人家的公子，以她的出身也攀附不上，頂多不過是個暖床。若是能得主母允許抬了妾室，對於芸芸來說，便是再好不過的出路。

當初芸芸來內院，大約打的也是這樣的念頭。但她不知曉的是，張月兒管著內院，哪裡容得人這樣出風頭，她剛入內院，便被張月兒的人尋了藉口打了個半死，本是打算讓她病重不就醫拖死，但被柳玉茹見了，便私下救了這個人，又把她重新安排到外院去。後來芸芸母親病重，托人求她，她便順手再幫了一把。

幫芸芸，柳玉茹自是有自己的打算的。她清楚知道，芸芸若是入了她父親的眼，必然是要得寵的，這樣一來，蘇婉雖然不說，心裡終究是難受。她又做不出張月兒這樣直接打殺的手段來，只能將人送得遠遠的。

可如今卻是今非昔比了，芸芸本有這個心，而蘇婉也的確需要個人，她只能將芸芸叫來，當了蘇婉的幫手。蘇婉是正妻，有蘇婉抬著，芸芸便能有妾室的位分，也比當初她求的一個通房要好的多。

芸芸進來了，立在屋中，柳玉茹上下打量她一眼，隨後道：「芸芸，妳母親可好些了？」

聽到柳玉茹問話，芸芸忙道：「謝過大小姐幫攜，我母親好多了。」

「芸芸，」柳玉茹嘆了口氣，「今日叫妳過來，便是想問問妳，我不久將出嫁，日後在柳府，妳可能幫扶我母親一二？」

芸芸愣了愣，眼裡雖有不解，但帶了幾分驚喜，柳玉茹忙道：「我只是問問妳，妳若願意，那就留下，妳不願意，也不用勉強。」

芸芸聽明白柳玉茹的意思，笑起來，「小姐說笑了，奴婢家貧，又生成這模樣，尋常人家去不得，大戶人家進去，要麼當著歌姬，要麼就是陪床，能成為大夫人開臉的妾室便是福分，又怎會不願意？」

「我是怕委屈了妳。」柳玉茹遲疑著道，「妳畢竟這個年紀……」

「小姐，」芸芸嘆了口氣，她明白柳玉茹擔憂什麼，便解釋道，「奴想得明白。能榮華富貴過一輩子，奴覺得沒什麼不好。況且大小姐對芸芸恩同再造，芸芸心中愧疚，能幫著小姐照顧夫人，芸芸也覺得高興。」

得了這句話，柳玉茹終於放下心來，她拍了拍芸芸的手，和芸芸吩咐了兩句後，便讓人給芸芸洗漱，換上衣服，去蘇婉的房裡。

蘇婉還在房中熟睡，她本就病弱，大半時間都覺得睏頓虛弱，一日之中常在睡著。柳玉茹不敢打擾，候了一會兒後，蘇婉慢慢醒來，柳玉茹上前服侍著蘇婉起身。蘇婉用茶淨口，被柳玉茹扶著到飯桌前，柔聲道：「今日我聽外面十分熱鬧，是不是葉家來下聘了？」

聽到這話，在場所有人都僵了，蘇婉未曾覺得有異，拿了筷子，同柳玉茹繼續道：「葉家來下完聘，這事也就算定下大半，葉公子我特地讓人去打聽過，是個好兒郎，日後妳嫁了他，我也就不擔心了。」

「母親……」柳玉茹猶豫著開口，蘇婉回過頭，看著柳玉茹，有些疑惑：「嗯？」

「不是葉家。」柳玉茹終於出聲，蘇婉微微一愣，眼中帶著不解。

柳玉茹深吸一口氣，抬起頭，看著蘇婉，認真道：「來下聘的，不是葉家，是顧家。」

蘇婉面露驚色，她握著筷子，忙出聲道：「哪個顧家？」

「顧九思。」柳玉茹幾乎是咬出了這個名字，蘇婉整個人呆了。

「顧九思……」她猛然反應過來，「就是那個整日賭錢鬥毆、不思進取、仗著家裡為非作歹的顧九思？」

屋內沒有人說話，柳玉茹垂下眉眼，蘇婉喘息起來，柳玉茹見蘇婉情況不好，忙去扶她，然而在觸碰到蘇婉的那一瞬間，蘇婉猛地一口血噴了出來。

印紅驚叫起來，柳玉茹讓人去喚大夫，硬扶著蘇婉在床上躺下，蘇婉掙扎著要起身，一向柔和的面容帶了憤怒：「我要去找妳父親……我要去找他！他這是連最後一點廉恥都不要了……這門親事不能定、不能定！」

「母親！」柳玉茹一把按住蘇婉，大吼，「沒用了！」

蘇婉呆住了，柳玉茹紅了眼，低聲道：「聘禮已經下了，哪個正兒八經的好人家都不可能娶一個退過婚的女子，母親，」柳玉茹沙啞出聲，「我沒得選了。」

蘇婉沒說話，她呆呆看著床頂，整個人透出絕望。

「玉茹……」好久後，她沙啞出聲，「是我沒用啊。」

生不出兒子，時時刻刻驚怕丈夫休了她，若她被休了，就是蘇家的奇恥大辱，她除了一條白綾掛在橫梁上，沒半點選擇。

她這一輩子活得小心翼翼戰戰兢兢，就想讓柳玉茹能有個好出路。誰知道走到最後，卻還是走到了這一步。

她知道柳玉茹為了嫁入葉家付出了多少努力，而這麼多年的付出，就因為顧家白花花的銀子，被她的父親親手葬送。

她恨啊。

蘇婉捏緊拳頭，她恨不得拉著柳宣、張月兒、這柳家上下一起去死。可她又不能，若真的做下什麼，柳玉茹的名聲怎麼辦？顧九思或許不會娶柳玉茹了，那她女兒的一輩子，還要不要過了？

她深陷在絕望裡無所適從，柳玉茹看著蘇婉的模樣，緊緊抓住她的手，抹了一把眼淚，忙道：「娘，妳別亂想。我是願意的。」

蘇婉緩緩看過來，眼裡全是了然。

「妳願意什麼啊？」她沙啞道：「這些年來，妳總是報喜不報憂，總說妳過得好。可妳過得好不好，心裡怎麼想，娘怎麼會不知道？娘做不了什麼，只能眼睜睜看妳受著委屈，對張月兒討巧賣乖，希望她能看在我們母女識相的份上，對妳好一些。」

「可如今呢？」蘇婉眼淚落下來，「她這是把妳賣了啊。」

「娘，沒有，」柳玉茹笑起來，她擦著眼淚，「真的，我願意的。其實顧九思人特別好，顧家會來提親，也是因為我和他先認識了，他幫過我，我們覺得對方都挺好的。」

說著，柳玉茹忙把自己和顧九思的相遇胡編亂造了一通，生生說成了一見鍾情的故事，又替顧九思加了許多沒有的事，把他一個紈褲子弟說成了一個赤子之心只是稍愛惹事的青年。

「上次買給妳那胭脂，就是他送我的。他見我捨不得買，又怕單獨送我對我名聲不好，就買下了一個胭脂店的胭脂，每個人都送了。其實就是為了送我。」

「他對我好，真的，嫁給他我不會受氣的。」

柳玉茹半真半假的說著，蘇婉一時竟聽不出真假。她只能撲簌落著眼淚，拉著女兒的手，埋怨著自己的無能。

柳玉茹見蘇婉穩定下來，大夫也來了，給蘇婉看了病之後，確認她是怒極攻心，氣血逆行，開了幾幅方子，又給蘇婉施針之後，這才離開。等大夫走後，柳玉茹見蘇婉緩了下來，她猶豫了一下，拉住蘇婉的手，柔聲道：「母親，我與顧九思定親已是定局，您也別多想了。當務之急的是另一件事。」

蘇婉轉過頭，看著柳玉茹冷靜的表情：「顧家此番下聘數額必然不少，否則父親不會冒著得罪葉家的風險和顧家結親。以張月兒的性子，我的嫁妝怕是不多，倒時若讓人笑話，我在顧家，就真的抬不起頭了。」

聽到這話，蘇婉認真起來，她應聲道：「妳說得是，我得為妳去爭嫁妝……」

「母親，先別提這事。」柳玉茹平靜道，「顧家才下聘，離成親還有一些時日，您與父親感情向來算不上好，張月兒得寵，妳此刻與她爭，沒有勝算。」

「那如何是好？」

「芸芸。」柳玉茹出聲，芸芸從印紅身邊走出來，向蘇婉和柳玉茹行了個禮，柔聲道，「見過大夫人。」

「母親，」柳玉茹握著蘇婉的手，沉聲道，「我出嫁之後，芸芸會替我照顧您。」

蘇婉看著走出來的姑娘，她看上去不過十八九歲，生得清麗非常，柳玉茹替她稍作打扮，便像哪戶大家千金一般。

蘇婉呆呆看著芸芸，在看見姑娘面容的那刻，便想起了柳宣書房中一幅畫。

柳宣是真心實意愛過一個姑娘的，只是聽聞那姑娘去得早，剛過及笄便身患惡疾去世，柳宣念了一輩子。

她也好，張月兒也好，都與那畫中人極為相似，而這芸芸，更是有了一張像足了那女子的臉。

蘇婉立刻明白柳玉茹的意思。

「母親，之前我將芸芸打發在外院，一來是不想和張月兒結仇，這麼些年，我們相安無事地過著，二來也是怕您難過。可今非昔比，我如今要走了，您一個人在府中，我放心不下。」

「我明白。」蘇婉開口，若放在以前，她心中或許還有幾分難過，然而此時此刻，她看著女兒的面容，伸出手，握住柳玉茹的手，應聲道：「我都明白。妳就將她留在我這，明日我會裝病讓妳父親來看看我。」

三人商量了一陣子，等到夜深，柳玉茹才走出房門。她走到庭院中，想了想後，終於道：「印紅，妳等會兒去打聽一下，今日聘禮到底有哪些東西。」

像顧家這樣的人家，下聘時會有人專門念報禮單上的內容，只要在院中就能聽見。印紅應了聲，便找人打聽了一下，等夜深些，她回來同柳玉茹報了內容，柳玉茹聽完後，抿了抿唇，立刻道：「印紅，妳找幾個靠得住的人，立刻去賭場找顧九思，若是找到了，就替我傳個信。信我寫給妳，讓他把地契改成我的名字。」

地契的轉讓需要得到官府的紅印，顧九思家下聘來得太快，不可能這麼快拿到官府紅印，應當只是將鋪面寫入了下聘禮單，這是這份聘禮中唯一還沒拿到柳家，又極為值錢的東西。為了防止顧家把地契的主人寫成柳宣，她需得趕緊。

印紅得了這話，有些猶豫：「小姐，這樣做，會不會讓顧家看不起？」

「妳以為顧家不知道我們家的事嗎？這揚州城誰不知道？妳看，葉夫人也好，顧夫人也好，來了誰又問過我母親一句？不就是都知道，柳家妻不如妾，我母親根本說不上話嗎？」柳玉茹苦笑起來，「我早就是個笑話，又怕什麼丟臉？」

「小姐……」

「妳也別擔心了，」柳玉茹嘆了口氣，「我讓妳傳話，便是我有把握，顧九思本性不壞。」

哪怕看上去張揚跋扈了些，可是他送她胭脂這事，她就知道，這是個好人。他是個護短的人，心裡也沒什麼規矩，既然他讓顧家來求娶，必然是對她有幾分心意的，這話告訴他，他頂多不過日後笑笑她罷了。

印紅想了想，覺得柳玉茹說得有道理，於是等柳玉茹寫了信，她連夜使喚幾個熟識的家丁出去找人，清晨時分，家丁找到人了。

這時候顧九思已經在賭場裡賭了一天一夜，他輸得身上一分錢都沒有，踏著晨光打著哈欠往家裡走。走了沒幾步便被人攔住了。

顧九思有些莫名，上下打量那家丁一眼，打著哈欠道：「你今日若說不出個攔著我的由頭，就別怪我打你。」

「顧公子，」家丁把信交給顧九思，認認真真重複印紅的話，「我家小姐說了，既然有心成為夫妻，就勞煩公子多護著她些。」

顧九思聽得莫名其妙，他展開信，一面看信，一面皺著眉道：「你說什麼亂七八糟的？是不是找錯人了？爺是顧九思，什麼夫妻不夫妻的……」

話沒說完，顧九思突然察覺有些不妙，他看了看信的內容，又想起自家老爹的作風，立刻抬頭道：「你家小姐是誰？」

「柳家大小姐……」

「柳玉茹？」顧九思提高了聲調，家丁看著顧九思的反應，感覺有些摸不著頭緒，顧九思深吸一口氣，頓時明白發生了什麼，咬牙道，「好……好得很。」

說著，他就要往家裡衝，家丁忙攔住他，著急道：「顧公子，地契……」

「地什麼契！這種婚事都答應，你家小姐腦子有病啊！」說著，顧九思一把推開他：「再攔著我，爺就打斷你的狗腿！」

這麼一喝斥，家丁也不敢再攔了，只能看著顧九思氣勢洶洶往回家的方向衝，一面衝一面道：「這個糟老頭子，把我的話都當耳邊風了嗎！」

家丁實在搞不清顧九思的意思，只能回了柳家。印紅守在家門口，見家丁回來了，忙同家丁道：「怎麼樣？顧公子怎麼說？」

家丁脹紅了臉，沒說話，印紅焦急道：「你倒是說句話啊！」

「顧公子……顧公子說，」家丁吞吞吐吐，有些不好意思道，「小姐腦子有病……」

印紅將家丁的話原原本本送到柳玉茹的耳朵裡。

柳玉茹喝著茶，氣得手抖。

印紅讓所有人都退了下去，看著柳玉茹，有些慌亂道：「小姐，您也別把自己氣壞了，先想想其他辦法。顧公子看上去太不靠譜了，要是夫人這邊沒把您的嫁妝搶到手，到時候嫁到顧家，您怎麼辦？」

「有病……」柳玉茹顫抖著手，咬牙出聲，印紅有些迷茫：「小姐？」

柳玉茹終於忍不住了，失去了一貫的冷靜和風度，猛地將茶杯摔在地上，怒喝道：「顧九思他全家都有病！」

她算是搞明白了。

顧家這一家子，老的沒搞清楚情況就敢來下聘；小的瞎說話惹事，整天就知道賭錢，婚姻大事一無所知。

拿著別人的婚姻當兒戲，上上下下沒一個靠譜。

有病，全家都有病！

柳玉茹生平沒恨過幾個人。

便就是張月兒，也不過是大家利益不同，誰也算不上好人。

然而這一刻，她卻是真真切切記恨上了顧九思。

聽了家丁說顧九思的態度，聯合著顧家近來的動向，她大概能猜測出，應當是顧家打算給顧九思找一個合適的人，結果顧九思自個兒不樂意，然後他放話要娶她被人傳到了顧家的耳朵裡，於是顧家人乾脆先斬後奏把親定了。她辛辛苦苦經營了這麼多年，就因為顧九思一句話，全毀了！

柳玉茹覺得有無盡的委屈湧上來，帶著深深的無力感，她深切感受到，所謂命若螻蟻的感覺。

她的一生，在顧九思、顧家眼裡，不過就是一句玩笑話罷了。

她不知道顧九思會不會幫她，甚至她猜想著，在顧九思的想法裡，或許她還是攀龍附鳳嫁到他家的。

而事實上，顧九思的確也是這麼想的。

他不明白柳玉茹為什麼會突然同他定親，就算他父母上門提親，她大可拒絕，怎麼就同意了呢？

她不是要跳湖嗎？

她這樣有心計的女人……

想到這裡，顧九思有些明白過來，他不由得猜想，柳玉茹不會是看上他家，所以這一切都是她算計的吧？

若真是如此，顧九思毫不意外，他對於柳玉茹的心機，沒有半點輕視。

他氣勢洶洶回了家，直接衝到自家房門前，怒道：「爹！顧朗華！糟老頭子！你給我出來！」

顧朗華和江柔才剛起床，便聽見自家寶貝兒子在外大吵大鬧，顧朗華氣得從床邊立刻找出了棍子，怒道：「小兔崽子又無法無天了！」

說著，他衝出大門，怒吼一聲：「你還敢回來！」

「柳玉茹是怎麼回事！」看著顧朗華的棍子，這次顧九思半點也不虛，他手裡拿著柳玉茹的信，沒有半點退讓道：「你們去柳家定親了？怎麼都不同我說一聲！」

「說一聲？你是我兒子！」顧朗華氣得口不擇言，全然忘了最初的打算，怒道，「婚姻大事自然是父母之命媒妁之言，我讓你娶誰就娶誰，你還要造反？」

「我上次不是和你說過嗎，」顧九思當即大喝出聲，「我不同意的親事誰都不能勉強！除非我說要娶，不然就算你是我爹，我也絕對不會屈服！」

「可是，」江柔看見父子兩針鋒相對，有些猶豫道，「這姑娘不是你要娶的嗎？」

「我什麼時候要娶了？」顧九思一臉莫名其妙，旁邊管家趕緊出來提醒他：「公子，就是在胭脂鋪的時候呢，許多人都聽到了。」

「是啊是啊，」站在江柔身後的侍女趕緊出來補充，「全城人都知道了。」

顧九思愣了，他想起來了，片刻後，有些氣弱道：「我、我那是玩笑話，這也能當真？」

「婚姻大事豈容玩笑！」顧朗華擺出姿態，叱喝道，「說了話就要負責，不然你這不是敗壞別人名譽嗎？你平日小打小鬧我可以不管，要真敗壞了姑娘名譽，那就是一輩子的事！」

「那她嫁給我不是一輩子的事？」顧九思頓時反駁，隨後擺手道，「我不管，趕緊去把婚事退了，她馬上就要嫁給葉世安了，你們胡鬧什麼？」

「你是擔心這個啊，」江柔頓時善解人意起來，她以為兒子是因為柳玉茹要嫁給葉世安，不願仗勢欺人所以按壓住自己的心意，於是解釋道，「我們提親的時候打聽過的，沒有這回事，柳家說了，柳小姐心儀的是你啊。」

聽到這話，顧九思感覺像是有天雷轟過他的腦子一樣。

柳玉茹喜歡他？

柳玉茹不喜歡那個前途無量君子端方的葉世安，反過頭來喜歡他這個不學無術賭錢鬧事的紈褲子弟？

腦子壞掉了吧！

但很快，顧九思就反應過來。

柳玉茹腦子沒壞。

畢竟，比起葉世安來說，他們顧家更有錢，規矩更少，而且他是獨子，又總是讓父母操心，嫁給他之後，他娘一定會把生意和中饋交給她來把持。

柳玉茹嫁給他，從錢這件事上來說，可真是一點都不吃虧。而他雖然愛玩一些，可是除了愛玩，也沒其他毛病，如果是衝著錢，嫁給他比嫁給葉世安好太多了。

一瞬之間，顧九思突然覺得柳玉茹這女人真是讓他噁心透了。他頓時覺得，或許柳玉茹要嫁給葉世安這個消息都是她故意放出來迷惑他的，就是為了接近他，讓他關注她，給他下套！

他一想就怒火中燒，立刻道：「我不管怎麼樣，這門婚事我不要，我不娶她！」

「胡鬧！」這次顧朗華拿出從未有過的威嚴，怒道，「親已經定了，你要是把人家親事退了，你讓柳小姐怎麼辦？這就是毀了柳小姐一輩子！」

「是她毀了我一輩子！」顧九思怒喝，「我要娶也要娶個我喜歡的，我憑什麼被她這麼算計著、被你們這麼逼著娶她？」

「我逼你？」顧朗華冷笑，「非她不娶是不是你說的？」

這句話讓顧九思哽住了，片刻後，他反應過來：「這話也能信？」

「男子漢大丈夫，敢說就敢做，做不到就不要說。你說非她不娶，我們如今給你娶回來了，你若要退婚，可要想好了，這姑娘的一輩子怎麼辦？」

「什麼怎麼辦？」顧九思完全不能理解，「她該找個喜歡的人，該做喜歡的事，退了婚就退了婚，退了婚她還能白綾一條短劍一把抹了脖子？她一輩子除了嫁人就沒其他事了？你們簡直是莫名其妙！」

「九思！」這一次，便是一貫寵愛他的江柔都忍不住了，她皺起眉頭，訓誡他，「女子與男子終究不同，你若退了她的親，你要別人怎麼看她？別人怎麼說她？誰又會娶她？九思，難道你會娶一個退過婚的女人？」

「我若喜歡她我怎麼不會？」顧九思頓時出聲，顧朗華和江柔都愣了，這一刻，他們澈底明白，自己這個兒子，在他們一貫放縱寵愛的培養下，一直有著和這個世道格格不入的想法。

他離經叛道，自然會覺得一切與他不同的人，都是懦弱無能。

江柔無法與他辯解，許久後，只能無奈道：「九思，玉茹與你不同，她是個正兒八經的大家閨秀，她沒有你這樣的勇氣，或許你今日退婚，明日她就會因羞愧自盡。」

「那你們為什麼這麼這麼著急定親？」顧九思冷冷看著江柔，江柔嘆了口氣，走下臺階，溫和道：「你舅舅之前便已來信，要帶你入東都，安排個位子給你，看有沒有機會被公主殿下看上。可尚公主的這事，便是毀了你半生前途，駙馬只是聽著好聽，但一輩子不能有實權，只能指望著公主臉色過日子，過得憋屈。你舅舅的性子你不瞭解，他提了這個要求，等他真的過來，我們也攔不住他帶你走。所以他來之前，我們得幫你把親事辦了。你一直以來也沒看上的姑娘，好不容易看上了，我們只想著趕緊先定下來。」

「胡說八道！我不走，舅舅還能逼我？」

顧九思神色桀驁，江柔苦澀地笑了。

「九思，人一輩子，總是有許多迫不得已。哪怕是我們這樣的人家，權勢面前，也只能是迫不得已。」

顧九思冷笑出聲：「藉口！」

顧朗華看出顧九思是聽不進去的，也不和他多說，直接道：「你要是聽不明白，就給我滾回房間裡去思過，也不用想了，就老老實實等著成親！」

「我不成親！」顧九思立刻道，「我要退婚，我這就去……」

「來人，給我壓下！」顧朗華大喝一聲，庭院裡的侍衛朝著顧九思衝了過去，顧九思在人群中左躲右閃，整個顧府的侍衛都湧了過來，鬧騰了許久，終於把顧九思壓住，捆了個嚴嚴實實。

「把他給我關房裡去，成親之前就關著！誰都不能把他放出來！」

所有人都看出顧朗華是氣急了，就看顧九思被人壓著，東踹一腳西打一頭被壓了回去。

顧九思在房間裡，罵了一個早上，他的嗓子都罵啞了，終於停下來，拿著柳玉茹的信，閒著沒事，看著信上的內容。

不得不說，柳玉茹這信寫得倒是挺好的，言辭懇切，一副小女兒家姿態說了自己在家裡的委屈，然後請他幫忙搞定地契的事。

他看著這信，氣得笑了，覺得柳玉茹的算盤打得啪啪響。但是氣了一會兒後，理智讓他分辨出來，柳玉茹這信裡，有八成的確是真的。

柳家那亂糟糟的一家子，大家都清楚，他也不傻，他家上去提親，給這麼多錢，柳家肯定要爭瘋了。

他是看不上柳玉茹，可他更看不上柳家，一想到白花花的銀子要給那寵妾滅妻的柳宣和那上不了檯面的妾室，他就不高興。他想了一會兒，讓人把江柔叫了過來。

江柔過來時，看著顧九思盤腿坐在床上，他一開口，沙啞的聲音令江柔心疼的不行，忙道：「兒啊，我讓人替你燉雪梨湯去。」

「那個，娘，」顧九思坐在床上，神色有些不自然，「我有件事要拜託妳。」

「你說。」

「那個，」顧九思也不知道為什麼，明明特坦蕩的一件事，為什麼變得有那麼幾分說不出的奇怪味道，他不敢看江柔，故作不在意道，「既然成親這事改不了，那個柳玉茹，也算半個顧家人了，他們家妳也知道，這些聘禮估計都得落在那個什麼小妾手裡，我想著怪噁心的。妳……」

「我明白，」聽著顧九思說這話，江柔頓時笑起來，她心裡頗為寬慰，覺得顧九思終於知道心疼人了。雖然嘴上說不願意，但實際上還是關照柳玉茹的。於是她忙道：「這事我想過了，所以這次聘禮裡最貴重的就是那幾畝田和東街的鋪面，但這些我都落了她的名兒，等地契蓋了紅印，還得送過去，到時候會再敲打一下他家嫁妝的事，指名要柳小姐的親娘來操持這事。」

聽到這話，顧九思放心了不少。

他還是覺得有些彆扭，撇撇嘴道：「就隨便照看一下，她家那小妾太噁心，我沒有其他意思的。」

「是是是。」江柔抿著笑，「我明白呢。」

顧九思和江柔的打算，柳玉茹是不知道的。

她搞清楚了事情來龍去脈後，便不再指望顧九思。讓她母親安排芸芸在房裡侍奉，結果當天晚上，柳宣就留宿在蘇婉這邊。

蘇婉親自安排了芸芸，照著柳玉茹的話，沒立刻抬了芸芸的位分，讓柳宣日日到蘇婉這邊找芸芸。柳宣心中有鬼，也不敢同張月兒說，就日日藉著找蘇婉的名頭，跑來找芸芸。

芸芸是個嘴甜的，哄得柳宣全然不知天南海北，而蘇婉也放下了過往的架子，顯得異常端莊大方。柳宣不由得對蘇婉有了憐惜之情，覺得自己過往對蘇婉太過了些。

就這麼過了半個月，柳家和顧家都忙著籌辦婚事。顧九思被他爹關著，柳玉茹每日練著字，求平心靜氣。

半個月後，江柔上門來，將田契、地契親手交過來。

上門送錢的，柳宣自然盛情接待，江柔和張月兒、柳宣說了一會兒話後，突然道：「如今過了這麼久了，還沒見過柳夫人和大小姐呢。」

聽到這話，張月兒面上一僵，若放在以往，柳宣會以蘇婉身體不好為由打發了。然而近來他對蘇婉心裡存著幾分愧疚憐愛，心知蘇婉定想親自操持柳玉茹的婚事，於是輕咳了一聲，在張月兒詫異的目光下，同下人道：「將夫人小姐請過來。」

張月兒心下有些慌亂，沒多久，柳玉茹就扶著蘇婉進門。

江柔這才看見柳玉茹。

大家都說柳玉茹生得平常，但江柔卻看出來，柳玉茹其實臉骨生得極好，只是臉蛋尚未張開，看上去帶著些稚氣，五官沒有立出來，便顯得平常。若是她日後眉眼長開了，也是個清雅美人。

柳玉茹扶著蘇婉進來，一舉一動顯得十分規矩，雖然是生在柳家這樣的小門小戶，卻不遜色她在東都見過的大家閨秀半分。

這都是柳玉茹在葉家刻意學來的，葉家清貴門第，對孩子的教養極好。

柳玉茹感覺到江柔在打量她，她沒有抬眼，規規矩矩立在蘇婉身後。

江柔笑著和蘇婉寒暄了一陣，隨後道：「都快忘了，今日我是將聘禮中的田契和地契送來的，按理說，聘禮是要下到柳家，本該留給玉茹的兄弟，但玉茹也沒個親兄弟。再加上，我們又想著，這次我們家給的聘禮數額太大，玉茹的嫁妝你們也難湊，於是便乾脆將這些鋪面良田都落在玉茹的名字上，你們再隨便陪嫁些金銀，也就罷了。」

「什麼？」聽到這話，張月兒猛地抬頭，詫異地出聲，「你們將田契地契的名字落成了玉茹的？」

別說張月兒，柳宣的臉色也不太好。

江柔面色不變，而蘇婉和柳玉茹則是全都呆了。

好半天，張月兒先反應過來，艱難地擠出笑容：「江夫人說笑了，玉茹還有兩個弟弟，怎麼能說是沒有兄弟呢？」

「弟弟？」江柔有些詫異，她露出愧疚的表情，「那是我沒搞清楚了，之前聽說大夫人只有一個女兒，名下也未撫養其他孩子，原來大夫人還有其他孩子……」

「未曾。」這次蘇婉開口了，她不是個會轉彎的，雖然無子這事是她心頭的傷，可此刻卻覺得江柔說得對極了。她面色不改，平靜道，「我名下沒有其他孩子。」

江柔面露疑惑，看向張月兒，柳宣輕咳了一聲：「那個，我兩位兒子，都是月姨娘所出。」

聽到這話，江柔低下頭，用帕子輕輕捂了下嘴，似乎是笑了，又硬生生克制住。她這副模樣，看得在座的人心裡都有些微妙，尤其是張月兒，更是莫名覺得，江柔似乎是在笑話自己。

而柳宣也感覺臉上火辣辣的疼，江柔什麼都沒說，他便覺得自己似乎是鬧了個大笑話。

「咳……柳老爺，」江柔抿唇，笑著抬頭道，「嫡庶有別，哪個大戶人家，會用庶子繼承的？凡是有頭有臉的人家，哪怕正房無子，也是要正房從妾室名下挑選出一個孩子來，過繼到自己名下，然後作為嫡子撫養長大。這個……玉茹是嫡女，身分不一樣。」

江柔這一番話說出來，眾人臉色都變了。

他們家的情況，外人都知道，只是大家從來不說，畢竟，誰閒著沒事管其他人家的事？頂多私下議論一下。

這麼明著打臉的，還是頭一次。可打了又怎麼樣？這是顧夫人，是揚州首富顧家，他們又能怎樣？

柳玉茹低下頭，憋住笑，她頭一次覺得，嫁給顧家，似乎是個不錯的選擇。她頭一次遇見一個女人，能這麼氣定神閒喝著茶，把她爹和姨娘的臉，打得啪啪啪作響。

蘇婉的手微微顫抖，感覺有種從未有過的快意。

而這時張月兒反應過來，她忙道：「那，就算不落玉茹的兄弟，也該落在我們老爺名下啊！你們下了聘禮，落在玉茹名下，不是又帶回去了嗎！」

「月夫人，」江柔聽了張月兒的話，笑咪咪道，「這就是我考慮的第二點了。我們顧府若將田契地契落在了柳老爺名下，不知道柳府的嫁妝，打算給多少呢？」

這話說出來，大家臉色就變了。只有柳玉茹神色平靜，鎮定如初。

蘇婉是又擔心又害怕，不知道江柔是敵是友。而柳宣和張月兒則是澈底黑了臉，覺得江柔太過分了。

張月兒原本想著，聘禮入了柳家，她找些看上去好聽，其實不值什麼錢的東西當成柳玉茹的嫁妝帶回去就可以了。顧家財大氣粗，聽聞顧朗華也是個心善手散的，想著顧家既然一開始沒談嫁妝的事，自然不會再談，誰曾想，如今親事定了，他們卻來談嫁妝了？

柳宣同張月兒想法差不多，但作為父親和一家之主的理智提醒了他，再惦記著顧家的聘禮，也不能丟了臉面。於是他輕咳了一聲，反問江柔道：「顧夫人以為怎樣合適？」

「柳老爺說笑了，」江柔笑了笑，神色柔和，「我也不過是問問，具體怎樣，還是你們柳家的事。我們也不是貪圖姑娘嫁妝的人家，只是嫁妝是新娘子的臉面，我怕大夫人沒有經驗，所以特地來問問。」

這麼一句話，就直接把嫁妝的事安排給蘇婉，張月兒迅速反應過來，忙道：「這事不勞姐姐費心，顧夫人問我就好。」

江柔聽著，將目光落到柳宣身上，似笑非笑道：「所以，如今柳家，不是大夫人在管，是一個妾室在管嗎？」

柳宣沒說話，他想著剛才江柔刺他的話，臉有些疼，若此刻再承認張月兒管家，臉就更疼了。他下意識看了蘇婉一眼，只見蘇婉沒說話，扭頭看著一旁，死死捏著扶手，眼裡含了眼淚，明顯是受極了委屈的樣子。

柳宣心裡湧現出幾分愧疚，正想開口，就聽張月兒道：「顧夫人有所不知，我家大夫人身子骨不好，平日便讓我幫襯著。」

「所以親生女兒的嫁妝，也是妳幫襯囉？」江柔笑著詢問，眼裡全是按耐不住的笑意。

柳宣忍不住了，突然低喝出聲：「顧夫人說話，有妳說話的餘地？」

聽到這話，張月兒整個人都呆了，她從未想過柳宣會這樣同自己說話，她突然聯想到柳宣近來總往蘇婉那裡跑，頓時覺著，柳宣與蘇婉之間，似乎有了些不可告人的親密。

她在柳府順風順水十幾年習慣了，咬了牙關，扭過頭去，乾脆不說話了。

柳宣見她不說話，樂得清靜，輕咳了一聲道：「夫人，嫁妝這事既然是妳管，妳就同顧夫人多說幾句吧。」

聽了這話，蘇婉應了聲，規規矩矩說了聲「謝老爺」後，就同江柔商量起來。

蘇婉不是個得寸進尺的，她估摸著顧家給的錢財，又給了個數，這筆數不算大數目，但搭上顧家給的田契地契，這一份嫁妝也算體面。江柔得了話，高高興興走了。等江柔一走，張月兒頓時鬧了起來，憤怒道：「她這不是等於什麼都沒給嗎？咱們還要倒貼嫁妝過去，這到底是嫁女兒還是送銀子？」

「妳別鬧了，」柳宣被張月兒吵得頭疼，張月兒這些年來越發囂張，張口閉口都是銀子，和芸芸根本沒法比，甚至一貫安靜的蘇婉都比她強些。

柳宣心中不由自主有了對比，但他對張月兒還是有些感情，又想起顧家的錢來，便同蘇婉不滿道：「夫人，不是我說妳，這些錢妳該同她爭一爭。」

「老爺，」蘇婉嘆了口氣，「爭一筆錢，只是一筆錢，可是丟掉的卻是我們整個柳家的面子。老爺您還有前途，不能為這種蠅頭小利留下一生汙點。這錢財的事，您也別擔心，我會從我嫁妝裡拿出錢來貼補玉茹。」

一個為錢吵吵鬧鬧，一個想著丈夫一生前途還要自個兒拿錢補貼，高下立判。

柳宣突然覺得，自己以前是瞎了眼嗎？

他有些煩躁。

當日晚上，柳宣又歇在蘇婉這裡，蘇婉安排芸芸侍奉，柳宣酒足飯飽，抱著芸芸，嘆了口氣道：「妳說這人，怎麼今日一個樣，明日一個樣呢？」

芸芸柔聲道：「若是心慕郎君，自然事事為郎君著想。」

芸芸的話點到即止，柳宣卻是聽明白了。若是心不在自己身上，不是事事為自己著想嗎？

他突然反應過來，張月兒哪是為了柳家爭這錢啊？這明明是為了她自己和自己的兒子！

柳宣心中憤憤，等第二日醒來，他瞧著蘇婉病弱的樣子，愧疚鋪天蓋地，他嘆了口氣，同蘇婉道：「婉兒，玉茹的嫁妝，也不必妳補貼了，柳家不缺這點銀子，我原本就替玉茹備了嫁妝，妳送去就好。」

蘇婉聽到這話，連忙再三推辭，她越推辭，柳宣越愧疚，等最後，蘇婉終於應了，柳宣雖然心疼，但看著蘇婉感激的眼神，他又覺得，也行吧，反正顧家下聘的銀錢也不少。怎麼算，柳家都賺了。

於是一番折騰，柳玉茹的嫁妝終於定了下來，而這時候婚期也近了。

顧九思已經在房裡關了好幾天，他感覺自己要關瘋了，每天就是坐在門邊，一下一下敲打著門，有氣無力道：「放我出去……放我出去……」

而柳玉茹也把自己關在房裡，因為她怕自己在外面溜達溜達，會忍不住逃婚。

當然，這也只是想想，她當然是不敢的。

顧家聘禮收了，婚期定了，她鴛鴦戲水的床單被套也繡好了。這時候，哪裡還容得她反悔？

只是一想到嫁給顧九思，想到那個夢，柳玉茹就覺得透不過氣來。

成婚前一日，柳玉茹夜裡淺眠，她迷迷糊糊又做了顧家被抄家的那個夢，只是這次夢裡她不再是旁觀者，她被人拉扯著從門口拖了出去，她聽見王榮的聲音，用噁心至極的語調道：「以前老子要妳，妳給老子裝清高，現在還不是賣到勾欄院的命？」

柳玉茹驚叫著從夢中醒過來，冷汗涔涔。

她在夜裡看著床單，對於嫁給顧九思這件事，產生了無盡的恐懼。

而這時外面已經開始點燈了，大夥兒忙著張貼喜字。

印紅從外面走過進來，笑著道：「還沒叫小姐，小姐就自己起了。」

說著，印紅走到柳玉茹面前，有些奇怪道：「小姐怎麼了？額頭上全是冷汗。」

柳玉茹動了動眼珠，這時候她緩過來了。

是做夢。

她清楚知道，安撫著自己，只是一個夢罷了。

可她還是害怕。她向來不信怪力亂神之說，只是這夢太真實，難免讓人難以心安。

印紅看出柳玉茹的呆滯，不由得笑道：「小姐不是太過緊張了吧？」

「無妨。」

柳玉茹搖搖頭，她深吸一口氣，讓自己鎮定下來。

嫁給顧九思是無法逆轉的事了，她不能為了這麼一個夢，去毀了這門已經定下的親事。

她沒有這麼荒唐。

於是她直起身，在侍女的侍奉下，起身換上喜服。

她的喜服是早早備下的，上面的繡品都是她一針一線繡出來的。繡這些圖樣時，她想的是，如果能嫁給葉世安，到時候他或許會誇誇她心靈手巧。

葉世安……

看著鏡子裡的自己，她也不知道為什麼，想起這個名字，驟然有了幾分心酸委屈。

她感覺這不是一個名字，這是自己的七年。

從她八歲第一次意識到自己得嫁一個人，心裡想著的就是葉世安。

或許是因為盤算，也許是合適，但多多少少，是帶了幾分少女情懷的。縱然她和葉世安說話不過是年少時那麼幾句，葉世安打從十三歲去白鷺書院後，他們就再沒有見過。她自己都不知道，自己喜歡的是葉世安，還是自己心裡那份期盼。可是無論如何，這都是她生命裡，堅持的最久，也是最認真的人。

而如今，她卻要放棄了。

這份放棄來得猝不及防，此刻當她真真切切意識到時，忍不住覺得眼淚盈湧上來，說不清是什麼感覺，就是莫名的撲簌落了淚。

蘇婉早早起來，替她梳頭髮，看見女兒坐在鏡子前，咬著牙關，一言不發地哭著，蘇婉心裡頓時如刀割一般。

她抱緊她，沙啞著聲道：「妳的苦我明白……都明白……」

一心一意想要嫁給葉世安，付出了這般多的努力，到頭來卻付之一空，轉頭要嫁給她生平最看不上的男人。

這樣的委屈絕望，她作為母親，自然清楚知曉。

可她又能怎麼辦呢？

若柳玉茹是兒子，那退婚便退了。可是，她再如何要強，也只是個姑娘家啊。

蘇婉抱著柳玉茹，哭得比柳玉茹還要傷懷幾分。柳玉茹忙吸了吸鼻子，拍了拍蘇婉的手道：「娘，沒事的，妳別難過。人家說出嫁的時候都要哭一哭才吉利，我只是隨便哭一下。」

說著，柳玉茹抹了眼淚，強笑道：「來，上妝吧，無妨的。」

看著柳玉茹的模樣，蘇婉心裡更難受了。她握住柳玉茹的手，反覆道：「我明白的……」

她明白的。她的女兒這樣乖巧懂事，凡事都往自己身上攬，就怕她操心。

於是其他人都在母親懷裡哇哇大哭的時候，柳玉茹就學會了躲在角落裡偷偷抹淚，她怕蘇婉發現，怕蘇婉擔心。

如今她長大了，即便是這樣委屈一輩子的事，也是打掉了牙往肚裡吞，強顏歡笑，怕蘇婉擔心。

可她是她生下來的血肉，蘇婉怎麼會不明白？於是她拉著柳玉茹的手，沙啞著道：「娘幫不了妳什麼，妳別擔心娘，娘也不擔心妳。想哭就盡情哭出來，娘不會擔心。」

柳玉茹沒說話，她笑著道：「娘，出嫁呢，我也沒什麼好哭的了，就是圖個吉利哭一哭而已。」

母女倆說著話，柳玉茹上了妝，穿上喜服，戴上鳳冠，然後蓋上蓋頭，等著顧九思來迎親。

等了許久，聽外面道：「來了來了。」

柳玉茹有些緊張，她絞著手帕，沒片刻，就聽大門「砰」的一下，被人一腳踹開。隨後聽見顧九思壓著憤怒的聲音道：「趕緊起來走了。」

柳玉茹：「……」

不知道的還以為這是催她趕路的。

柳玉茹不動，顧九思就要發火，隨後聽顧朗華冷著聲音道：「九思。」

這一聲九思，頓時讓顧九思想起今日早上在他房間裡劈頭蓋臉那一頓亂揍，以及現在還被吊在家裡的小廝。

他痛苦地閉上眼，走到柳玉茹面前，將一段紅綢遞給柳玉茹，僵硬著聲道：「抓著，跟我走。」

柳玉茹不說話，她知道顧朗華和江柔應該在，她願意給江柔這個面子，於是握住紅綢站起身，跟著顧九思跨出門。

顧九思走在前面，他雖然不太願意，但回頭看了一眼，發現柳玉茹蓋著蓋頭，估計不太好行走，他想著一個姑娘家，若是出嫁時摔下去，要成全城的笑話。

不管怎麼樣，這人也要成他的夫人了，雖然他不認，可不妨礙別人覺得她是。

於是顧九思有些不滿地哼了一聲，隨後低聲道：「前面有個坎子。」

柳玉茹愣了愣，片刻後，她抿唇笑了笑，突然沒那麼生氣了。

她坐到轎子裡，顧九思放下轎簾，這才上馬。

轎子抬起來，周邊吹吹打打，柳玉茹坐在花轎裡，感覺周邊一片喧鬧。

她沒有任何一刻，比這一分鐘還清醒的認知到，她過去作為柳小姐的人生結束了，她的另一段人生即將開啟。

只是當時她以為開啟的只是顧夫人的人生，卻不曾想過，她開啟的，是一段傳奇。

那時候，十五歲的柳玉茹只是坐在轎子裡，一面擔憂著自己的未來，一面緬懷著自己的過去。然後她聽見喧鬧的聲音中，有一聲「大公子，你慢著點！」

這揚州城能被稱為「大公子」的有很多。可是她不知道為什麼，在那一刻，心跳驟然加快。

她顫抖著手，突然很想掀開自己的蓋頭，特別想看一眼，外面這個大公子，是不是她日思夜想過的那一個。

十三初有少女模樣，十五成人，葉世安走時，她剛十二歲，牙都還沒換完。她從未以少女的身分見過葉世安，而這個人卻是少女時的全部。

她一生規規矩矩，未曾離經叛道，然而在那一刻，突然湧出一絲力量，她在一片鮮紅中掀起了自己的蓋頭，然後悄悄拉開轎簾一條縫。

也就是這一刻，有人打馬而過，公子玉冠白衫，廣袖捲起一股梅花清香，從鼻尖繚繞而過。她清晰地看見對方的面容，哪怕五年未見，卻依舊從那輪廓分明、眼落星辰的面容上清楚辨認出——

這是葉世安。

在她出嫁這一日，葉世安，回來了！

第四章　剪花燭

柳玉茹愣在花轎裡，她掀開蓋頭時，其實並沒有想過葉世安會真的回來。她算過時辰，這個人剛參加完鄉試，按理來說，應當還要休息幾日才會回來。

他此刻出現在這裡，讓她腦子裡有些亂。

他為什麼提前回來？

會不會是……會不會……

柳玉茹腦海裡突然閃過了那麼一絲不可能的想法，然而立刻按住自己的想法。她慣來是個冷靜自持的人，如今這個念頭太過危險，她深吸了一口氣，將這個想法生生壓了下去。

垂下眼眸，蓋著蓋頭，在一片吹吹打打之間，到了顧府門前。

她讓自己什麼都不去想，從顧九思手裡接過紅綢，跟著顧九思走了進去。周邊是禮官唱喝之聲，是鞭炮聲，是許多來顧府門口討紅包的人的恭喜聲，她在吹吹打打之間跨過了顧家的門檻，同到了禮堂。

然後她和顧九思拜了天地。

沒有預想中的羞澀緊張，和過去所期盼的婚禮全然不同，此時此刻，她的內心平靜又茫然，感覺這個的確只是個儀式，也沒什麼好想。

兩人拜過堂，便有人扶著她進了新房，她一個人等在新房裡，規規矩矩蓋著蓋頭，一動也不動。

屋裡留下印紅守著，外面的喧鬧和新房裡的安靜呈現出截然不同的對比，印紅取了些點心，同柳玉茹道：「小姐，妳早上什麼都沒吃，吃些東西吧？」

「不了。」柳玉茹應了聲，同印紅道，「蓋頭要等郎君來取，若不慎弄掉了，不吉利。」

聽到柳玉茹這話，印紅愣了愣，她放下盤子，嘆了口氣。

她是跟著柳玉茹長大的，自然知道柳玉茹放棄了什麼，此刻聽著柳玉茹對這段婚姻低了頭，她心裡不知道怎麼的，有些難過。

「今個兒我在外面，」印紅猶豫著道，「瞧見葉大公子了，趕路趕得急，妳說他是不是……」

「慎言。」柳玉茹出聲提醒印紅。

然而印紅的話落在她心裡，別說印紅，她自己也起了波瀾。

只是理智克制了她，她平靜道：「如今我嫁到了顧家，就是顧家的人。昨日種種譬如昨日死，莫要再提，若讓人聽見，恐惹是非。」

印紅知道柳玉茹說的是，不甘願地應了聲「是」，就沒再說話。

酒席一路辦到夜裡，顧九思遲遲不歸，外面倒是傳來了腳步聲，沒過一會兒，柳玉茹聽見了開門的聲音，隨後葉韻的聲音響了起來，同其他人道：「顧夫人讓我來陪陪新娘子，你們下去吧。」

聽見葉韻來，柳玉茹不免有些詫異，然而她面上不動，便聽周邊的人都下去之後，葉韻站在門口，猶豫片刻，坐到柳玉茹身邊，嘆了口氣道：「如今也沒其他人，我來陪陪妳，妳把蓋頭取了吧，等會兒蓋上就行了。」

「規矩不可廢。」柳玉茹答得恭敬，「咱們就這麼說話，也是無妨的。」

「妳啊，」葉韻有些無奈，她也沒勉強，「張口閉口總是說規矩規矩，心裡卻比誰都野，妳這樣心口不一，日後要吃苦頭的。」

柳玉茹聽著葉韻說話，感覺彷彿是還未出嫁的時候，她心裡突然湧現幾分難過。不知道為什麼，特別想和葉韻打聽一下葉世安的消息，然而又知道不妥，於是她什麼都沒說，只是道：「妳怎麼過來了？」

「我在前面酒席裡吃著酒呢，」葉韻解釋道，「是顧夫人來找我，說妳一個人在房裡等得久了，怕妳無趣，讓我來陪陪妳。」

聽到這話，柳玉茹心裡有些暖意。江柔是個好婆婆，她對她的好，她是記在心裡的。

「顧夫人有心了。」

「可不是嗎？」葉韻嗑著瓜子，嘆了口氣，「有時候我也不知道妳嫁進顧家是好還是不好，我奶奶吧，她雖然喜歡妳，可她的確是做不到顧夫人這樣好的。我娘就更別說了，不找妳麻煩就是好的了。只是妳向來規矩，她估計也找不了什麼。」

其實葉韻如今說這些話有些不妥，可柳玉茹卻沒攔著她。她素來知道葉韻的脾氣，便由她說著，葉韻隨口道：「哦，我哥回來了，妳知道吧？」

柳玉茹愣了愣，沉默片刻，許久後，回了聲：「不是說還有一陣子嗎？怎的回來了。」

「妳和顧家定親的消息傳過去了，我哥就提前回來了。」

葉韻說了這話，遲疑片刻，終於道：「玉茹，這事妳別怪我哥。」

柳玉茹聽著這話，一時有些說不出話來。葉韻慢慢說著：「還沒及笄的時候，奶奶就給我哥去了信，問他同妳定親的事，我哥說聽家裡安排。後來顧家上門求了親，我奶奶……也就罷了。畢竟顧家不是好相與的人家，我奶奶的性子妳也知道……」

葉韻沒有明說，柳玉茹卻是知道的。

葉家這種高門大戶，對名聲看得這樣重，且不說顧家先定親，他們絕不會讓自家大公子娶一個定過親的女人，就算真的要和顧家爭，要爭，也絕不會是為了一個平凡無奇的柳玉茹。

柳玉茹心裡清楚，所以從一開始，她就沒寄希望於葉家過。

而葉韻怕她記恨上葉世安，接著解釋道：「可我哥不是這樣想，他知道妳和顧家定親的消息，就給家裡來信了，說顧九思不是好歸屬，既然已經早早和妳說好了，君子守諾，葉家就該上門同顧家把事情說清楚。顧老爺是個講道理的，不會仗勢欺人。所以他這次特地趕回來……」

「但晚了。」柳玉茹平靜出聲。

她的聲音裡聽不出波瀾，可她自己卻知道，喜帕之下，眼淚早已停不住了。

她突然很慶幸沒有取下蓋頭，讓葉韻看到自己狼狽的樣子。

葉韻雖然不知道柳玉茹已經哭了，卻也知曉此刻柳玉茹絕對不會高興，她嘆了口氣，安慰柳玉茹道：「事已至此，嫁給顧九思其實未必不好。至少顧九思喜歡妳，比我哥要強一些。我哥只是看著不錯，但其實為人冷心冷情，一心一意在他的仕途上，當他的妻子很辛苦的。」

「顧九思好啊，雖然他不著調，可他家有權有勢，揮霍一輩子也沒事。最重要的是他喜歡妳、心疼妳，妳看，他願意為了送一盒胭脂給妳買了整個胭脂鋪的胭脂，這事大家可都羨慕極了。玉茹，」葉韻拉著柳玉茹的手，柔聲道，「別恨我哥，也別難過，以後妳會過得好的，嗯？」

柳玉茹沒說話，好久後，她壓抑著聲音，柔聲道：「妳別擔心，我想得明白的。」

「那就好。」葉韻鬆了口氣，忙道：「妳不知道，這些時日，為了這件事，我幾乎睡不著。我怕妳恨我家，恨我哥，也怕妳過得不好，怕妳不理我了。咱們一塊長大，妳比我那些姐妹都親，千萬別因為這事和我疏遠了。」

「不會的。」柳玉茹嘆了口氣，柔聲道，「阿韻，我有些累了，妳讓我休息一下，好嗎？」

「好好好，」葉韻忙道，「妳休息，我先出去了。」

葉韻告別出去，柳玉茹一個人待在房間裡，終於克制不住，小聲嗚咽出來。

如果未曾得到，或許還沒什麼。可原來她最想要的那個人曾經差那麼一點點就同能她在一起，原來葉大公子也想娶她，她怎麼能甘心？

她感覺自己的內心起起伏伏，恨顧家毀了她半生心血，恨顧九思幼稚妄為，但是她由不得不承認，面對江柔的好，顧九思那偶爾的貼心，又不能真正恨個澈澈底底。她不知自己的命運該怪在誰身上，只能自己躲在喜帕之下，無聲咽淚。

她哭了許久，終於停了，趁著沒有人，起身替自己補了妝，重新坐回床上，等到人聲散去，她聽見外面的喧鬧，隨後門「砰」的被人踹開，有人摔在屋子裡，然後門就被「哐」一下關上。

緊接著，顧九思憤怒的聲音響了起來：「放我出去！顧朗華，你有種就放我出去！親我成了，你還想幹嘛？你還要逼著我，你一定要逼死我不成？」

「閉嘴！」外面傳來顧朗華憤怒的聲音：「給我把窗戶也鎖死，今日他敢出房門，就打斷他的腿！」

「我呸！」顧九思朝著顧朗華怒罵，「你這個老騙子，說好成了親就算的，你關我又是怎麼回事？你不講信用！放我出去！不然我和你沒完！」

這次顧朗華不說話了，他讓人直接釘死窗戶和門，留了侍衛在院子外面，就帶著人走了。

顧九思坐在門邊罵，柳玉茹就坐在床邊，頂著喜帕靜靜聽著。

顧九思罵了一會兒，罵累了，他從地上起來，找了水喝了一口，喝完了才發現柳玉茹還端端正正坐在床上，當場被嚇得退了一步，隨後緩過神來，帶了幾許被嚇到後的結巴道：「妳……妳頂個帕子坐那幹什麼？妳沒睡啊？」

「您沒回來，」柳玉茹讓自己什麼都不想，用恭敬的聲音麻木道，「喜帕未揭，玉茹不敢入睡。」

「妳不會自己揭啊？」顧九思有些莫名其妙，但還是走過去，一把掀開柳玉茹的喜帕，然後端著水杯，走回桌子旁。

柳玉茹神色平靜坐在床上，顧九思回頭看了她一眼，見她一動也不動，皺起眉來：「蓋頭掀了，妳一動也不動挺在那裝死屍？大半夜別嚇唬人了，趕緊洗洗睡了。」

「郎君還未同我喝交杯酒。」

聽到這話，顧九思嚇得手抖了抖。

他睜著眼，回頭看向床上坐著的柳玉茹，柳玉茹的神色看不出喜怒，如一潭死水，死氣沉沉，沒有半分當初初見的靈動。

他靜靜注視她片刻，好久後，他突然道：「妳當真是心甘情願嫁給我的嗎？」

柳玉茹沒說話，抬眼看著顧九思。

顧九思握著酒杯，有些緊張，磕磕巴巴道：「其實我也知道，揚州城的大家閨秀沒一個看得上我的，我除了有錢和有臉，什麼都沒有，大家看不上我很正常。我也沒想要人看得上。我這輩子，就想娶個真心喜歡我，我也真心喜歡的姑娘，我和她和和睦睦過一輩子。」

「所以呢？」

柳玉茹不明白他要說什麼，她看顧九思想了想，倒了杯茶，討好地跑過來，坐在她面前的椅子上，遞了一杯茶給她。

柳玉茹捧著茶，一言不發，隨後聽顧九思諂媚道：「柳小姐，我知道，其實妳是個心思通透，十分聰明的女人。」

柳玉茹抬眼看他，讓他繼續。

顧九思笑了笑，隨後道：「所以我想和妳打個商量，我知道妳喜歡的不是我這個人，要不這樣，以後呢，家給妳管，妳也可以拿著我家的錢去掙錢，等妳有了立身之本，自個兒掙了很多很多錢以後，要是看上了誰，或者我看上了誰，咱們就和離，怎麼樣？」

聽到這話，柳玉茹猛地睜大了眼，驚恐地看著顧九思。

顧九思沉浸在自己對未來的美好設想裡，認真籌劃著：「我想過了，妳們女人之所以在意名聲，是為了嫁個好人家，嫁個好人家，是為了過得好。那如果妳自己能讓自己過得好，就可以不用嫁個好人家，不用嫁個好人家，人家愛說什麼說什麼，也就不重要了對不對？」

「人一輩子就這麼幾十年，誰也不能委屈自己，白白在這世上走一遭。柳小姐，以後妳成為一代女富商，然後遇到一個真心愛妳的人，他若真心愛妳，自然會娶妳，同喜歡妳的人過一輩子，那才叫一輩子。若不愛妳，自個兒一個人過，也沒什麼。」

「而我呢，我也會遇到一個我喜歡的姑娘，當然，遇不到就算了，我自個兒一個人鬥蛐蛐鬥一輩子也挺好的。但如果遇到了，我想同她好好過。我既然喜歡她，斷不能委屈了她，所以我想過了，咱們早晚得分道揚鑣。因為我沒這麼偉大，沒辦法為了妳的一輩子，搭上我的一輩子。我知道妳現在接受不了，可我的話，妳好好想想，咱們有很長時間，妳慢慢想，等想明白了，妳就知道，我這個法子，真的挺不錯的。」

柳玉茹沒說話，她整個人都在顫抖。

她不知道為什麼會遇到這樣的人，柳玉茹牙關打顫，內心全是惶恐，咬著牙道：「既然……你不喜歡我，為何要娶我？」

「這該我問妳啊，」顧九思一臉莫名其妙，「既然妳不喜歡我，為何要嫁我？」

「妳答應了婚事，搞得咱們都進退兩難。我不娶妳，妳要去死。可我娶了妳，我得葬送這輩子。我不能坐以待斃啊。咱們好好商量，」顧九思滿臉認真，「我相信有一天，妳一定會接受和離這個想……」

話沒說完，柳玉茹忍無可忍，「啪」的一巴掌，抽在顧九思臉上。

顧九思被打懵了，隨後他聽到柳玉茹爆發的哭聲。

「滾！你給我滾！」

顧九思整個人都是傻的，他呆呆捂著臉，好久回不過神，柳玉茹直接撲在床上，再也克制不住，嚎啕痛哭。

她怎麼就嫁給這麼一個人……怎麼就嫁給這麼一個人！

紈褲子弟也就罷了，沒個正經也就罷了，若真像葉韻說的那樣對她有幾分真心還好，可他卻是對她全然無意！不僅無意，還當她是為了顧家錢財謀算著過來，一心一意想著給她錢和他和離。

他說那些邪門歪道，聽著好聽，若真做起來，怕是他剛同她和離，她就要被眾人用唾沫星子淹死過去！

她不知道顧九思怎麼會有這麼莫名其妙的想法，想來想去就覺得，怕是他不滿自己被逼著娶了她，故意羞辱她的。

她也無力解釋了，就算顧九思真的知道她是被逼著出嫁的又怎麼樣？如他所說，誰會為了另一個人的幸福，賠上自己的幸福？顧九思若真的是存了和她和離的心思，早晚是要休了她的，就算不休了她，也絕不會讓她過得好。若沒有丈夫的憐愛，哪怕是正室，一輩子過得怎麼樣她不清楚嗎？

她娘親蘇婉就是前車之鑑，柳宣之所以沒有休了蘇婉，一來是因為蘇婉忍氣吞聲，二來也是因為張月兒上不了檯面，而蘇婉卻是個地地道道的千金。可柳玉茹呢？對於顧家而言，柳家絕對不是他們考量的範圍，而她也沒有兄弟能讓顧家更上一層樓，顧九思若真的遇到了心儀的女子，根本不可能為了柳家而不休她！

柳玉茹越想越絕望，一想到她只差一點就能嫁給自己謀劃多年的葉世安，更覺得沒了盼頭。她失了控，趴在床上嚎啕大哭，顧九思被她哭傻了，好半天，他慢慢反應過來，捂著臉道：「被打的是我吧？」

回應他的是更大的哭聲。

顧九思感覺這哭聲哭得他一個頭比兩個大，趕緊道：「別哭了別哭了，我不說了。妳哭得我頭疼。唉，算了，妳吃東西沒？」

柳玉茹不說話，繼續哭，顧九思肚子咕咕叫，他從早上起來被他爹打，然後打著出去接親，接著一直在外面被拉著喝酒，飯沒怎麼吃，酒喝了一堆，他起身到了桌子邊，撚了份點心，倒了杯茶，一面吃一面觀察柳玉茹。

柳玉茹一直在哭，顧九思不明白，怎麼有人能哭成這樣子。

他端了糕點過去，嘆了口氣道：「別哭了，吃吃東西吧，吃點東西，人會高興很多的。」

「滾開！」柳玉茹回了聲。

顧九思也來了脾氣，他看著柳玉茹的眼淚，煩躁道：「妳這個人到底是有什麼毛病？好心當驢肝肺啊？我不就是和妳商討一下未來的規劃嗎？妳不是喜歡葉世安嗎？怎麼給妳指條明路妳還哭個沒完了？」

顧九思一面說著，一面斜靠在旁邊的柱子上，吊兒郎當吃著糕點，含糊不清嘀咕道：

「我和妳說妳別哭了啊，隨便哭一下就行了，我這個人脾氣很不好的。」

然而柳玉茹不為所動，啜泣的聲音不絕於耳，顧九思終於忍不住了，爆發道：「妳到底哭什麼啊！」

他放下盤子，氣勢洶洶：「不就是說未來可能休了妳嗎？這有什麼大不了的？到時候我肯定會替妳安排好出路的妳怕什麼啊？妳喜歡的不是葉……」話沒說完，顧九思突然頓住，驟然明白了什麼，猛地睜大了眼，詫異地看著柳玉茹，「妳不是喜歡我吧？」

一聽這話，柳玉茹真的控制不住自己，放聲大哭。

喜歡他？她怎麼可能喜歡這種人！

然而顧九思彷彿找到了一切的核心，他又驚又怕，看著床上的柳玉茹，一時間居然不知道如何是好。

這麼多年了，頭一次有人喜歡他，他感到了那麼一絲……小小的羞澀和彆扭。

但他很快反應過來，他放柔了聲音，態度好了許多，輕咳一聲道：「那個，妳的心意我明白了，可是，我的確是不能回應妳的，妳不是我喜歡的那款，妳別把心放在我身上。如果妳要錢，這個是小事，我們顧家有得是錢。可是妳要是要我的心，這太難了。」

說著，他嘆了口氣，眼裡帶了憐憫。

之前想著柳玉茹千辛萬苦盤算著嫁進他們家是為了錢，那時候他真的是又氣又煩，如今知道柳玉茹居然是為了他，心裡真是有些替她可悲了。

他不喜歡這款的。

他喜歡的女人，應當是自帶風流、閃閃發光，和這個世界截然不同，讓人一眼就能被吸引的那種。

而柳玉茹，普通，太普通；規矩，太規矩了。

一想到這將是一段無法回應的感情，而柳玉茹又犧牲了這麼多，顧九思就有些愧疚，他也不大聲和她說話了，放低了聲音，小聲哄著她。

「別哭了，未來的日子還長，妳還有時間慢慢想。雖然我不喜歡妳，可妳既然嫁進來，我娘也會對妳好的。我爹娘人都很好，妳別擔心。」

她又不是嫁給他爹娘！

柳玉茹差點嘔出一口血來。她不想理他，只是一個勁發洩著自己的委屈和悲哀。而顧九思就在一旁伏低做小的勸：「不哭了不哭了，我跟妳說笑話。來吃點東西，餓壞了多不好。柳小姐啊，情愛傷身，妳別把心思放在我身上了，妳以後要往錢看，真金白銀，那才是最重要的。妳這麼聰明的人，怎麼想不透這個理呢？」

「來，停下來，好好休息一下，妳休息好了，明日我帶妳去花錢。等妳大把大把銀子花出去的時候，就會感受到，人世間如果有什麼痛苦無法痊癒，一定是因為錢不夠多。」

「來，」說著，顧九思從懷裡掏出一張銀票，這是他最後一招了，以往只要拿出銀票，誰都能對他笑臉相迎，但他不確定這管不管用，他將銀票放到柳玉茹懷裡，認真道，「妳也哭累了，抱著這張銀票，好好睡吧。」

柳玉茹沒說話，她是真的哭累了，被顧九思扶到床上，顧九思幫她卸下鳳冠，脫了鞋，小心翼翼蓋了被子。柳玉茹就蜷縮著，抱著銀票，在床上抽噎。

顧九思靠著床坐在地上，聽見柳玉茹終於不哭了，身後傳來熟睡的呼吸聲，顧九思嘆了口氣。

他的心好累，好疲憊。

他一個紈褲子弟，為什麼要面臨這麼複雜又沉重的感情羈絆？

他在感慨之下摸了摸自己的口袋，再一次肯定，人真的要多帶點錢在身上，當一張銀票沒法解決的時候，你還能有另一張。

柳玉茹睡了一夜，抱著銀票醒了。

她躺在床上，動也不動，內心麻木平靜，什麼都不想。

在經歷過澈底的宣洩後，那些痛苦和憤怒傾瀉而出，隨之而來的是對未來的絕望和茫然，她不知道自己這麼多年的堅持是為了什麼，也不知道自己未來將要如何走下去。

再如何聰慧機敏，她始終只是個十五歲的小姑娘。哪怕十五歲已經及笄，可對於這漫長的人生來說，十五年，遠不夠一個人內心的成長。

妳可以透過十五年熟讀四書五經，可卻無法透過十五年得到一顆面對世事都能冷靜坦然的內心。

她不想再抗爭了，澈底放棄，躺在床上，不想動，不想說話，不想吃東西，什麼都不想。

而顧九思也不敢招惹她，在下人把大門打開的那一瞬間，立刻跑了出去。

他想了一個晚上，他想好了，不能就這麼認命，要反抗顧朗華！要讓柳玉茹熄了對他的心思！

他要用行動表達他的叛逆！

於是他夜裡從新房裡掏出自己藏著的私房錢，換好了衣服，在下人開門的瞬間一路狂奔出顧府。顧府的下人被自家少爺逃跑的速度驚到，面面相覷片刻後趕緊報告顧朗華，顧朗華和江柔剛起身，顧朗華聽見顧九思跑了，擺了擺手道：「跑了就跑了，兒媳婦呢？兒媳婦還好吧？她沒跑吧？」

來稟報的管家愣了愣，有些茫然道：「沒跑。」

不關心兒子，這麼關心兒媳婦的嗎？

聽到柳玉茹沒跑，江柔和顧朗華鬆了口氣，江柔道：「兒媳婦還在就好，九思跑了就跑了吧。」

管家：「……」

這兒子大概不是親生的。

江柔和顧朗華的寬容顧九思是不知道的，他拚了命跑出顧府，根本不敢停，一路狂奔到自己常去的酒樓，在酒樓裡上了包廂，派人送信給楊文昌和陳尋，接著喝了口小酒，總算覺得有了幾分安全感。

然後他就在酒樓裡等著楊文昌和陳尋，等了半個時辰，兩個公子哥衣衫不整的跑著來了，關上門後，三兄弟面面相覷，短暫沉默後，楊文昌拱手道：「恭喜恭喜……」

「別恭喜了，」顧九思痛苦地捂著額頭，「我感覺我的頭都炸了。」

「炸什麼啊？」陳尋走到桌邊，倒了杯酒，勸慰道，「娶個女人，也不是多大的事。柳玉茹不就是貪圖顧夫人的身分嗎？給她就是了，以後咱們該怎麼玩怎麼玩，你也別擔心。」

「不，」顧九思痛苦出聲，「她要是只是貪圖錢就好了，問題是，我昨晚才知道，她不是衝著錢來的。」

「那她是衝著什麼來的？」楊文昌有些茫然，他們三個早就一致想明白了，柳玉茹就是衝著錢來的，沒有其他可能。

顧九思抬起頭，嘆了口氣，有幾分憐憫道：「她，是衝著我來的。」

「她想報復你？」這是楊文昌第一個反應，驚訝道，「這個代價有點大吧？」

「不，」顧九思認真道，「她喜歡我。」

話剛出口，陳尋一口酒噴了對面楊文昌一臉。

陳尋趕忙道：「對不住對不住，我太震驚了。」

楊文昌面無表情讓陳尋擦著臉，轉頭看向顧九思：「我也太震驚了。」

「誰不是呢？」顧九思喝了口酒，「人這輩子，感情債最難還，她要錢還好，要我這顆心，我也不知道怎麼辦才好了。」

「你想讓她死心？」楊文昌明白顧九思的意思，顧九思點了點頭：「早點死心，早點放棄，免得越陷越深，我也難辦。」

「這好辦，」陳尋道，「讓一個女人死心太簡單了。」

「怎麼辦？」顧九思看過來。

陳尋意味深長地笑了笑：「春風樓上睡上三天，保證她就死心了。」

顧九思沉默了。

揚州最有名的風月之地春風樓，是顧九思以前常去的地方。只是以前去都是陪著楊文昌和陳尋，他不太愛這種地方，比起春風樓，他更喜歡賭坊和酒樓。

吃喝嫖賭，除了嫖，他都喜歡。

但他有錢，去過的地方，都成那裡的貴賓，當年春風樓花魁初夜拍價，他為了給楊文昌慶生，也曾一擲千金，在風月場上頗有名聲。

對於一個女人來說，有什麼比丈夫成婚後第二天就去青樓的打擊更大？

而對於顧朗華來說，什麼比成婚第二天就上青樓更氣他？

顧九思稍微一想，便點了頭，同陳尋道：「好，咱們去春風樓！」

說完，顧九思便帶著陳尋和楊文昌，高高興興上了春風樓。

去了春風樓後，樓裡的管事把姑娘帶過來，一排一排站好，然後走到顧九思面前，恭恭敬敬詢問他：「不知大公子可有什麼偏好？我們這裡的姑娘各有所長，唱曲、跳舞、彈琴、吟詩、投壺……您若有什麼喜歡，奴才可推薦幾位給您。」

顧九思聽了，認真想了想，隨後抬頭：「有會打葉子牌的嗎？」

管事愣了愣，下意識發出一聲：「啊？」

顧九思接著道：「有會賭錢嗎？」

管事：「……」

這是上來叫姑娘的還是來賭錢的？

然而畢竟是貴客，管事很快叫了平日裡喜歡打牌喝酒搖骰子的姑娘上來，顧九思興高采烈立刻讓人架起了賭桌，在一片吹拉彈唱之中，高興賭起錢來。

顧九思找到了玩樂之處時，柳玉茹正躺在床上，一動也不動。

她知道顧九思離開了，她不想問顧九思去了哪，她也不想問自己接下來該做什麼。反正日子已經這樣，她也沒有了任何經營的心思。

至於什麼規矩不規矩，她無法想了。

她像一隻躲在龜殼裡的烏龜，不願意再去看這世界任何一點變化。

印紅見她久久不起身，便進去看了一眼，看她面色麻木看著床邊一動也不動，印紅不由得有些害怕，小心翼翼推了推她道：「小姐？」

柳玉茹沒說話，印紅關上門，走到床邊來，同柳玉茹說著話，「小姐，您怎麼了？您是不是哪兒不舒服？」

「小姐，您說句話，」印紅拉著她的手，焦急道，「昨晚姑爺怎麼您了？您怎麼還穿著喜袍啊？你們……」

說著，印紅愣了，小聲道：「你們，沒圓房啊？」

柳玉茹垂下眼眸，印紅見她有了回應，趕緊道：「小姐，您回我一聲，我害怕。」

「印紅……」柳玉茹乾澀出聲，「他要休了我……」

「什麼！」印紅驚詫出聲，她看見柳玉茹蜷縮在床上，抬手捂住自己的臉，沙啞道，「他說了，他不喜歡我，他以後會有喜歡的人，他要對那人好，所以早晚會休了我。」

「他讓我早做打算……」

「印紅……」柳玉茹的身子微微顫抖，「我該怎麼辦……怎麼辦啊……」

她若被休了，這一生該怎麼辦？她在顧家不得寵愛，她母親又該怎麼辦？

這次她母親親自操辦她的嫁妝，她帶了那麼多錢財過來，如果顧家不替她撐腰，等柳宣反應過來，等張月兒重新得勢，她母親的日子要怎麼過下去？

柳玉茹一想到這些、想到未來，就感到絕望。

印紅也慌了，她看著柳玉茹，好半天，終於道：「小姐，姑爺……姑爺肯定是胡說的！您別難過，親是他們家提的，顧夫人很好的，她對您很滿意，而且她也不會不管顧公子，您別怕，您別難過，啊？顧公子現在不知道您的好，等他知道了，愛您疼您還來不及，怎麼會休了您？」

柳玉茹沒說話，她躺在床上，一動也不動。印紅說的是安慰還是真的，她心裡比誰都有數。

她已經哭過了，也不想再哭了，可是未來能做什麼，該怎麼辦，卻是真的，一點都不知道。

印紅勸著她，想讓她吃點東西，柳玉茹還是保持著最初的姿勢，沒有半分變化，似是完全死了心。印紅嘆了口氣，接著道：「您就算不吃東西，也該起來給顧夫人和顧老爺敬茶，您才剛來，總該有點規矩，不然咱們會被笑話的。」

柳玉茹不說話，她垂下眼眸，「就說我病了吧。」

她嘆了口氣：「我現在，真的……已經很累了。」

印紅不敢再逼柳玉茹，便出去替柳玉茹帶了話，江柔和顧朗華得了消息，兩人對視一眼，印紅在一邊站著，一動也不動。顧朗華有些尷尬，片刻後，他輕咳了一聲：「既然玉茹身體不適，那先休息好再來。我今日讓九思去辦點事，所以他早上才走了，讓玉茹別放在心上。」

話剛說完，一個小廝就急急忙忙跑進來，喘著氣道：「老爺，不好了，大少爺去了春風樓！」

顧朗華、江柔：「……」

顧朗華的臉色難看至極，江柔有些不自然地輕咳了一聲，轉過頭去，印紅則暗中捏緊了拳頭。

新婚第二日就上青樓……這個姑爺，縱然是紈褲子弟，也……也太荒唐了！

顧朗華反應過來後，果斷從旁邊提了棍子，便怒氣沖沖要出去打顧九思，然而江柔卻伸出手，攔住顧朗華，溫和道：「老爺，總不能打他一輩子。他如今也是成親的人了，不能一直像個孩子一樣讓您管教。」

「這個兔崽子！我不管他，他豈不是要飛！」顧朗華氣得大罵。江柔拉著他坐下，笑著道，「老爺，這次我來管吧，您也別氣了。這兩年，您打他的次數少嗎？他做事雖然沒個章法，但也不會亂來，這次會跑到青樓去，還不是同您賭氣。以往他沒成親，您這樣打著也罷了，若今日您還要將他抓回來打，他和玉茹的日子，以後怎麼過？」

顧朗華聽到這話，稍稍遲疑了一下。江柔勸著道：「他本就對這門親事心裡介意著，覺得是玉茹和咱們合夥算計他，您今日再幫玉茹出這個頭，九思要怎麼想玉茹？夫妻之間的事，外人要是插手，那便成了一團亂麻，今日將他抓回來打一頓容易，可玉茹和九思是要結仇的啊。」

話說到這裡，顧朗華終於鬆了口，扭過頭道：「那妳去管，看看妳倒是有什麼法子。」

「這事不在我們身上，」江柔笑著道，「在玉茹那邊呢。」

得了這話，顧朗華不再說話。

而江柔站起身來，轉頭看向印紅，印紅正等著江柔去找顧九思的麻煩，卻聽江柔溫和道：「妳家小姐，現在方便見客嗎？」

印紅愣了愣，隨後江柔便道：「她既然不來見我，我便去見見她吧。」

說著，江柔便點了人，讓人叫了大夫，隨後直接踏出房門。

印紅反應過來時，江柔已經到了門口，她不敢說太多，只能跟在江柔身後，一起來到柳玉茹房中。

柳玉茹還躺在房中睡著，江柔帶著人輕聲進了屋中，怕吵著柳玉茹。她來到內室，看著柳玉茹背對著所有人，蜷縮著睡在床上，身上還是那件喜袍。

她當即便知發生了什麼，不由得嘆了口氣，走到柳玉茹身前。

柳玉茹感受到身後站了個人，她睜開眼，慢慢轉過頭來，見到江柔溫柔地瞧著她。

「玉茹，」她關切道，「我聽說妳身子不適，便來看看妳，可好些了？」

第五章 顧家少夫人

柳玉茹認出來是江柔，她略略遲疑後，終究還是起身，打算給江柔行禮。江柔趕忙按住她，同她道：「難受就先躺著吧，我們家沒這麼多禮數，我讓大夫來看看妳。」

柳玉茹是沒什麼事的，但她此刻內心一片麻木，也不想遮掩，便躺在床上，讓江柔招呼大夫來替她診了脈。

大夫細細診斷了一下，倒也沒說她現在是怎麼了，只說了一下她的身體之前一些不大好的地方，說要調養。

江柔也沒多說，點了點頭，讓大夫去開方子後，讓人替她準備了吃的，然後便轉過頭來，靜靜看著她。

江柔的大丫鬟見狀，便領著所有人出去，房間裡剩下婆媳兩個人，江柔打量著柳玉茹，柳玉茹此刻的模樣，絕對算不上好，哭了一夜，妝都哭花了，眼睛也哭腫了，看上去死氣沉沉，完全不像一個新娘子。

江柔嘆了口氣，幫柳玉茹掖了掖被子，慢慢道：「昨夜妳和九思，是怎麼了？」

柳玉茹垂下眼眸，並不出聲，江柔猜測著道：「是九思同妳說了胡話吧？」

柳玉茹還是不言語，江柔看著柳玉茹的樣子，卻是笑了：「我去提親前，同誰打聽，別人都說妳是個大家閨秀，守著規矩。怎麼今日嫁到我家來，卻不是這樣呢？」

「顧夫人，」柳玉茹終於出聲了，她平靜道，「我本是不願嫁的。」

江柔愣了愣，她沒想到有這麼一句，好半天才回了神，有些遲疑道：「可……可我提親時，妳姨娘同我說，妳心慕九思。」

柳玉茹嘲諷地勾了勾嘴角：「夫人又不是不知我家情況，我姨娘說的話，這也能信？」

「但妳爹就在旁邊啊，」江柔有些懵，「妳家……妳……」

她一時不知怎麼說下去了，她是知道柳家內宅不平，但是柳宣在外素來還算個懂事的人，她的消息裡，柳宣雖然寵著張月兒一些，但是對子女卻是並不怠慢的。至少柳玉茹這些年來，吃穿用度，作為嫡女該培養的，都沒落下過。兒女都是父母的心頭肉，更何況柳玉茹還是嫡長女，父母對第一個孩子總是感情深一些，就像她將顧九思放在心尖尖上，怎麼想都想不到，柳宣會做出這事來。

放著妾室在女兒的婚事上渾說，都不阻攔一二的嗎？

江柔心裡有些動怒，她壓了脾氣，怕嚇著柳玉茹，儘量溫和道：「那我問妳，妳家與葉家，到底有沒有結親？」

「是打算結親的。」柳玉茹實話實說，神色麻木道，「葉老太太親自上我家說了媒，家裡也已經同意了，只等葉大公子鄉試歸來，便上門提親。」

「這簡直是荒唐！」江柔聽了這話，忍不住怒喝。

柳玉茹抬眼看了看她，江柔站起身，在屋中來來回回走了幾圈。

花了這麼大工夫成的親事，兒子不願，姑娘不喜，還生生得罪了葉家。

江柔閉了眼睛，深深吸氣，算是明白柳玉茹如今的態度。她讓自己儘量平靜下來，克制著喝了口水。

緩了許久，她終於冷靜下來，事已經發生了，小的怕是比他們還慌，她抬頭看了神色麻木的柳玉茹一眼，心裡有些憐憫。她猶豫片刻，回到柳玉茹身前，斟酌著用詞，遲疑了半天，才瞧著柳玉茹，慢慢開口道：「柳姑娘，這事是我們顧家不夠謹慎，沒有及時查明妳與葉家的婚事，這個錯，我給妳賠個不是，還望見諒。」

柳玉茹沒說話，她其實是有些詫異的，可這樣的情緒很淡，淡得她無法為此產生任何波瀾。她垂了眼眸，平淡道：「這樣的私事，本不足為外人道。夫人便是有心，也難以知道真相。當是我家告訴夫人事情，此事我並不責怪夫人。」

江柔瞧著她的樣子，便明白是個懂道理的姑娘。她雖惱恨柳宣，但卻無法將此事遷怒到柳玉茹身上。

她看著柳玉茹，嘆了口氣，接著道：「只是如今事情已經這樣，柳姑娘如何打算？」

「我能如何打算？」

柳玉茹苦笑：「親定了，婚成了，我難道還能讓顧九思真把我休了不成？我來了顧家，便是想好好過日子的，我還有什麼可以選？」

江柔沉默著，聽著柳玉茹深吸了口氣，似是說得極為艱難：「可是不是我不過，是顧九思他不過啊！」

「顧夫人，」柳玉茹紅了眼眶，「他新婚之夜便說要休了我，如今又不見人影，妳讓我如何過下去？」

「我本都認了命了，嫁給他這樣的人，我這輩子也沒有多指望什麼，可是至少要讓我把日子過下去，他若真的休了我，這便是逼著我去死啊！」

江柔靜靜聽著，揣摩著柳玉茹的話。

十幾歲的小姑娘，言語裡的嫌棄不帶半分遮掩，江柔不由得苦笑：「所以，玉茹，妳是想讓我們幫妳把顧九思找回來嗎？」

「找回來做什麼？」柳玉茹無奈，「找回來了，再跑一次，再找再跑，多來幾次，我跟他成了揚州城的笑話嗎？」

「那妳現在打算怎麼辦呢？」江柔繼續問著，柳玉茹搖著頭。

她也不知道怎麼辦。

她什麼都不想了。

「就這樣吧，」她沙啞出聲，「我認命了，他就是這樣一個人，愛去哪去哪，愛做什麼做什麼。顧夫人，您就讓我留在顧家，多吃一口飯，就這樣吧。我不想再算了，不想再理會了……」

「我受不了了……」她低泣出聲，「受不了了啊……」

一次次被命運捉弄，一次次反覆無常。

她本以為康莊大道就在眼前，卻驟然跌進了深淵。

她小心謹慎活了這麼多年，最後到頭來，卻還是走到了這一步，她不想爭，也不敢爭了。

江柔看著趴在床邊哭著的姑娘，忍不住嘆了口氣，她抬手輕拍著柳玉茹的背，並沒有說話。

這種無聲的安撫讓柳玉茹的哭聲小下來，她慢慢抽噎著，過了好久後，聽江柔道：「柳小姐，哭夠了便停下，哭過了，當重新站起來才是。」

柳玉茹沒有說話，江柔扶起她，讓旁人遞了帕子給她，看她擦拭眼淚，江柔慢慢道：「我知道妳心裡苦，但是人跌倒了，要麼站起來，要麼躺下去。站起來難，但站起來了就能繼續走，躺下去容易，可躺下去了，路也就走到頭了。」

「道理誰不知道呢？」柳玉茹自嘲，「可是顧夫人，這條路，我瞧不見啊。」

江柔沉默片刻，好久後，她慢慢道：「我知道妳對九思不滿，覺得他是紈褲子弟，一無是處，同葉世安比起來，他似乎的確不是個好丈夫的人選。」

「我說這些話，並非偏袒我兒，只是妳回不了頭，顧家也回不了頭，日子總是要過下去的。我希望這場婚事是結親，不是結仇，所以妳要是願意，我便同妳說說我的想法。」

「夫人請說。」

「我兒的確是紈褲子弟，不如葉大公子上進，但本性純良，一直以來，從未做過什麼傷天害理之事，除了好賭，其他多有節制。他從不沾染女色，外界盛傳他在青樓為花魁一擲千金，那是他為好友所擲，他如今年僅十八，但感情上至純至善。他想要的妻子，是一生一世一雙人，比起當今許多男子來說，至少感情這件事上，他不會虧待妻子。」

「感情真摯，於喜歡的人而言，那是蜜糖，於不喜歡的人而言，便是毒藥。他如今要休我，不就是因著感情真摯嗎？」柳玉茹苦笑，「那我倒寧願他能花心一些，至少留我一條生路。」

「可感情這事，哪裡有上來就喜歡不喜歡的呢？」江柔笑了笑：「這世上多的是父母之命，媒妁之言。便就是我，也是掀起蓋頭那刻，才得見老爺是什麼樣。能在婚前便相知相許的，若非因緣際遇，便是逾越禮教，那麼多夫妻，也是成了親，日復一日相處著，才生了情誼。」

「九思過往沒有喜歡的女子，他甚至與女子都沒有說過幾句話。我們之所以覺得他喜歡妳，便因妳是他唯一說過喜歡要娶的姑娘，縱使這是誤會，可感情這事上，妳也比其他姑娘早了一截。」

柳玉茹垂了眼眸，江柔看出她的不情願，便道：「我不是讓妳去討他歡心，我是希望妳別為難自己。妳先看看這個孩子，妳得認可他，覺得他並非一無是處，才有走下去的路。若妳心裡想著他已經無藥可救，厭惡他、憎怨他，那妳打算日後怎麼辦？當真就把自己關在這屋子裡過一輩子？」

「妳若真這樣做了，那是妳自個兒為難自個兒。」江柔嘆了口氣，「妳這樣，受的委屈不會結束，這輩子也就這樣搭上了。」

柳玉茹眼淚無聲，江柔有些無奈，她接著道：「我並不指望妳一定要與我兒互相喜歡，妳不喜歡他，我也能理解。可是我希望，妳來了顧府，就用心去過。能幫妳的，我都會幫。今日九思去了春風樓，這是妳與他的第一樁矛盾，妳今日如何選擇，如何做，就是你們倆婚事未來的路。妳打算如何做，可以告訴我。」

柳玉茹聽到這話，整個人都在顫抖。

春風樓……

新婚第一日，他竟去了春風樓！他將她的顏面置於何地？他這是要讓她成全揚州的笑話！

「顧夫人說妳會幫我，那妳要如何幫？」

「這取決於妳要我如何幫？」

「我若要夫人此刻就去幫我把顧九思帶回來，狠狠的罰呢？」

「可以。」江柔神色間沒有半分遲疑，柳玉茹的唇微微一顫，江柔抬眼看她，「還有呢？」

「顧夫人，」柳玉茹沙啞出聲，「這是您兒子，您這樣幫我，我不懂。」

「玉茹，」江柔抬手將頭髮挽到耳後，「我說過了，我想結親，不想結仇。九思在這事上不對，我不會偏幫，顧府既然讓妳當了少夫人，不管是怎麼回事，陰錯陽差也好，騙婚也罷，妳姑娘抬到我家，我便會盡我所能讓這段姻緣往好的地方走。人一生總會遇到不順，我們唯一能做的，就是遇見的時候，往好的地方走過去。」

「其實說句實話，以我私心來說，妳嫁入顧府，只會比葉家更好，不會更壞。只要妳願意好好過。我與妳公公性格寬厚，妳不需要有什麼規矩，日後想管理中饋、經商、讀書，我都可以教妳。九思的性子，他若不休妳，就絕不會納妾，後院必然安穩。而他性格純良，會在成親後上春風樓，一來是他不知道妳的處境，只當妳與他爹合謀騙他，二來他想找他爹麻煩，但他不懂妳的苦處。可是妳只要告訴他妳的苦處，他便會承擔這個責任，替妳想辦法。」

「妳不要斷然否定這門婚事，」江柔淡然出聲，「至少試著去瞭解一下，九思是個怎樣的人。」

柳玉茹聽著江柔的話，沒有出聲。江柔靜靜等著她，好久後，她卻是道：「您剛嫁給顧老爺的時候，是怎麼樣的？」

「他啊？」江柔輕笑，「那時候也是混，在外面養了個外室，後來婚後三年，納了好幾個妾室。」

柳玉茹眼皮動了動，聽著江柔道：「這本也是常事了，但那時我年輕，喜歡他，便想不開，日日同他鬧。後來經歷了許多，兩人風雨同舟了許多年，終於走到現在了。他收了心，妾室都養在後院，都是些可憐人，便留在院子裡過日子，若找到合適的人家，便送她們一筆錢去了。」

「哦，我並非讓妳也學我。」江柔突然想起來，這姑娘正是最敏感的時候，忙道，「我過得不能算是順遂，隨口一說而已。」

說著，江柔又說了些舊事，見柳玉茹情緒穩定，便讓她休息，起了身。臨走前，她道：「可要我去把九思帶回來？」

柳玉茹張了張口，終於道：「罷了……」

帶回來，那顧九思與她，怕真的就沒有回頭路了。

江柔笑了笑，叮囑了幾句好好休息，便轉身離開。

等江柔走後，柳玉茹坐在房中，她呆呆坐著，一言不發。

印紅走進來，低聲道：「小姐……」

柳玉茹抬手，止住印紅的話，輕聲道：「讓我想一想。」

印紅不敢開口了。她看見柳玉茹站起身，慢慢走到棋桌旁。

她以往很少對弈。她母親雖然不拘著她，但總覺得，女兒家還是以女紅針線為根本。只是因為聽說葉世安酷愛下棋，所以認真學過。此刻她需要什麼讓自己平復下來的事，於是坐到了棋桌面前。

她的神色很平靜，完全看不出異樣，印紅不敢打擾她，就讓她靜靜坐著。

她記得當年柳玉茹第一次這樣子，是張月兒剛進府，要讓她和蘇婉搬出主院，她到柳宣面前又哭又鬧，結果被柳宣打了一耳光回來。那天她就是這樣，一言不發，把自己關在房裡。等出來之後，她就會甜甜的叫張月兒姨娘，從此進退有度，能說會道。然而在此之前，印紅還記得，柳玉茹其實是個會爬樹、喜歡玩彈弓、會護著蘇婉和柳宣吵架的野丫頭。

她不知道柳玉茹這一次會做什麼，然而她清楚知道，柳玉茹一定會選出一條最好的路來。

而柳玉茹坐在棋桌面前，她撚了棋子，靜靜和自己對弈。棋子落下時，她覺著自己的一切，彷彿正在經歷一場暴雨的清洗，放在火熱的岩漿裡滾灼，挫骨揚灰後，又重塑新生。

人之一生，最重要的能力，從來不是順境時能有多聰明。而是逆境時，你有多堅韌。

她靜靜落著棋子，慢慢思索著。

她自知，自己樣樣都算不上拔尖，唯有在堅韌二字上，比常人要多那麼幾分。

能夠快速調整心態，能夠從迅速學習，適應周邊環境。

就像當年張月兒來到柳家，她能迅速把自己從大小姐變成一個普通小姐，收斂起對張月兒的敵意，同她討巧賣乖，在柳宣和張月兒手下，也得到憐愛。

如何討得別人喜歡，是她同張月兒學的；如何成為一個讓人稱讚的閨秀，是她在葉家學的。

她有著超凡的學習能力，而今日遇見江柔，這是她生命裡從未見過的女人的類型，她在腦海裡，把這個女人仔仔細細的剖開，認真的思考著江柔的所有邏輯。

她站在江柔的角度去審視這個世界。

她嫁了一個不算喜歡的男人，這個男人甚至比顧九思更差，因為他風流多事，妾室許多。可她卻不曾放棄，一步一步經營，讓這個男人成為今日與她一生一世一雙人的好丈夫。

聽聞早些年顧老爺並不算富裕，甚至有些浪蕩，可如今的顧朗華卻是長袖善舞，這或許是江柔的功勞。

她花重金下聘，替自己的寶貝兒子迎娶了一個兒媳婦，她費盡心機，替兒媳婦掙來了嫁妝，結果這個兒媳婦，不僅對自己家心懷怨恨，還沒半點規矩，與她對話毫無分寸，可她卻能不惱不怒，站在對方的角度上開導勸解，規劃出一條對所有人都好的路。

若是其他人家，以顧家的權勢，今日她這樣所作所為，直接關起來收拾一番也好，或者是休棄回去也好，有的是法子磋磨她。可江柔卻能對她曉之以情動之以理，期盼著她能夠真正收心在顧家。

柳玉茹長長舒出一口氣來。

居高而不自恃，位下而不自棄。

這份胸襟，是她少見的。

然而終究是意難平，道理她都明白，情緒卻難收斂。

可她已經知曉，這份情緒不能繼續下去，一個人倒一次楣不要緊，怕的是倒楣之後一直陷在情緒之中，然後一而再再而三做錯事。

於是她沒有說話，只是坐在棋桌前，反覆對弈。

然後她讓印紅將過去侍奉顧九思的人都叫了過來，讓他們細細說著顧九思的過去。

他怎麼長大，他做過什麼事，他是什麼性子，他喜歡什麼。

她讓對方說，她靜靜聽，手中黑白棋子交錯落下，她在落棋的聲音中，腦海中慢慢勾勒出顧九思的過去，未來。

她大概能摸索清楚這個人。

他心底柔軟善良，喜歡貓貓狗狗，會給路邊的野貓野狗餵食。

他有自己的責任心，他做事常嚷嚷的就是一人做事一人當，最怕的是連累無辜。

他很講義氣，對自己兄弟從來都是兩肋插刀。

他有一個大俠夢，常常夢想行走江湖……

他想盡辦法逃出顧府，挖狗洞、用梯子爬牆、甚至自己製作了許多攀牆工具；他還愛藏私房錢，房間裡到處都是他藏的銀票，防著他爹娘用金錢控制他；他武藝極好，原本他的師父，現在都要帶著許多人才能制服他……

柳玉茹拚命去尋找這個人的優點，試圖客觀的去評價這個男人，他的善和惡，他是真的無藥可救，還是只是過於天真。

她聽到第三天，該聽的都聽完了，而內心裡那些火，該滅的也滅完了。

她抬起眼，終於說了三天來第一句話。

「大公子在哪兒？」

聽到這話，印紅先是愣了愣，隨後反應過來，結巴道：「我……我這就找人打聽。」

柳玉茹點點頭，讓印紅準備熱水，沐浴，更衣，上妝。

她將最後一根頭釵插入髮絲中間時，去打聽消息的人回來了，恭恭敬敬道：「少夫人，大公子現在還在春風樓。」

柳玉茹毫不意外，顧九思以往在賭場一賭一個月不回來都有，現在去了春風樓，也就三天沒挪地方，算不得什麼。

她點點頭，起了身，隨後先去拜見江柔和顧朗華。

江柔和顧朗華聽見柳玉茹來了，顧朗華嚇得手抖了抖，他咽了咽口水，也不逗自家的鸚鵡了，回頭同江柔道：「我眼皮子跳得厲害，總覺得慌。」

江柔嘆了口氣，搖搖頭道：「小孩子的事，我們聽聽就好了，別管。」

沒一會兒，柳玉茹上門了，江柔和顧朗華坐在上位，柳玉茹恭恭敬敬行了禮，顧朗華趕緊讓她起來，同她道：「我們顧家沒這麼多規矩，妳別太見外。」

「玉茹是晚輩，該有的規矩還是要有的。」

柳玉茹面色平和，妝容讓她整個人看上去神采好了許多，她抬起頭來，溫和道：「前些時日玉茹不適，沒有來給公公婆婆敬茶，還望公公婆婆見諒。」

「這不關妳的事，」顧朗華一說起這事就來氣，皺著眉道，「都怪九思那兔崽子。玉茹啊，妳嫁過來，讓妳受委屈了，九思以前小時候身體不好，我們不敢下手管，長大了就來不及了，但我也沒想到他這麼混，妳等著我把他抓回來，一定讓他跟妳賠禮道歉！」

「公公說笑了，」柳玉茹神色平和，沒有因為顧朗華的話開心，也沒有什麼不滿，說話聲音清晰平緩，聽得人也跟著平靜下來，她慢慢道，「大公子一直是這個性子，天真爛漫，玉茹也是知道的。玉茹嫁到了顧家，也就是顧家的人，大公子能過得好，那便足夠了。大公子喜歡出去玩，那便出去玩吧，沒什麼的。」

聽著這話，江柔和顧朗華面面相覷，顧朗華心裡更害怕了。

如果柳玉茹直接發火，他還沒這麼瘮得慌，現在柳玉茹說得這麼好，直覺告訴他，要完。

柳玉茹不知道顧朗華的內心，她低著頭，做足了恭敬的姿態，繼續道：「玉茹今日前來，一是同公公婆婆見禮，二是想來瞭解一下家中情況，想知道日後在顧家，可有什麼需要玉茹注意的地方。」

「其他倒沒有，」顧朗華斟酌著道，「只要妳和九思能過得平穩順遂，閒暇時候，再督促他上進些就好了。」

聽這話，柳玉茹心中琢磨著，猶豫著開口道：「公公的意思是，希望大公子讀書上進？您這樣的意思，以前同大公子說過嗎？」

柳玉茹清楚顧朗華應當是沒說過的。如果顧朗華早有這樣的心思，以江柔和顧朗華的能力，能把顧九思管教成這樣？

「此一時彼一時，」不出柳玉茹所料，顧朗華也沒遮掩，嘆了口氣，直接道，「以前覺得他一輩子高高興興過就是，所以從來沒要求過他上進讀書。但現在不一樣了，我如今還是希望他日後能夠有些本事，哪怕家裡護不住他，他也能自己護住自己。」

「公公的意思是，家中有什麼變故嗎？」

柳玉茹將目光落到江柔身上，眼裡帶了疑惑。江柔明白柳玉茹的意思，她也不同柳玉茹繞彎了，接過聲道：「顧家雖是揚州的富商，但其實根在東都，我哥哥在東都任吏部尚書，如今東都政局不穩，陛下已經三個月沒有上朝了。我哥哥本想要九思入東都，然後替他謀個一官半職，再將他舉薦給公主殿下，以求前程。我們不願九思捲入這些，所以才著急著給九思找一門親事。」

江柔的話並不連貫，柳玉茹卻是明白。皇帝三個月不上朝，很可能沒有多少時候了，那接下自然會有一番皇位紛爭。而顧九思的舅舅想要穩固位子，和某位有權的公主結親。可是……

柳玉茹皺了皺眉頭，如今皇帝子嗣單薄，也早早定下了太子，怎麼看，都不是會有奪嫡之爭的模樣，顧家怕什麼呢？

柳玉茹心思轉了轉，腦海裡浮現出那個夢。

——梁王謀反後，范軒領兵入東都……

——當年仗著與梁王沾親帶故，就在揚州橫行霸道……

她心思一凜，沉住心緒，假作隨口道：「不知舅舅在東都，可有什麼立場，與哪位王爺有什麼關係？」

「站的，自然是天子的立場。」江柔抿了口茶，淡道，「與皇親國戚的關係談不上，只是我有一位姪女，是梁王的側妃。」

柳玉茹聽到這話，心砰砰跳起來。

第二次了。

夢裡的事，第二次應驗了！那真的只是個夢嗎？一切真的只是偶然嗎？

柳玉茹克制著情緒，端起茶杯，用喝茶的動作給自己思考的空間。

如果那個夢是真的，那顧家還有多少時候？顧家如果倒了，她作為顧九思的妻子，還跑得了嗎？

她手中帶汗，等放下茶杯後，終於將自己準備好的話說出來：「如今既然家中有了變故，局勢不比過去，大公子這性子，的確要改一改了。」

「男兒家，不說榮華富貴英雄一世，也總該有些可以依仗的本事，公公婆婆覺得玉茹說的可是？」

「那是自然，」顧朗華嘆了口氣，「過去我們想得不長遠，就想著他高高興興生活就行。

如今再管他，他根本不聽勸，」說著，顧朗華抬頭看向柳玉茹，「玉茹，妳剛嫁進來，任何人日後怎麼相處，都是看最初的規矩，規矩妳得立起來，千萬不能讓他囂張了。他不懂事，可我看得出來，妳是個知書達理的，要好好管教他啊。」

「公公，」柳玉茹露出為難的模樣，「你們畢竟是大公子的父母，你們都無法管教，我作為妻子，怕是……」

「不怕！」一聽這話，顧朗華知道柳玉茹在怕什麼，他立刻道，「妳去管，我給妳撐腰，他絕對不敢對妳怎麼樣。」

「我畢竟是個女子，最多也就是勸說他一二，要是他不聽，走了我也沒辦法……」

「這個妳別擔心，」顧朗華立刻道，「我將院中最頂尖的高手二十人全交給妳，專門用來替妳管教他，他要不聽勸，就把他抓回來，要打要罵，妳讓他們替妳下手就好！」

柳玉茹愣了愣，她雖然的確是這個意思，但沒想到顧朗華居然執行得這麼澈底，她本來只是想要兩個小廝的……

「玉茹也嫁過來了，」江柔跟在顧朗華後面，接著道，「我也該歇一歇了，這些時日，家中大小事務，就交由玉茹代管，有什麼不清楚的，都可以來問我，等以後熟悉了，中饋一事就澈底交給玉茹吧。」

好了，小廝也有了。

柳玉茹心裡有了底，江柔和顧朗華，怕是在管教顧九思這件事上，已經澈底無法了。於是直接放權，讓她放手去幹。

「有公公婆婆這樣支持，玉茹就安心了。玉茹這就去找大公子，勸他回來讀書。」

「好好好，」一聽「讀書」兩個字，顧朗華激動得熱淚盈眶，但想想，又怕柳玉茹第一戰就被打擊，以後太過消極，於是囑咐道，「勸一次勸不了也沒關係，只要能帶回來就行了。讀書這事從長計議，要是沒勸回來也沒關係。不要怕失敗，九思這孩子頑劣，一次失敗沒什麼大不了的。」

「公公婆婆放心，」柳玉茹像將軍對皇帝許下「必勝」的承諾一樣，神色沉穩，言語間沒有半分遲疑道，「我一定會把大公子帶回來的。」

說完，她便道：「婆婆，我想先熟悉一下家中的人，不知可否派一個嬤嬤給我，幫著我熟悉情況？」

「陳嬤嬤，」江柔知道柳玉茹要做什麼，忙將身後的嬤嬤喚了過來，同陳嬤嬤道，「這些時日，妳就跟著少夫人，幫她熟悉情況。」

「王壽。」顧朗華趕緊跟上，同身後侍衛道，「你把家中好手都清點出來，跟著少夫人，以後少夫人讓你幹什麼就幹什麼，千萬別讓少爺欺負少夫人。」

陳嬤嬤和王壽都站了出來，應聲之後，規規矩矩同柳玉茹行了禮，柳玉茹笑著點頭，而後同江柔顧朗華拜別。

柳玉茹領著陳嬤嬤和王壽到院子裡，讓兩人將家中的人都叫了過來，所有侍從僕人一字排開，站滿院子，然後一個個向柳玉茹報了名字和差事。柳玉茹熟悉情況後，坐在椅子上，喝了口茶，慢慢道：「以後我就是你們的少夫人了，未來在顧家，還望各位多多照顧。」

所有人靜靜聽著，不敢發聲，柳玉茹溫和說完這句，話鋒一轉，隨後道：「婆婆將家中中饋交給了我，日後便是由我管事，我希望我的夫婿能好學向上，所以家中該規矩些，乾淨些，免得干擾了大公子讀書，你們可明白？」

「明白明白。」跪著的人趕緊應聲，柳玉茹站起身，同所有人道，「七日後我會將新的家規發放下去，所有人按照家規行事。今日我便同所有人說第一條家規，我來後，第一條規矩便是，顧府上下所有人，都必須以幫助大公子讀書上進為第一要務，不得幫助大公子做任何不利於學之事，大家可明白？」

這次沒人敢說明白了，大家沉默著。

柳玉茹平靜道：「我現下就要去抓大公子回來，必要時候，大公子會做些非常之事，若我下令，你們不得退後，不得違抗，你們需記好，如今管著顧府，管著你們月銀身契的是我，不是你們的大公子！若有陽奉陰違、甚至公然違抗我令的，一律發賣出去，可都聽明白？」

聽到這話，所有人看向柳玉茹身邊的陳嬤嬤和王壽，陳嬤嬤和王壽兩人面無表情，朝著柳玉茹行了禮，認真道：「全憑少夫人吩咐。」

得了這話，眾人明白了，如今顧家掌權人的位子，的的確確是換了。

於是所有人咬了咬牙，低頭大聲喊了句：「明白！」

柳玉茹點了點頭，起身開始吩咐人做事：「你們先去書房，將筆墨紙硯四書五經這些讀書人該有的書都買齊了，把大公子以前看的亂七八糟的書、玩樂用的東西、珍藏的酒，總之，所有會干擾讀書的東西，全給我收起來，等我回來處置。」

「還有，把以前大公子用來逃出府挖的洞全給我堵上，梯子全部搬走，翻牆工具也都扔了，再找幾個工匠，把牆再砌高一些，確保他翻不出去。還有，印紅，」柳玉茹叫了印紅，印紅趕緊上前，應聲道，「是。」

「去臥室裡搜一圈，把大公子藏的銀票全都找出來，確保他沒有任何私房錢。然後準備好洗澡水、醒酒湯，還有一些吃的，再讓裁縫準備三十套素色長衫，衣服不要有花紋，舒服即可無需款式，這些衣服專門給他用來讀書。」

「是！」印紅大聲應下。

旁邊的人聽著柳玉茹吩咐，開始預感到，顧九思的日子，可能不太好過了。

等吩咐完家中的事，確保把顧九思抓回來也跑不掉之後，柳玉茹轉過身，她一回頭，就看見房間裡掛著的一把刀。

那把刀不大，柳玉茹提剛好。這是顧九思過去重金買下的，上面鑲嵌著寶石，看上去十分漂亮，被他掛在房中，當成裝飾品。

柳玉茹看著那刀，片刻後，她走上前去，從牆上取下刀。

僕人看著柳玉茹拿下刀，頓時感覺有些不好。一向侍奉顧九思的小廝木南頓時心慌，有種想趕緊跑去通知顧九思大事不好的衝動。可是一想到現在管家做主的人是柳玉茹，又提不起勇氣。

於是他混在人群裡，聽著柳玉茹道：「大公子是不是還在春風樓？」

王壽站出來，應道：「是。」

柳玉茹點點頭，平和道：「點四十個人，隨我去一趟吧。」

王壽沒有遲疑，立刻點了四十個人，二十個頂尖好手，二十個普通侍衛，然後跟在柳玉茹身後，一行人浩浩蕩蕩到了春風樓。

到春風樓的時候，顧九思還在睡覺，他一夜宿醉，尚未醒。

柳玉茹的轎子停在春風樓前，老鴇便知大事不好，趕緊去樓上想要叫醒顧九思。

而柳玉茹走下轎子，同王壽道：「將春風樓圍起來，確保任何一道門，任何一扇窗都走不了人。」

王壽應是，隨後柳玉茹一個人，提著手裡的刀，站在春風樓門口，仰頭看向春風樓的牌匾。

她的手微微顫抖。

她知道，只要自己今日上了春風樓，一切就回不了頭了。

一個會提著刀帶著人上青樓堵自己丈夫的女人，永遠要和善妒不端掛上勾，她過去所有對名聲的經營都將付諸一炬。所有曾經誇讚她的人或許都會覺得自己看走了眼，而葉家或許也會慶幸，還好沒有娶她這樣的潑婦回來。

甚至葉世安……

柳玉茹心裡微微一顫，她想到這個名字，就覺得有些難過。

所有人怎麼看她，她都覺得還能忍受，一想到葉世安或許也覺得，她舉止不端，不宜為妻，就覺得內心像是針扎了一樣。

那是她曾經嚮往努力了這麼多年的人，無論如何，都希望他覺得她很好。

可是這條路她必須走。

她清楚告訴自己，嫁給了顧九思，一切都不一樣了。她得為自己的未來謀一條出路。

她不指望顧九思能夠喜歡她，她已經從別人的口述中清楚知道，顧九思是一個多麼看重感情的人。如果他是柳宣那樣只貪圖女子美貌溫柔的人，她或許還能奢望自己能夠透過努力讓顧九思愛上她。可一個會許諾一生一世一雙人的男子，愛情於他太認真，也太重要了。

她自詡給不了顧九思要的愛情，所以也不奢望他的愛情。

她要的，只是顧家少夫人、乃至大夫人的位子；她要的，是自己能夠出人頭地，讓她母親母憑子貴，一輩子安安穩穩，富貴榮華；她要的，是顧九思這輩子都不能休她，若有一日顧九思真要去尋求愛情，也必須是顧九思離開顧家！

所以她一定要逼著顧九思讀書、入仕，只有當了官，才會有名聲和律法約束著顧九思不能隨便休棄她；而顧九思當了官，有能力，才能讓她當上誥命夫人，讓她出人頭地，讓任何人都不能看輕她和她母親半分！

柳玉茹捏緊了刀，深吸一口氣，大步走進春風樓中。

外面已經圍了許多看熱鬧的人，而春風樓二樓雅閣之中，葉世安正和朋友說著東都局勢，突然聽到喧鬧之聲。

他一回頭，就看見一個小姑娘，身著白色素衣，藍色繡花廣袖長裙，手裡提著一把刀，微微顫抖著走上了春風樓的臺階。

她的神色堅定中又帶了幾分害怕，像奔赴戰場的戰士，像一朵頂開了石頭盛開的花。

「呀，這不是柳家那個大小姐柳玉茹嗎？」他耳畔有人響起驚訝之聲。

「她來這裡做什麼？」

「不是來抓顧九思的吧？」

說到這，所有人大笑起來，有人擺手道：「不會，她是出了名的舉止妥當，哪裡會來這裡……」

話沒說完，就聽三樓某間包廂的門被人「砰」的踹開，隨後便聽姑娘一聲大喝：「顧九思，你給我站起來！」

第六章　起來

顧九思一夜宿醉，酒還沒醒。老鴇衝進他房裡，焦急道：「顧大公子，您快醒醒，您家裡來人了！」

顧九思睡得迷迷糊糊，他揮了揮手，不耐煩道：「別吵我。」

「您快醒醒吧，」老鴇看著顧九思完全睡渾了的模樣，忍不住拍著床板道，「您家裡人提著刀來的，怕是來者不善，您快醒醒啊！」

「吵死了！」顧九思煩躁道：「萬事我頂著，滾出去！」

老鴇被這麼一吼，也不敢再說了，開門出去時，便看見柳玉茹提著刀上了三樓，她趕緊用帕子遮著臉走了。柳玉茹到了門口，先是恭恭敬敬地敲了門：「郎君。」

顧九思沒反應。

柳玉茹讓人確認過，就是這間房，他沒反應，要麼是睡糊塗了，要麼就是跑了。

於是柳玉茹開始拍門：「顧九思。」

裡面顧九思被吵得頭疼，他用手捂住耳朵，蓋上被子，側過身，假裝沒聽見。

柳玉茹怒了，她今日既然來了，也不打算要什麼名聲。於是退了兩步，隨後猛地一腳，門震了震。

接著又一腳，門有些鬆動了。

最後她加速跑了幾步，「哐」一下，房門終於打開了！

然後她看見顧九思躺在床上，睡得正香。柳玉茹怒從心中起，再也忍不住，怒吼了一聲：「顧九思，你給我起來！」

這一聲「顧九思」吼得樓上樓下所有人都聽見了，顧九思自然也被震醒了。他有些迷糊，隨後聽見身後傳來急促的腳步聲，他直覺不好，下意識一側，「哐」的一下，一把刀直直貼著他的臉落在他身側。

他這次澈底清醒了！

柳玉茹冷冷地看著他，顧九思心跳得飛快，他感覺到柳玉茹不死不休的氣勢，咽了咽口水，顫抖著手握住柳玉茹握著刀柄的手，聲音有些發抖道：「冷靜一點……有話……好……好好說……」

「起來。」柳玉茹神色冷漠。

顧九思飛快點頭：「起來起來，這就起來。」

柳玉茹拔了刀，轉身向後走去，將門關上。顧九思懶洋洋起了身，帶著一身酒氣坐到柳玉茹對面，打著哈欠道：「妳來做什麼啊？」

「不知郎君何日歸家，妾身特來迎接。」

柳玉茹答得恭敬，顧九思目光落在柳玉茹的刀上，輕嗤出聲：「帶著刀來迎接？妳可真想得出來。」

「郎君在外已流連數日了，是該回去好好讀書，爭取好功名了。」

聽到這話，顧九思用看傻子的眼神看著柳玉茹：「妳說什麼？讓我回去做什麼？」

「讀書。」柳玉茹吐字清晰，顧九思倒吸一口涼氣，「妳腦子沒病吧？」

「郎君，」柳玉茹認真開口，「您今年年近十八，再有兩年就將弱冠，您得為您的未來想想。您父親已是揚州富商，就指望著您博得功名……」

「停停停，」顧九思抬起扇子，面露痛苦之色，「打住打住，妳這念經一樣的話我聽了千百遍了。我說，柳玉茹，」他盤著腿，看著面前跪坐著的女人，用著從未有過的正經和對方打著商量，「咱們這婚事，我也是受害者，我把妳娶了，名聲給了，錢也給了，妳要什麼給什麼，咱們以後呢，妳過妳的日子，我過我的日子，妳看行不行？」

柳玉茹抬眼看他，對於顧九思的話毫不意外。

顧九思一隻手放在膝蓋上，替自己到了口茶，言辭懇切：「妳很清楚我是什麼樣的人，我生平最煩你們這些講大道理的。這些道理，妳跑到私塾裡去找那些秀才說，他們會聽。妳和我說有什麼用？咱們現實一點，我爹是揚州首富，我舅舅是吏部尚書，我表姐是梁王側妃，我這一輩子，就算什麼都不做，拿著我家的田收租，拿著我家的銀子放貸，都夠我吃一輩子。妳說我這麼苦著去讀書，幹什麼啊？」

柳玉茹抿了口茶，聽著顧九思跟她算帳：「我跟妳算啊，我們家錢莊，一年放貸，一本一利，每年利息翻一番。我家每年至少要借二十萬兩銀子出去，一年淨賺二十萬。等以後我當家了，我好心，給他們減少一點利息，一年五成，那也是十萬。除了錢莊，我們家還有地，有鋪面，就算我家所有生意都垮了，咱們吃利息和租金也夠一輩子，我說柳玉茹，妳瞧不上我，是挺委屈的，可在錢這事上，妳絕對不虧。咱們各玩各的，開開心心一輩子，行不？」

「要是沒有一輩子呢？」柳玉茹平靜道，顧九思有些茫然：「什麼意思？」

「顧家為什麼能放貸不被人賴帳，為什麼能有這麼多田不被人眼紅，是因為你舅舅在朝中位居高官，若有一日時局變了，顧家靠山倒了，懷璧其罪，你覺得顧家會有什麼下場？」

柳玉茹冷笑：「這麼多銀子，就憑一個什麼都沒有的土財主，你守得住？」

顧九思愣了愣，這麼多年，第一次有人同他這麼說。畢竟從來沒有誰敢當面咒他舅舅倒了的。

然而一時間，他居然明白，柳玉茹說這話完全有可能！

他心裡有些慌，可面上還是不顯，他輕咳一聲，隨後道：「那也沒辦法了。要真到那時候，就隨遇而安吧。」

「我呢？」柳玉茹冷冷出聲，她盯著顧九思，「你榮華富貴了一輩子，到時候兩眼一閉就算了，我呢？你父母呢？你為我們想過嗎？」

「那都是命，」顧九思嘆了口氣，擺了擺手道，「妳也別多想了，到時候我爹娘會想辦法的。」

柳玉茹閉上眼睛，她捏緊了刀，忍住拔刀的衝動，深深呼吸。

顧九思輕咳一聲，倒茶給柳玉茹，把茶推過去：「別氣了，消消火。」

「顧九思……」柳玉茹顫著聲開口，「你可知，我本是可以嫁給葉世安的。」

顧九思微微一愣。

而這時候，葉世安剛走到房門前。

他聽到柳玉茹踹了門，想了想，還是決定過來看看。

葉家和柳家畢竟是世交，而柳玉茹又是葉韻的好友，還是他……曾經可能的未婚妻。顧九思這人性子太混，又是個愛打架鬧事的小霸王，他怕顧九思真動了手，讓柳玉茹吃虧，便打算上來看看。誰曾想剛到了門口，就聽到這話。

他愣了愣，一時有些尷尬，但還沒來得及退，就聽柳玉茹繼續道：「你知道我為了嫁進葉家，嫁給他，做了多少努力嗎？」

「我從不到十歲，便開始學著怎麼成為葉家人喜歡的人。」她睜開眼，眼眶微紅，顧九思呆呆看著柳玉茹，他看著面前這個眼淚簌簌而落，卻依舊姿態優雅的姑娘，聽著她道，「我讀過他讀過的每一本書，我臨過他寄給葉韻的每一封家書，我背完了葉家所有的家規，我偷學琴棋書畫，我把自己裝得像個大家閨秀，我花了那麼多年努力，我以為自己就要成功了，我會嫁如意郎君，我的人生，這一輩子，會有好結果。」

「我會和我的郎君相敬如賓舉案齊眉……」

她痛哭出聲：「可是你，你們顧家，毀了這一切！」

「我……」顧九思出聲，柳玉茹打斷：「我知道，你們無辜。」

「我知道，我該恨我母親軟弱、妾室當權、父親貪圖錢財，你們顧家也不知道，你們什麼都不知道，可是，那句娶我，是不是你說的。」

她盯著他，顧九思的臉色瞬間慘白下來。

「是你說娶我，顧九思。」

她認認真真看著他：「你離經叛道，你以為這世界上所有人都像你一樣，可以不在乎人言，可是你說這句話的時候難道就沒想過，如果葉家聽到這句話，可能會毀掉這門婚事；如果你家聽到這句話，可能會找我下聘；如果其他人聽到這句話，是不是會覺得我舉止不檢點。」

「你覺得只是玩笑一笑而過，可是你毀掉的，是我的一輩子。」

她咬牙開口，顧九思終於失去了一貫的笑意，靜靜凝視著對面哭著的姑娘。

他突然發現，原來這個世界，還有活得這樣苦苦掙扎的人。他想起自己以前聽過的故事，皇帝對著百姓說，「何不食肉糜？」

「抱歉……」他垂眸出聲，柳玉茹抬手，一巴掌猛地搧在顧九思臉上。

「道歉有用嗎！」她大喝，「我那麼多年的努力，我那麼多年的經營，毀在你一句玩笑話上，你說一句抱歉，就夠了嗎！」

「你聽好，」她一把抓住他的衣領，貼近他的臉，她的眼淚哭花了她的妝，但她整個人卻像一隻小豹子，眼神明亮又堅定，帶著足以劃破這世間所有險惡的勇氣，「顧九思，我不管你願意不願意。你說了那句話，你顧家把我迎娶進門，讓我成為你的妻子，你就得為這件事負責。」

「我這輩子既然和你綁在一起，我本該得到的，你就都得給我！我要一個能夠頂天立地、扛起家族大業的夫君，我要一個能一輩子護住我和我孩子的夫君，我要的，不是你這種只知道吃喝玩樂遇到事就靠爹娘的孬貨！」

「葉世安能做到多好，你就得做到多好。我失去的，你都得還給我。從今日起，你給我回家去，要是再敢去賭場、青樓這些雜七雜八的地方，」柳玉茹踩在桌子上，單手開了刀，一把抓著顧九思領子，另一隻手將刀架在顧九思脖子上，「我宰不了你，我就拿著這把刀抹脖子死在你顧家大門口！你聽明白了嗎！」

「冷靜……」顧九思看著已經澈底紅了眼的柳玉茹，咽了咽口水，他什麼話都不敢說了，只能顫抖著聲，用儘量平和的語調道，「妳……冷靜。」

而站在門外的葉世安回過神來。

他長長舒出一口氣。

他清楚知道，他得趕緊走。

這一段對話對於他而言，訊息量太大，太可怕了。

他完全不需要擔心印象裡那個柔弱的玉茹妹妹被顧九思打死，他現在需要擔心的，只有顧九思今日會不會血濺春風樓。

然後想想，顧九思血濺春風樓……就濺吧。

被自己媳婦斬殺，也是死得其所。

柳玉茹靜靜看著面前不知所措的顧九思，她的神色很平靜，哭過的眼裡帶說不出的冷靜。然而正是這種冷靜，讓顧九思覺得有些害怕，頸上的刀是無所謂的，其實以柳玉茹的身手，在她動手前，他就能搶下這把刀，可是他害怕的是柳玉茹這樣的狀態。

顧九思是真的信，此刻的柳玉茹，是豁出性命在和他談論這件事。

他不敢和她開玩笑，他此刻清楚地知道，對於柳玉茹而言，嫁入他家，嫁給他，是多麼絕望的事。

如果真如她所說……

那麼，她本該，是喜歡葉世安的吧？

顧九思腦子裡閃過這麼一絲念頭，愧疚感瘋狂湧了上來，他有些慌張無措。他想和她說，他願意成全她和葉世安，卻又怕自己又說錯話，過了好久後，才結巴著道：「妳……妳把刀收起來，我們慢慢聊。」

「回家聊。」柳玉茹只有這一句。

顧九思頭痛道：「好好好，回家回家，這就回去。」

柳玉茹收了刀，站起身，恭恭敬敬站在一旁。

顧九思拉了拉衣服，柳玉茹警惕地看著他，像一個再溫柔賢淑不過的妻子。顧九思伸了個懶腰，往內間走去，柳玉茹忙道：「你要去做什麼？」

「換套衣服。」顧九思嘆了口氣，柳玉茹立刻抓住他的袖子，淡道：「不必了，家中備好了衣服，我們這就回去吧。」

她不確定以顧九思的性子，會不會在換衣服的時候逃了。

說著，柳玉茹就拖著顧九思往外走，顧九思被她兩隻手拖著下樓，一面走一面嘆氣：「何必呢？就這麼換套衣服的時間，有這個必要嗎？」

柳玉茹不說話，顧九思感覺周邊的目光都看了過來。他有些尷尬，朝著看過來的人吼道：「看什麼看！不怕看瞎眼啊！」

大家壓著笑，趕緊轉過頭去，卻又用餘光瞟過來。

顧九思感覺自己多年的面子，都在這一天丟盡了。他和柳玉茹一起進馬車的時候，忍不住埋怨道：「妳來找我就找我，我也不是不聽勸，這麼大陣仗，妳讓我的面子往哪擱？」

「你需要面子嗎？」柳玉茹抬眼看他。

顧九思莫名其妙：「我不要面子的嗎？」

「以後就不需要了。」柳玉茹說著，將一本《論語》砸過去給他，淡道：「看書，從今日開始你就別隨便出門了，好好讀書，等葉世安放榜，他考多少名，日後參加科舉，你不能比他差。」

「柳玉茹，」顧九思一聽這話就急了，「妳這個人這麼虛榮愛攀比的嗎？他考多少名關我什麼事？」

柳玉茹冷笑：「我若不嫁給你，可就是葉夫人了。」

顧九思被這話噎了噎，他知道柳玉茹說的是實話，但心裡還是不舒服。他將書一扔，不高興道：「我不和他比。」

「比不贏是吧？」柳玉茹彎腰將書撿起來，撣了撣上面的灰：「沒事，我也沒指望你贏。」

顧九思不說話，他賭著氣道：「我原本還有幾分愧疚，現在聽著妳這話，我一丁點愧疚都沒了！」

柳玉茹從旁撚了顆葡萄，垂眸剝著葡萄皮道：「沒事，我也不稀罕你的愧疚。反正這書你讀得讀，不讀也得讀。」

「我不讀！」顧九思大吼一聲：「我看妳能把我怎麼辦，我要下車，我……」

話沒說完，柳玉茹的刀就橫在前面。

「你下。」柳玉茹冷笑著道：「你今日下了車，不是你死就是我死。」

顧九思沒說話，他看著柳玉茹，柳玉茹的神色完全不似作偽，她雖然笑著，但眼裡卻不帶半分溫度：「反正我這輩子已經毀了。」

顧九思聽到這話，咽了咽口水，過了半天，他有些煩悶地回到位子上，小聲道：「整天死啊死的，妳這個人說話太不吉利了。」

柳玉茹：「呵。」

一行人到了顧府，一進顧府，顧九思趕緊跳了下去。

他已經想好了，柳玉茹這邊他是鬥不贏她的，他心裡愧疚，看著柳玉茹就矮了一截，所以他得去找他爹娘，他爹娘肯定有辦法說服柳玉茹。

他一路小跑著去了顧朗華和江柔的房裡，柳玉茹慢悠悠跟在後面，侍女捧著葡萄跟著，柳玉茹一路一面吃一面走，大老遠就聽著顧九思浮誇的哭聲。

「爹！娘！我快被逼死了！」

「他平時這麼浮誇的嗎？」柳玉茹回頭問了旁邊的丫鬟。

丫鬟憋著笑，小聲道：「大公子一貫不著調的。」

顧九思不著調，柳玉茹是知道的。可她沒想到，不著調這種事也會傳染。

她心裡一直覺得，江柔是女中豪傑，顧朗華也算老一輩中的風流人物，然而沒想到她踏進院子，就看見顧九思抱著顧朗華的腿，乾嚎著求他們做主，而這兩個之前明明看上去挺正常的父母，居然真的信了顧九思，江柔一臉心疼，顧朗華一臉為難。

柳玉茹心裡沉了沉，突然明白顧九思這脾氣哪來的。

她輕咳了一聲，進了內堂，柔聲道：「公公，婆婆。」

一聽見柳玉茹的聲音，顧九思嚎得更大聲：「娘！妳要為我做主啊！我不讀書，我不想讀書！我讀書就頭疼、肚子疼、全身疼！我難受啊！」

「不讀了不讀了，」江柔趕緊道，「算了算了，我再想想辦法……」

「婆婆，」柳玉茹溫聲道，「大公子如今年近十八，還猶如稚子，為人父母，總得為孩子的前程考慮，您說是吧？」

這話讓江柔頓時清醒了幾分，有些為難看地著顧九思，她瞧著顧九思祈求的眼神，心裡就像刀割一樣。

柳玉茹站在顧九思背後，柔聲道：「公公婆婆還是去休息吧，我這就帶著夫君回去了，您二位就不用操心了。」

「是啊。」顧朗華先出聲，「柔兒，咱們既然說好了，就讓玉茹管好了。」

「爹！」顧九思震驚地看著顧朗華，江柔不敢看顧九思，握著顧九思的手拍了拍，咬牙道，「九思，娘也是為了你好。」

說著，江柔放開了顧九思，站起身，顧九思更加震驚了，大喊一聲：「娘！」

江柔轉過身，由顧朗華扶著，趕緊步入內室。

柳玉茹站在顧九思身後，溫柔道：「郎君，快起來讀書吧。」

快起來讀書吧。

快起來讀書吧。

快起來讀書吧！

這句話像魔音一樣在顧九思耳邊迴盪，好半天，他才反應過來，顫抖著聲道：「妳……妳對我爹娘做了什麼！」

「郎君，」柳玉茹嘆了口氣，「我這都是為你好啊。」

「不不不，」顧九思搖著頭道，「柳小姐、玉茹妹妹、柳仙子，是我錯了，我不該招惹妳，我們坐下來好好商量一下，我真的不適合讀書，除了讀書妳讓我做什麼都行。我從小身體不好，我不適合讀書的，我讀書會頭疼……」

「肚子疼，全身疼。」

柳玉茹幫他說了下去，顧九思拚命點頭，柳玉茹微微一笑：「關我什麼事？」

「我只在意能不能當誥命夫人呀。」柳玉茹說得十分坦然。

顧九思臉色煞白，他咬著牙：「柳玉茹，妳不要欺人太甚了！」

「哦，」柳玉茹神色平淡，「你這是在威脅我？」

「對，」顧九思怒道，「妳再這樣，我就、我就……」

「你就怎麼樣？」柳玉茹面色不動。

顧九思在大廳裡亂竄，似乎在尋找什麼，柳玉茹喝著茶，靜靜看著他，顧九思找不到他要找的紙筆，便轉過頭來，氣勢十足道：「我就休了妳！」

所有人倒吸了一口涼氣。

在內室的江柔和顧朗華對視一眼，顧朗華立刻去提棍子，江柔按住顧朗華，搖了搖頭。

柳玉茹喝了口茶，平靜道：「我就問你最後一次，去讀書嗎？」

「我！不！讀！」顧九思答得氣勢十足。

柳玉茹一巴掌拍在桌上，大喝一聲：「王壽！把他給我關到書房去！」

顧九思聽到這話，冷笑一聲：「這可是我家……」

家字還沒落音，他就看到侍衛魚貫而入。

「大公子，得罪了。」王壽抬手向他攻來。

顧九思十分悲憤：「王壽，連你都背叛我！」

「這不叫背叛。」王壽神色平靜，「我現在的主子是少夫人。」

顧九思感覺自己快崩潰了。

到底發生了什麼！

他只是去了一趟春風樓，柳玉茹就不是那個憋著哭的柳玉茹了，他爹娘不是疼愛他的爹娘了，連他的小師父王壽都不是他的師父了！

顧九思一面和不斷衝來的侍衛拆著招，試圖衝出顧府，一面悲痛欲絕。

柳玉茹帶著印紅看著顧九思一個人在院子裡和所有侍衛打鬥，看他上躥下跳，身手敏捷。

印紅有些疑惑：「大公子不是說自個兒身體不好嗎？」

「他不是身體不好，」柳玉茹淡淡評價，「他是腦子不好。」

印紅：「小姐言之有理。」

顧九思昏天暗地打了一個下午，終於在侍衛的車輪戰中被扣下押送進書房。

顧九思被扔進書房時，感覺又冷又餓，全身都痛，然而房間裡什麼都沒有。只有書！書！書！

他感覺自己的頭快炸了，在冰冷的地面休息了一會兒，爬了起來，開始敲門。

「喂！關我就算了，給點吃的啊！」

回應他的是他以前的小廝木南顫抖的聲音：「大公子……少夫人說了，背完論語第一篇，才准吃飯。」

「滾他娘的，餓死我算了！」顧九思怒吼。

木南縮了縮脖子。

柳玉茹站在門口，轉頭同印紅道：「今晚烤隻羊吧。」

印紅：？？？

柳玉茹吩咐道：「就在這院子裡烤，再準備點美酒。」

印紅笑了，高興道：「好！」

顧九思在書房裡睡了一覺。

他是被一陣香味喚醒的，羊肉的香味混合著美酒的清香飄入他的鼻尖，他用力吸了吸鼻子。

更餓了。

他聽見外面的歡聲笑語。

他的肚子咕咕作響。

好餓，真的好餓。

他撐不住了。

他艱難地伸出手，在黑夜裡點了燈，拿出《論語》。

外面是所有人的興高采烈，房間內是他一個人的痛苦不堪。他一面背，一面有些想哭。

其實他很聰明，小時候所有夫子都這麼誇他，在飢餓的逼迫下，他背得更快了。

很快，他就拍門。

「柳玉茹！柳玉茹！妳給我開門！」

柳玉茹和其他人正喝著酒吃著肉，聽見顧九思急切的喊聲：「留隻腿骨給我，我會背了！」

所有人對視片刻，紛紛看向柳玉茹。柳玉茹輕咳一聲，將羊肉放下，拍了拍手，站起身走到房門前，溫和道：「郎君可是餓了？」

「我一天沒吃東西妳說我餓不餓？」顧九思被她問得惱火，柳玉茹聽著顧九思不高興的聲音，心裡居然莫名有些高興，這幾天來的煩鬱隨著顧九思的不開心減輕了許多，柳玉茹暗覺自己不對，這種把自己的快樂建立在別人的痛苦之上的行為，她是不太贊成的。於是她克制住自己內心那點小小的歡樂，繼續道：「那妾身這就放郎君出來，可郎君出來後需得老老實實將〈學而〉背完才能吃飯，郎君沒有意見吧？」

顧九思本來想罵人，可是在罵人的前一刻，理智阻止了他。他知道這麼爭吵下去，只會無限延長自己挨餓的時間。柳玉茹是吃飽喝足和他吵架的，他在這裡嘴皮子再厲害，也掩蓋不了被餓得頭暈眼花的事實。於是他深吸一口氣，能屈能伸道：「行，趕緊！」

柳玉茹讓人將顧九思放出來，顧九思看見院子裡烤好的羊肉眼睛就直了，直直朝著羊肉撲了過去，柳玉茹正要出聲阻止，就聽見顧九思無比流暢的開始背書，一面語速極快的背著書，一面趕緊倒酒夾肉，然後在眾人驚訝的眼神裡，一面吃一面背。

等背完了，顧九思打了個嗝，喝了口酒，終於緩了下來，抬眼看向柳玉茹，頗為得意道：「怎麼樣，爺厲害吧？崇拜吧？」

柳玉茹看著顧九思的樣子，抿了笑，覺得面前這個人像個沒長大的孩子，剛做出點小成績，就趕緊過來邀功。

她輕咳一聲，走到顧九思身前，又推了兩道涼菜給他。

顧九思吃飽喝足後，覺得人生滿足了，他站起身來，搖了搖扇子道：「行了，爺睡了。」

「郎君，」柳玉茹的聲音在後面響起，顧九思抖了抖，他現在聽見郎君兩個字，就覺得害怕，果不其然，便聽見柳玉茹道，「不如讓妾身與您介紹一下您接下來的生活吧？」

「不用，不需要，不可以，謝謝。」顧九思語速極快，抬腿就想溜。

柳玉茹坐在原地，溫柔道：「妾身不想管您的。」

聽到這句話，顧九思的步子僵在空中，柳玉茹搖了搖茶杯裡的茶，看著裡面倒映著的月亮，溫和道：「回來。」

顧九思深吸一口氣，當真垂頭喪氣的回來了。

柳玉茹先領著顧九思去洗了個澡，然後將提前準備好的衣服給顧九思換上，顧九思被迫穿上一身素色長衫，然後被逼著在腦袋上束上了一條寫著「勤勉」的布帶，接著跪坐到柳玉茹的身前。

如今大廳這些有外人在的地方，或是書房這些有功用的房間多的是椅子凳子，其他私人場所內，還是以跪坐為主。

柳玉茹喝著茶，看著跪坐在面前，一臉悲憤、敢怒不敢言的顧九思，她滿意地打量他一下。

不得不說，顧九思這皮囊，長得是真不錯。

人家都說葉世安清俊，似如梅花仙君。然而柳玉茹卻覺得，只從皮相來看，顧九思才是真正的仙人之姿。

他眉似遠山，眼如桃花，哪怕穿著這樣寡淡的衣衫，都遮不住眉眼間豔麗的顏色。

他是生得有些偏女相的，但他的骨骼稜角分明，便顯出幾分英俊來，帶著一種如花如月的華麗奢華之美。

柳玉茹靜靜打量著他，突然覺得，其實若是往好的地方來想，顧九思雖是荒唐了些，但脾氣好，長得好，又有錢，這門婚事，她倒也不算吃虧。

畢竟，她不過中人之姿、小門小戶不受寵的千金，若不是這番陰差陽錯，顧九思和她絕不可能搭在一起。

顧九思見柳玉茹久久不說話，沒好氣地抬眼道：「要說什麼就快說吧，我累了，我想睡覺。」

「哦，」柳玉茹收回思緒，「是這樣，我同您以前的夫子聊過您讀書的進度了，為此做了規劃，日後您每日子時入睡，卯時晨起，我會為您請一位德高望重的大儒，專門教您四書五經；一位先生，專門為您講解當今日下局勢；一位雜家，教您諸如算帳、分辨糧食等生活日常；最後再由您父母親自教導，教您經商往來。」

聽到這些，顧九思倒吸一口涼氣，肯定道：「妳這是打算逼死我！」

柳玉茹沒理會他，繼續道：「這是您的時間安排，每日我會定時叫您起床，然後陪您去上課，儒學講學在每日上午，大約兩個時辰；而時政與雜務每日下午一個時辰交錯進行。等晚上我會陪您讀書，完成白日裡先生留下的功課。每隔五日，我會陪您一同去店裡看公公婆婆如何打理商鋪，每個月您會有三日休息時間，可自由安排，但不允許出沒於青樓賭坊等地方。」

「只有三日？」顧九思提了聲，柳玉茹笑著道：「公子可是覺得時間太長，不利於您上進？要不改成一日？」

「不不不，」顧九思趕忙揮手，「三日吧，三日挺好的。」

柳玉茹點點頭，繼續道：「這些時間裡，郎君要戒酒、戒玩耍，您的拜帖我會替您審查，合適的不會阻攔，不合適的便一律推了。為了不影響郎君的心境，郎君出入的房間我會重新布置，衣衫也已經全部重新準備，過去那些些花花綠綠的衣服不利於修心，日後郎君就穿今日這身衣服吧。」

「不好吧……」顧九思艱難苦笑，「我一套衣服天天穿也不好。」

「沒事，」柳玉茹微笑，「妾身為您準備了三十套，您可以一天換一套，保證一定是一模一樣的。」

顧九思：「……」

很好，妳夠狠。

「郎君可有什麼想說的嗎？」柳玉茹看著顧九思憤恨的眼神，輕搖著手裡的扇子。顧九思忍了又忍，憋了又憋，最後終於道，「柳玉茹，妳到底打算做什麼？」

「什麼做什麼？」

「妳是不是想折磨我出氣？」顧九思大著膽子說出聲來：「所以才想了這麼一個辦法，逼著我讀書。」

柳玉茹沒說話，她轉動著手中的團扇，好久後，她才道：「郎君可知道，玉茹未來一生的榮辱，都繫在郎君身上。」

「日後郎君富貴飛黃騰達，玉茹便富貴；郎君落魄，玉茹便落魄。玉茹過往好友，都知道我與葉家的關係，如今我嫁給了郎君，她們不知多少人在看笑話。」

說著，柳玉茹轉頭看向顧九思，臉上帶了苦笑：「若郎君比葉世安好，她們自然什麼話都說不出來。若郎君比葉世安差，她們的嘲笑與指點便免不了。我終究是個俗人，想活得風光漂亮些。所以我希望郎君能比葉世安好，能讓我有風風光光不被嘲笑的一日。」

聽到這話，顧九思有些詫異，他彆扭道：「呃……我可以買很多漂亮的衣服、簪子給妳……」

「那些都沒用。」柳玉茹抿了口茶，淡道：「郎君有錢，可這些年，受到的嘲笑還少嗎？」

顧九思愣了愣，柳玉茹的話，在他的心上劃過一絲清淺的疼。

其實他也不知道這疼應該如何定義，他覺得或許該是很疼的，可是自己已經麻木了。小時候也曾想過當人上人，可是被比較、被嘲笑久了，就習慣了。覺得當個紈褲子弟，總比努力後再被人嘲笑要好。

柳玉茹靜靜看著他，往前探了探身子，打量著他道：「其實您很聰明，我說的話，您也聽得明白。您本可成為俊傑，承擔起重擔，只是您不願意而已。」

「我不行……」顧九思有些尷尬，鮮少有人這麼真心實意吹捧他，趕忙道：「我讀書真的不行。妳換條路吧，換條路我幫妳爭面子。」

「如今時局變了，您知道吧？」柳玉茹突然開口，「天子已經三月不曾臨朝，您的舅舅急於和公主結盟，您的父母著急讓您讀書，郎君難道不曾察覺變化嗎？」

顧九思沒說話，他聽著柳玉茹的話，心上有些沉悶，柳玉茹接著道：「公公婆婆終究是會老的，您就算不為自己考慮，也該為他們，為我考慮一下。若日後他們被人欺辱，我被人欺凌，您就只能靜靜看著無能為力，您還覺得無所謂嗎？」

「妳說的話，」顧九思斟酌著慢慢道，「我都明白。但不會有這麼一天……」

「因為您父母會規劃好所有的路，是嗎？」

柳玉茹笑出聲，顧九思沒有說話，柳玉茹眼裡含著笑，卻彷彿看透了他的心一般：「這話到底是您自己安慰自己，還是別人安慰您？您是不敢去面對現實，還是真的對現實一無所知？」

顧九思垂著眼眸，這一次，他終於失了聲。

人生這麼多年，頭一次沒有玩笑，他靜靜看著眼前的水杯，聽著女子道：「我之所以讓郎君讀書，其實不是走投無路，是因為我知道你可以。我知道葉世安讀書花了多少努力，我也知道你有多聰慧。」

「葉世安能做到的，你都可以，只是你從來不去做。」

「我不行。」

「你可以。」柳玉茹斷言，顧九思抬眼看著面前的姑娘，柳玉茹的眼神沒有半分退縮，她看著他，兩人靜靜對視。

顧九思的眼神有些閃爍，柳玉茹突然道：「你若能贏過葉世安，當個大官，替我掙個誥命，我就原諒你。」

她似乎清楚知道他的內心，知道他最柔軟的地方。

他為什麼一直忍讓，一直又鬧又作但始終沒有出格，甚至在暗中對她一直退讓，就是在於他內心清楚知道，這一場婚事，是因為他的一句玩笑話。

他的愧疚讓他無條件的後退，卻又有些控制不住自己耍著小脾氣掙扎。

這樣孩子氣的善良與鬧騰，她都清清楚楚知道。

顧九思有些錯愕，他突然發現，面前這個姑娘，似乎比他爹娘，更明白他幾分。

他的眼神直愣愣的，沒有半點遮掩，柳玉茹被他直接的目光看得有些心跳加速，她沒被男人這樣直接看過，便輕咳了一聲，錯過眼。

夜風夾雜著花香吹拂過來，姑娘的髮絲輕輕落在她潔淨的臉龐上。

她穩住了心神，終於再一次開口：「顧九思，就算是為了我，你努力一次，行嗎？」

第七章　王榮

這話說出來，顧九思沉默著沒出聲。

後來柳玉茹想起來，其實這話是有些曖昧的。只是那時候他們都沒想到這些，他們於感情一事上，都沒什麼閱歷，於是柳玉茹只是想著勸他對她心懷愧疚，而顧九思也只是想著，柳玉茹說的其實也對，他讓人家失去的，總得替人家掙回來。

只是……超越葉世安，對於顧九思來說，有些太難了。

他打小就是在葉世安的陰影下長大的。

他小時候身體不好，一日裡總有大半日在喝藥，他學東西雖然快，但是看書稍微時間長些，就容易頭疼。那時候揚州城大半公子在一起讀書，每日晨間抽起來背書時，他看過的便能流利背出來，沒看過的就一個字也背不了。

但夫子是不會問你為什麼沒看過的，那是揚州城最好的私塾，最嚴格的夫子，他只會劈頭蓋臉罵他不上心。

葉世安坐在他後面，每每他出了醜，葉世安便站起來，流暢地背完接下來的。於是夫子上門來時，便要同他爹說上一二。

他爹娘不忍心罵他，但時常會誇：「葉世安怎的這麼聰明啊。」

他起初躲在被子裡哭，江柔見他哭了，便心疼得不行，趕忙勸他：「寶貝不哭了，比不過就比不過，咱們家也不靠讀書吃飯，你高高興興的就是了。」

江柔覺得自己安慰孩子，但這些話就落在了顧九思心裡，成了他一直以來的遮羞布。

他是不敢去同葉世安比的，也不想比，反正他爹娘都說了，他高興就好。

如今柳玉茹再如何誇著，他心裡都有那麼幾分害怕。可是生平頭一次有人肯定他，說他能比葉世安更好，他又不忍讓她失望，於是憋了半天，終於道：「我……我試試吧。」

說著，他慌忙起來道：「妳先睡吧，我再去看會兒書。」

柳玉茹點了點頭，顧九思便離開了。印紅進來扶起柳玉茹，柳玉茹起身吩咐：「妳讓廚房燉碗吊梨湯給少爺，我聽他的聲音有些啞，讓他潤潤喉。」

「小姐對他這麼好做什麼？」印紅有些不滿，扶著她到了床邊，「您就是太心善了些，要不是他，您現在可就是葉少夫人了，哪能在這操這個閒心？您這是嫁人啊？這明明是多了個兒子！」

「淨胡說！」柳玉茹用團扇輕輕敲了印紅腦袋一下，她坐在床邊，嘆了口氣，「印紅，以後就別叫小姐了，叫少夫人吧。」

印紅嘟著嘴，不說話，柳玉茹抬眼看她，明白她的意思：「我知道妳是為我抱不平，可是人得往好的地方看。其實顧九思有一萬種法子整治我，可顧家也好、顧九思也好，他們都沒有這樣做，反而是不斷讓步，這不是我多有能耐，而是他們讓著我。他們之所以讓著我，是他們人好心。能走到今日，顧家誰都不是傻子，便就是顧九思，他在外面，妳又見他讓誰欺負過？」

印紅靜靜聽著，柳玉茹瞧著窗外輕輕搖動的柳條：「這樁婚事，算起來也是張月兒使壞，我爹貪財，把所有氣都撒在顧家，現在作威作福，但誰又能忍誰一輩子？過些時日，顧家見好好對待妳，妳也記恨他們，自然有的是法子磋磨妳。不如把這些事都先放下，好好過日子。既然當了顧家的少夫人，吃著顧家的米，穿著顧家的衣，就不要有其他心思。」

印紅嘆了口氣，她臉上露出些許哀愁：「也是這個理，可是，我想想吧，還是替您難過。畢竟葉大公子……比姑爺，要好太多了……」

她的聲音越說越小，柳玉茹聽著，卻是不免笑了。

「妳別這樣說。」她柔聲道：「葉大公子有葉大公子的好，但姑爺也有姑爺的好。其他我且不說，我便問妳，若今日這事發生在葉世安身上，妳覺得可能嗎？」

若柳玉茹提刀去堵葉世安，葉世安回家怕就是一封休書，哪裡還會坐下來委屈的和她談這些？

印紅愣了愣，柳玉茹笑著道：「姑爺看著凶惡，其實脾氣比葉大公子好了不知道多少。妳瞧姑爺的身手，若是真的下起手來，哪裡會跑不出去？他不過是不想真的傷了院中的家丁，所以才收了手。而且呀，姑爺比妳我想像都聰明多了，妳想想，他花了多長時間背完〈學而〉？怕是一刻鐘都沒有，葉大公子都沒這記性。他只是不上心，」柳玉茹搖著扇子，「若是上心，他怕是比葉大公子聰明多了。」

他比葉世安聰明多了。

回來拿東西的顧九思愣在門口，呆呆聽著這句話，旁邊木南瞧著他的模樣，一時有些不明白，小聲道：「公子？」

顧九思抬起手，做了個「噤聲」的手勢，他從窗縫裡悄悄看了裡面一眼，屋裡燈光溫柔，女子坐在床上，笑容恬淡又柔和，像是春日的夜風，輕輕拂過面頰，停在他的雙眼。

他靜靜看了一會兒，直起身來，朝木南招了招手，便領著木南回了書房。

他點了燈，翻開書，靜靜翻看著書，突然覺得——這一次，他是真心的，而不是勉強的，想要補償柳玉茹。

她是個好姑娘。

他想，他總該讓她過得好一些。

第二日柳玉茹醒的時候，已經是卯時。

柳玉茹起來後，詢問旁邊的印紅道：「大公子昨個兒沒回房來？」

印紅幫柳玉茹插著簪子：「大公子昨晚是在書房睡的。」

「起了嗎？」

「沒，」印紅憋著笑，「木南一早在門外候著了，說叫不起來，讓您過去。」

柳玉茹點了點頭，便進了書房。

書房裡，顧九思睡在床上，用被子蒙著頭，呼吸深沉又綿長，看上去睡得香極了。

木南為難地站在一旁道：「少夫人，我叫了好幾次了，公子都聽不到……」

「無妨。」柳玉茹微微一笑，「端盆水來。」

於是那一日清晨，顧九思知道了，什麼叫醍醐灌頂。

他被水潑醒的時候是茫然的，一抬眼，迎面看見柳玉茹的笑容。

「郎君，睡得好嗎？」

顧九思下意識開口想罵人，但他又想起昨晚姑娘坐在床邊搖著扇子的樣子，一口氣憋在口中，臉色千迴百轉。

所有人嚇得瑟瑟發抖，顧九思深吸一口氣，慢慢道：「還好。」

說著，他站起身，從旁邊接過帕子，擦了把臉，然後換上那一身素色長衫，用寫著「勤勉」的帶子綁在自己頭上，信心滿滿道：「柳玉茹，我一定會考贏葉世安的！」

柳玉茹微微詫異，隨後她忙道：「郎君有這樣的想法，那真是再好不過了！」

「柳玉茹，」顧九思認真看著她，「等我考贏了葉世安，幫妳掙了誥命，那時候，我們是不是就互不虧欠，妳可以尋找妳的幸福，我也可以尋找我的幸福了？」

柳玉茹聽著這話，嘴角含著笑，轉動著扇子道：「那是自然。」

顧九思深吸一口氣，拍了拍她的肩：「妳放心，妳失去的東西，我都會幫妳掙回來！」

說著，顧九思滿懷壯志，走出房門。

他先是洗漱，然後用飯，因為老師的時間是定下的，他起晚了，只能一面趕著去上課，一面匆忙吃東西。

柳玉茹跟在他身後，幫他算著時間。

早上兩個時辰的儒學，上完之後，顧九思才喘息了片刻，柳玉茹趕緊讓人將飯菜上上來，一面幫顧九思夾菜，一面道：「郎君，你快多吃些，下午還有課，在這之前你先做點功課，不然晚上來不及。快吃，千萬別餓著了。」

顧九思被逼著迅速吃了午飯，開始做功課。然後迎來了下午的老師……

一天過去，顧九思做完功課回房的時候，已經完全走不動了，柳玉茹扶著他，精神奕奕道：「郎君再堅持一下，您還有一篇《論語》要背。」

「背不了了……」顧九思幾乎快哭出來了，「柳玉茹，妳讓我去睡吧，我真的受不了了，背不了了……」

「顧九思，你清醒一點！」柳玉茹怒喝一聲，顧九思瞬間一個激靈，站直了身子。

「能背嗎？」柳玉茹認真瞧著他，飢餓的恐懼湧上心頭，顧九思瘋狂點頭：「能！」

顧九思是背著書睡著的。

柳玉茹聽見「咚」的一聲響，顧九思的頭砸在桌上，她瞧著顧九思睡覺的樣子，像極了孩子。他的睫毛很長，在夜裡微微顫動。

「烤羊腿……」他低喃了一聲。

柳玉茹輕笑出聲，想著她關他那一次，對他的影響也太大了些。

她輕輕推了推他，溫和道：「郎君，起身了。」

「柳玉茹……」顧九思迷糊著開口，「對不起……」

柳玉茹微微一愣，她瞧著面前像個孩子一樣的男人，一瞬之間，內心被柔軟填滿。

她突然覺得，嫁進顧家，嫁給這個男人，或許並不是一件壞事。顧九思固然紈褲無能，可對比葉世安，至少他有一點好。

他有心。

與葉世安相識這麼多年，對於葉世安而言，她或許不過就是一個世家交往的「玉茹妹妹」而已吧？

她輕笑著用扇子敲了敲顧九思，柔聲道：「起了。」

扇子把顧九思敲疼了，他「嘶」了一聲，捂著腦袋抬起頭來，不滿道：「妳做什麼？」

「起來，去睡吧。」

顧九思揉著被她敲的地方，不高興道：「還沒背完呢。」

「不背了。」柳玉茹站起身，「放你假，去睡吧。」

聽到這話，顧九思的眼頓時亮了，他高興地起身，跟著柳玉茹道：「這可是妳說的，我可沒偷懶。」

柳玉茹笑著瞧了他一眼，看著他亮晶晶的眼，忍不住用手戳一下他的額頭，嗔道：「瞧你這出息。」

「喂，妳別老是打我的腦袋啊，打傻了妳就當不了誥命夫人了！」

柳玉茹沒理他，招呼著他往前走，顧九思愣了愣，猶豫片刻後，他道：「我還是睡書房吧。」

「嗯？」柳玉茹挑眉，但她很快明白他的意思。他還是想著有一天他們會分開的，所以想盡可能的不占她的便宜。她嘆了口氣：「郎君，你成親頭一個月就與我分居，我名聲上過不去。」

顧九思被她說得皺起了眉頭，他認真想了想，隨後道：「那我打地鋪。」

柳玉茹：「……」

說得她很想讓他上床一樣。

「行吧。」柳玉茹淡道：「地上可大了，你想怎麼睡怎麼睡。」

當天晚上，顧九思高高興興打了地鋪，他一臉幸福地睡在地上時，柳玉茹也不知道怎麼，突然很想對他動手。

她也沒遮掩。

或許在顧九思面前，她已經完全不想遮掩。

於是她從旁邊抓了一個枕頭，猛地朝顧九思狠狠砸了過去。

枕頭砸在顧九思臉上，顧九思一動也不動，彷若挺屍。

柳玉茹冷哼一聲，躺到床上，蓋起被子。

顧九思聽到她睡了，才小心翼翼把臉上的枕頭拉下來。

他嘆了口氣，看著天花板。

女人的心情，果然陰晴不定，他未來的日子，可想而知能有多難過了。

後面時日，顧九思每天重複著讀書、讀書、讀書的悲慘生活。過得渾渾噩噩，他每天哭著喊著不讀了，柳玉茹就鼓勵他：「你要努力啊，郎君，一定要考贏葉世安。」

考贏葉世安。

考贏葉世安。

考贏葉世安。

這句話每日迴響，顧九思開始時時關注葉世安的成績。

沒過幾天，鄉試放榜，所有學子趕著去看，顧九思沒參加考試，卻比參加考試的還要緊張，他大清早起來就讓木南去打聽消息。柳玉茹看他坐立不安，也不知是在緊張什麼。

等中午時分，木南終於回來，顧九思看見木南回來，老遠就到門口迎接，木南跑著過來，喘著粗氣，顧九思急道：「怎麼樣？葉世安考得怎麼樣？」

「解……解元……」

木南喘著粗氣，顧九思臉色一白，木南怕他聽不明白，再重複了一遍：「第一名，解元！」

聽到這話，這十幾天早起晚睡，每日發愁，所有的一切都在這一刻爆開，顧九思再也支撐不住，兩眼一翻，當場暈了過去。

所有人湧上來，大聲道：「公子！你怎麼了公子！」

顧九思渾渾噩噩，悲痛欲絕。

他怎麼了？

他要死了。

第一名！

鄉試第一名，未來葉世安還可能考會試第一，殿試第一，第一第一，永遠第一。

他拚了自己這條小命，怕也追不上啊……

顧九思一暈，整個府邸人仰馬翻。

江柔和顧朗華趕緊趕了過來，看著顧九思幾天內瘦了一圈，心疼得不行。

江柔尋了柳玉茹，斟酌著道：「玉茹啊，萬事不可操之過急，我這孩子打小沒吃過什麼苦，妳一下讓他這樣勞累，會出事的啊。」

柳玉茹嘆了口氣，她知道顧九思沒吃過苦，卻沒想到柔弱成這樣。看起來精神這麼好的人，說暈就暈，實屬罕見。她低頭道：「婆婆說得是，玉茹知錯了。」

見柳玉茹讓步，江柔也不好再說什麼。但她觀察著柳玉茹的神色，卻是知道柳玉茹絕不會這樣甘休的。她瞧著躺在床上的顧九思，心疼得不行，慢慢道：「玉茹啊，其實人這輩子有許多路要走，不一定就是要讀書。九思不適合，妳也別逼他了……」

「那他適合什麼呢？」聽見這話，柳玉茹抬眼，靜靜看著江柔。

江柔被問得噎了噎。

柳玉茹再次重複：「婆婆覺得，郎君適合什麼呢？」

江柔沉默了，柳玉茹試探著道：「郎君武藝高強，不若送到軍中……」

「不行不行，」聽到這話，江柔立刻道，「我們家就九思一個孩子，戰場凶險，若有個三長兩短……」

「婆婆，」柳玉茹嘆了口氣，「您在我心中，一直是個聰明至極的女人，怎麼在郎君這事上，就看不開呢？」

「習武的路走不了，只能從文，無論是經商還是做官，哪裡有不讀書的？既然讀了書，當然要往最好的路走，如今揚州城裡，哪家哪戶富商家中沒有幾個出仕的家族子弟？郎君沒有親兄弟，日後他若不去考個功名，就只能靠他的表親堂兄弟去考，這些親戚都在東都，你們遠在揚州，到二位年邁，郎君撐起顧家時，他們還會賣九思這個面子嗎？」

這話讓江柔沉默了，柳玉茹慢慢道：「就算賣這個面子，郎君只是一位商人，地位終究差了些，公公婆婆已是揚州首富，可舅舅要從東都來將郎君帶走，你們也毫無辦法不是嗎？與其攀附他人，不如自立根生，您得為郎君未來著想。您得想著，他今日之所以要這般吃苦，就是因為年少時過得太過無憂無慮，人這一輩子要經歷的都是均等的，該吃的苦不吃，未來就會加倍還回來，您說是不是這個道理？」

江柔聽著這話，許久後，她嘆了口氣，點頭道：「妳說得是。」

「而且，」柳玉茹喝了口茶，出聲道，「郎君其實很聰明，這些時日來，我觀郎君之才，不落於他人。所以我希望公公婆婆日後，不要再說郎君做不到什麼，有什麼不行。於我心中，他就算拿了狀元郎，我也覺得沒什麼奇怪。」

江柔靜靜瞧著柳玉茹，柳玉茹低頭道：「兒媳一時心急，出言冒犯了。」

「無妨，」江柔吐出一口濁氣，「妳說得是，是我和朗華迷障了。妳好好照顧他。」

說著，江柔起身，拍了拍柳玉茹的肩膀，柔和道：「妳是個好孩子，九思娶了妳，我很放心。」

柳玉茹心裡微微一動。

她垂下眼眸，心裡有那麼幾分歡喜。

畢竟只是十五歲的人，被長輩誇讚著，難免有些飄然。

只是她面上不顯，恭恭敬敬送江柔出去，到了門口，江柔突然道：「等九思身體好些了，陪妳回門後，妳也抽點時間，我帶妳去幾個鋪子看看。」

柳玉茹愣了愣。

顧家的產業太大，顧老爺一個人管不過來，所以有一部分產業是由江柔一手管著。這事放在其他人家是駭人聽聞，居然有讓妻子管著產業，還同外人談生意的。可對於顧家來說，這再正常不過。

柳玉茹知道，讓她去幾個鋪子看看，便是打算讓她接手生意的第一步。

江柔……竟要她也像她一樣經商嗎！

柳玉茹的心突突跳。

她面色沉穩應是，然後恭敬送走江柔。

壓著心裡的激動，折回內間，便見顧九思醒著，他睜著眼，看著床頂，似乎在發呆。

柳玉茹走到顧九思身邊，坐到床邊，搖著扇子道：「郎君可覺得好些了？」

顧九思應了一聲，隨後嘆了口氣道：「我已無礙了，是不是要讀書了？」

「今日先休息吧。」柳玉茹笑著道：「我陪你說說話好了。」

「哦，」顧九思面色漠然，「我不想說話。」

「那你陪我說說話吧。」柳玉茹撐著頭，靠在顧九思身邊。

顧九思被她的話逗笑了，笑著看她道：「妳的臉皮怎麼這麼厚了。」

「你娘讓我陪她去鋪子看看。」柳玉茹壓著心裡的激動，面上的笑容卻是遮都遮不住。

顧九思感覺到她的開心，轉頭道：「看看就看看，妳高興什麼？」

「我猜她是想讓我陪著她做生意。」柳玉茹以為顧九思不明白，又補充了一句。顧九思

「嗨」了一聲，滿不在意道：「不就是做生意？妳這麼高興嗎？」

說著，他突然想起以前柳玉茹在柳家的身分，便明白過來，他想了想，隨後道：「我娘讓妳陪她去看看，是想瞧瞧妳是不是這塊料。妳不是想讓我讀書當官嗎？以後我們的家業總不能荒廢，她估計是想著，以後我當官，顧家的產業就全權交給妳了。」

聽到這話，柳玉茹睜大了眼：「你說……你說……」

「顧家未來都是妳的。」看著柳玉茹被震驚的樣子，顧九思突然高興起來，他讓位置給她，側著身，頭靠在手上，笑著道：「怎麼，高興傻了？」

柳玉茹沒說話，她深呼吸幾下，有些忐忑道：「那你說，我成嗎？」

顧九思愣了愣，頭一次瞧見柳玉茹忐忑的樣子，驟然笑出聲來。

柳玉茹被他笑得沒頭沒腦，有些不滿，伸手推他：「你笑什麼？」

「柳玉茹，」他高興道，「妳也有今日啊？」

原來面對未知事物忐忑不安的，不是只有他一個人。

柳玉茹忍不住伸手去掐顧九思，顧九思趕忙往床裡退進去躲著她，叫喊著道：「哎呀，疼疼疼，饒了我吧姑奶奶，妳最厲害最凶了……」

柳玉茹被他逗笑，一面笑一面掐他，顧九思躲了一會兒，實在忍不住了，抓住她的手道：「好了好了，別掐了，我輸了。」

「放手！」柳玉茹故作凶狠看著他。

「那妳可不能掐我了。」說著，顧九思放了她的手。

柳玉茹「哼」了一聲起身，同他道：「你休息一下，這兩天找個時間陪我回門。」

揚州的風俗是滿月回門，如今也到了回門的時間。

顧九思懶洋洋應了一聲，看著柳玉茹坐在鏡子前，他抬手撐起頭，溫和道：「妳也別擔心了。」

卸著頭釵的柳玉茹動作頓了頓，顧九思打著哈欠：「妳放心吧，妳這麼厲害，我都能管，幾個小商鋪，妳管得下來。」

聽這話，柳玉茹才反應過來，顧九思是在說她接手生意的事。

她的動作頓了頓，許久後，垂下眼眸，應了一聲：「嗯。」

顧九思這些天來，終於睡了一覺好覺。等第二日起來，柳玉茹看他精神不錯，便讓人去柳家遞了帖子，領著顧九思回門。

回家路上，柳玉茹對顧九思吩咐：「到了我家，你少說話，表現得對我好就行了。」

顧九思點著頭，認真道：「放心吧，我保證替妳掙臉。」

「還有一件事……」柳玉茹皺著眉，顧九思抬眼看她，柳玉茹思索著道，「我想將張月兒那妾室最小的孩子過繼到我母親名下，你……」

說著，柳玉茹頓了頓，隨後道：「算了。」

她想，這麼複雜的事，顧九思是做不了的。

而顧九思瞧了她一眼，卻已經明白她要做什麼，撇了撇嘴，扭過頭去，沒有多話。

顧九思領著柳玉茹回門，剛到柳家大門，柳玉茹便看見柳宣領著蘇婉站在門口，張月兒同芸芸一起站在兩人後面。

這麼多年了，蘇婉第一次站回這個位置，柳玉茹瞧見，便知道母親這些時日過得不錯。她眼眶微紅，微微低頭，隨後感覺顧九思握住她的手，眾目睽睽之下，一臉關愛道：「夫人怎麼哭了？可是哪裡不適？」

柳玉茹：「……」

不，我不需要你這麼虛偽做作的關愛。

但她不能拂了顧九思的面子，便勉強笑了笑，柔聲道：「見到父母，喜極而泣罷了。」

說著，她便領著顧九思上前去，恭恭敬敬與蘇婉和柳宣行了禮。

顧九思行禮周正，讓柳宣舒了一口氣，他慣來聽說顧九思行事張狂，本來擔心這麼眾目睽睽下顧九思打他臉，誰曾想顧九思居然這麼給他面子，當即高興許多，連忙招呼著顧九思進去。

於是顧九思陪著柳宣，柳玉茹扶著蘇婉，一家人歡歡喜喜進了柳家大門。

顧九思一心想著替柳玉茹掙臉，於是一頓飯下來，一直幫柳玉茹夾菜，噓寒問暖，看得整桌人面面相覷，柳玉茹臉紅了個通透，顧九思卻渾然不覺，旁邊下人有些忍不住抿了笑，張月兒心中不屑，覺得顧九思太沒規矩，卻又不得不豔羨。而蘇婉看見柳玉茹過得這樣好，便低了頭，不讓人看她紅了的眼。

等一頓飯吃完，顧九思被柳宣拉去喝酒。

大概是對顧九思期望太低，顧九思稍稍表現，柳宣便對他印象極好。而柳玉茹被蘇婉帶回房裡，蘇婉同她說著近些日子的情況：「如今張月兒心思一心一意在芸芸身上，同妳父親吵得厲害，妳父親看見她們就頭疼，便到我這裡來得勤快了。」

「我倒也不覺得什麼，他來或者不來，我不甚在意。只是大家看見他抬舉我，對我便好上了許多。」

「倒是妳，」蘇婉瞧著柳玉茹，關心道，「那顧大公子，對妳……」

「挺好的。」聽到這話，柳玉茹便笑了，柔聲道，「娘，九思人比外界傳言好多了，對我很好。」

「他在家，」蘇婉有些不好意思，指了指大堂，「也是那般模樣？」

柳玉茹紅了臉，點了點頭，小聲道：「您放心吧，他是真心疼我。」

「那就好。」蘇婉舒了口氣，點了點頭道，「女人能得到丈夫這般寵愛，一輩子便沒什麼好擔心的了。」

柳玉茹笑而不語。

以往她覺得蘇婉說得不錯，如今卻無法認同，但她知道蘇婉這樣想了一輩子，要轉變太難了，於是她只是笑著陪著蘇婉說話。說了一陣後，她想起今日的來意，同蘇婉道：「您和父親感情也好了，趁著這個機會，該為未來打算一下。我想了想，我婆婆那日說的話，也不是沒有道理，您如今沒有孩子，不妨過繼一個。若是搶了芸芸的孩子，怕她會寒心，如今月姨娘最小的孩子尚不滿兩歲，不如我今日同父親提這件事，您看？」

「妳提……怕是不好吧？」蘇婉有些擔憂。

柳玉茹嘆了口氣：「總不能您來說。父親如今之所以愛來您這裡，就是覺得您性情淡泊，不爭不搶，若是您開了這口，父親怕會不喜。」

蘇婉沉默著，沒說話，柳玉茹想了想：「您別擔心，九思在呢，父親就算不高興，也不敢說什麼。」

蘇婉和柳玉茹說了一下午的話，等到晚飯時，大家說著話，柳玉茹見張月兒抱著孩子，便笑著道：「榮弟如今也快兩歲了吧？」

聽到柳玉茹提到兒子，張月兒頓時有了幾分底氣，笑著道：「是呢，快兩歲了。」

「會說話了嗎？」

「還不大會，但會叫娘了。」

張月兒說著，催著柳榮道：「榮兒，來，叫個娘給大家聽聽。」

孩子嘰哩呱啦說了一堆，也沒吐出個完整的字音來，顧九思「噗」的笑出聲，張月兒瞧過來，顧九思低頭道：「對不住，這孩子太好笑，我忍不住。」

眾人：「……」

柳玉茹淡淡瞧了顧九思一眼，顧九思立馬收斂笑意，坐端正了。

就這麼一個細節，蘇婉這才真的放下心來。張月兒的臉色有些難看，柳玉茹忙道：「姨娘您別同他計較，九思孩子脾氣。」

「顧大公子天性率真，」張月兒勉強笑著道，「哪裡有什麼好計較。」

「月姨娘膝下如今已經有了兩個兒子，玉茹看著十分羡慕，玉茹總想著，如今玉茹嫁出去了，母親身邊總該有個人照顧，父親，您說是吧？」

說著，柳玉茹看向柳宣。張月兒抱著孩子的手忍不住緊了緊，柳宣聽著柳玉茹的話，點了點頭，竟是出乎所有人意料，直接道：「妳說得是，妳母親膝下是該再有個孩子。」

「不如這樣吧，」柳宣直接道，「月兒，榮兒就交給夫人撫養吧。」

「老爺！」

張月兒驚叫出聲：「這……這……榮兒還小，」她腦子轉得極快，忙道，「他若離了我，不行的！」

「月姨娘這話說得有意思了，」顧九思懶洋洋開口，「哪家男兒離了娘就不行的？又不是什麼軟骨頭，姨娘，孩子還是交給大夫人養，免得走彎路。」

張月兒聽到這話，便明白顧九思是在暗諷她沒眼界，張月兒咬碎了牙，暗恨自己這些年還是對柳玉茹和蘇婉好了些，才讓她們有能力在今日翻身。

她就該早早弄死蘇婉，又或是把柳玉茹隨便嫁個糟老頭子做妾室，讓她們母女一輩子翻不了身。

然而說這些都太晚了，她只能抱著孩子，哭哭啼啼鬧起來。

柳宣見她在顧九思面前鬧，頓時火大，讓人將她拖了下去，隨後便同蘇婉說起過繼這件事，又留顧九思喝了一會兒酒，這才讓柳玉茹和顧九思回去。

等到了馬車上，柳玉茹便有些奇怪：「今日我父親怎麼這麼好說話？」

她原本想，要讓柳榮過繼這件事，是要鬧一會兒的。顧九思用手撐著頭，靠在窗戶邊，含笑道：「這妳得誇我。」

柳玉茹聽到這話，轉過頭去，便看見公子紅衣金冠，面色含笑，月光落在他白如玉瓷的皮膚上，帶了一層淡淡的光華。

他的笑容懶散中自帶風流，竟讓柳玉茹有那麼一瞬間恍惚。

見柳玉茹不說話，他伸出手，朝她招了招：「發什麼愣？誇我呀。」

「誇你什麼？」柳玉茹回過神來，覺得有些不自在。

扭過頭去，用團扇給自己搧著風。顧九思撣了撣衣服，頗為自豪道：「我下午便同妳爹說起這事了。」

「嗯？」柳玉茹回頭看他，好奇道：「你說什麼了？」

「我說呀，人家大戶人家的妻子，都有個兒子，沒有也要過繼，妳娘孤身一個人，我擔心啊。」

「我本來打算給我小舅子送好多東西的，可惜妳也沒個弟弟。把東西給個妾室的孩子，還打壓著妳娘，我心裡多不高興啊。」

「就這樣？」柳玉茹愣了愣，顧九思挑了挑眉，「不然妳要怎樣？」

「你這樣說話，會不會……」柳玉茹斟酌著道，「太直接了些？」

「所以我說妳呀，」顧九思用扇子輕輕戳了下她的額頭，嘴角帶了笑，「做事就是想太多。妳以為妳爹為什麼這麼多年沒休了妳娘？」

柳玉茹皺起眉，猶豫著道：「因為休妻這事……傳出去不體面？」

顧九思嘆了口氣，用看傻子的眼神看了柳玉茹一眼，直接道：「妳爹是要臉的人嗎？他不休妳娘，完全是因為妳娘是蘇州蘇家的千金小姐，休了妳娘，他哪兒再娶這麼體面的女人？有那麼得力的舅哥？所以啊，妳爹會寵張月兒，那也是在不得罪蘇家的前提下。妳娘要是早早就鬧，妳爹還敢這麼寵張月兒嗎？」

柳玉茹聽著顧九思的話，她慢慢道：「男人家……也要這麼算計著嗎？」

「男人也是人，」顧九思嗤笑，「是人就貪財，就好權。在妳爹心裡，女人算什麼？如今他想要巴著顧家，所以自然會對妳娘好，我提了要求，還明明白白告訴他，只要孩子過繼到妳娘名下，我就送東西給他，我們顧家送東西是隨便送的嗎？妳爹心裡算得清楚著呢。」

柳玉茹沒說話了，顧九思搖著扇子，等著柳玉茹誇他，等了一會兒，沒見柳玉茹有反應，不滿道：「妳怎麼不說話？」

「顧九思，」柳玉茹這次沒叫他郎君了，她慢慢品味過來，抬眼看著面前吊兒郎當的人，詫異道，「你……你挺厲害啊。」

至少在琢磨人心這件事上，顧九思比她通透太多了。

他想人想得簡單，每件事都往本質上想，繞開了規矩和表面那些冠冕堂皇的話，每次都是直擊要害。

對柳宣這樣的人，顧九思手到擒來，只是對柳玉茹這種和他根本不在同個思路上的行走牌坊，他才無從下手。

顧九思聽著柳玉茹的誇讚，挑了挑眉，手搭在窗戶上，頗有些驕傲道：「叫夫君。」

柳玉茹聽了話，高興蹲到顧九思身旁，幫他捶著腿，討好道：「夫君，你太厲害了，你再跟我說說張月兒，你說這人怎麼樣？」

「茶。」顧九思聽著柳玉茹這麼討好，心裡頓時飄了起來，柳玉茹趕緊倒茶給他，看著他。顧九思喝了口茶，看著柳玉茹崇拜的眼神，忍不住笑了。

「柳玉茹，」他笑著道，「我發現妳挺能屈能伸啊。」

「那是，」柳玉茹立刻道，「成大事者必須要有這種魄力。」

顧九思哈哈笑出聲，拉著她起來坐在他身旁。

他醉後興致高，開始高談闊論，柳玉茹問著問題，他就跟她說著自己的見解。

從張月兒、芸芸，一路說到他認識的身邊各種人。

這些時日，柳玉茹讓夫子與他說了天下局勢，他心裡也有了底，柳玉茹見他大約是醉了，什麼都說，便忍不住道：「那你覺得，梁王如何？」

聽到這個名字，顧九思眼中閃過一絲冷意，冷笑道：「亂臣賊子，其後必反。」

柳玉茹心中驟然一驚，她還想再問什麼，顧九思卻是兩眼一閉，靠在馬車上，不高興道：「我要睡了，不要吵我。」

後面無論柳玉茹如何搖他，他都不肯再多說了。

然而這話卻刻在柳玉茹心裡。

柳玉茹一夜未眠，在床上輾轉反側，等第二日醒過來，柳玉茹早早就蹲在顧九思的地鋪旁，開始搖他：「顧九思、顧九思。」

顧九思抬手捂住自己的耳朵，不滿喃喃：「不是說好給我放假嗎？我好累，好疲憊，好睏……」

「你再回答我一個問題，我就讓你睡。」

顧九思捂著耳朵，假裝什麼都聽不到，柳玉茹把他的手拉開，忙道：「你為什麼說梁王會反？」

「嗯？」顧九思迷迷糊糊睜開眼，「我說了？」

「對，」柳玉茹肯定道，「你說了。」

顧九思艱難地想了想，憋了半天，他終於道：「瞎說的吧……」

柳玉茹：「……」

看著柳玉茹的臉色，顧九思知道自己不能再睡了，他坐起身，痛苦道：「我只是有這感覺，梁王這人太假了。妳說他有兵有權，什麼都替皇帝想好，還把自己家裡人送去當人質，妳要是真的這麼忠心，把兵權交回來啊，妳看他這兩年打了三次仗，每次都叫朝廷增兵，但我看了仗，好幾次都是可以追擊一舉殲滅的，但他不，妳說這是為什麼？」

「我就想啊，妳說有沒有一種可能，外敵他能打贏，但他怕狡兔死走狗烹，自己也知道皇帝懷疑他，已經開始琢磨著謀反了，只是現在時機還沒到，所以裝乖，然後故意讓陳國出兵騷擾邊境，透過這種打著玩一樣的仗反覆替自己增兵。」

「你怎麼知道他可以一舉殲滅？」柳玉茹好奇，顧九思嘆了口氣，「以前在賭場，遇見過好多次梁王封地來的人，他們說過那邊的情況。我也是瞎猜的，做不得真。」

柳玉茹沒說話了，顧九思抬手抱著頭，好久後，他抬眼看她：「妳還有沒有要問的？沒有我想睡了。」

「睡吧。」

柳玉茹抬手把他的頭按回枕頭上。

顧九思頭一沾枕，立刻閉上了眼。

宿醉真的容易頭疼。

柳玉茹琢磨著顧九思的話，經過這些時間的瞭解，她覺得顧九思說話大多是有一些道理的，他說他瞎猜，可柳玉茹卻覺得，可能比許多人認認真真分析情報準得多。

畢竟情報可能是假的，但到賭場隨便說的話，卻沒有作假的必要。

柳玉茹想了一會兒，外面傳來印紅的聲音道：「少夫人，大夫人叫您過去。」

柳玉茹回了神，忙應聲洗漱，隨後便去了大堂，江柔已經等在那裡，見柳玉茹過來，她笑著道：「來，吃過早飯，我帶妳去鋪子裡看看。」

柳玉茹低頭應聲，同江柔一起吃過飯。江柔問了顧九思同她回娘家的情況，又問了之後的安排，隨後道：「等九思習慣了讀書，後面九思的功課，妳也不用時時盯著，挪點時間到生意上來。」

「聽婆婆吩咐。」

江柔帶著她用過早飯，便領著她去了鋪子，江柔將她介紹給鋪子裡所有人，細細跟她講了所有鋪子的運作。

每個鋪子的選址、盈利的方式、採購的來源……

江柔毫無保留，都與柳玉茹說了，等去過她手下所有鋪子之後，江柔取了一個帳本，手把手教著柳玉茹看帳，而後她同柳玉茹道：「如今剛好到了一年查帳的時候，妳便幫我將所有的帳查一遍吧。」

柳玉茹微微一愣，她知道這是江柔給她的考驗，便沒有推辭，雖然心裡忐忑，還是應了下來。

當天回了家裡，顧九思並不在家，她詢問了人後，才知道顧九思出去玩了。

想著顧九思已經許久沒去見他的朋友，她也沒有再管，自己洗漱之後，坐到桌邊，看著帳本，最後忍不住倒頭趴在書桌上睡了。

顧九思玩了一天，興高采烈回家的時候，看見柳玉茹倒在桌邊，手邊是個帳本，旁邊是算盤，顧九思愣了愣，上前搖了搖柳玉茹：「柳玉茹，醒了，去床上睡。」

柳玉茹迷迷糊糊睜開眼，睏極了。

顧九思看見她的眼神，嘆了口氣。他太能體會這種睏到極致被人吵醒的感受了。於是他乾脆彎下腰，小心翼翼將柳玉茹打橫抱起來。

柳玉茹比他想像中更輕，他抱著她走向床邊，柳玉茹迷迷糊糊睜開眼，瞧見顧九思的面容，小聲道：「你回來啦？」

沒罵他。

這是顧九思第一個想法，於是他高興許多，應了一聲，催促道：「別說話，趕緊睡吧。」

柳玉茹應了一聲，再次閉上眼，她太睏了，睏得無法思考。

顧九思將柳玉茹放到床上，幫她蓋了被子，這才去隔壁洗漱，他洗著澡時，忍不住問木南道：「少夫人今日做什麼了，怎麼這麼累？」

「大夫人帶少夫人去熟悉鋪子了，」木南早猜到顧九思會問，提前打聽好消息：「聽說大夫人把今年查帳的事交給少夫人了。」

顧九思愣了愣，他知道每年查帳是他娘最忙的時候，不由得道：「這麼大的事，就交給她啦？」

「是啊。」

木南幫顧九思搓著背道：「大家都說了，大夫人是在栽培少夫人，不久之後，家裡的事說不定都是少夫人說了算了呢。」

「現在不就是她說了算嗎？」顧九思翻了個白眼。

但想了想，他還是道：「那她一邊監督我讀書，一邊管帳，豈不是很辛苦？」

那自然是辛苦的。

之後柳玉茹每天起得比雞早，睡得比狗晚。

她沒去管顧九思，顧九思倒也沒給她找麻煩，乖乖讀書，印紅幫柳玉茹看著顧九思，說顧九思近來還算努力，雖然偶爾開小差，但也儘量控制著自己，沒有真的做什麼出格的事。

柳玉茹點點頭，沒再多管，說到底，她不能真的管顧九思一輩子，她開了頭，走不走得下去，還得看顧九思自己。

她一開始看帳比較慢，後來就看得快了，每天算著帳面上對不對，然後要去鋪子裡盤點，每次一去就是一整天，回來的時候便是大晚上。有時候回來還弄不完，只能熬著夜的來做。顧九思常常是睡在地鋪上，看著屏風後的燈火一直亮著。

他從來沒見過這麼努力的人，如此自律、克己的姑娘。

姑娘的身影落在他的眼睛裡，帶著溫暖的燭光，就這麼慢慢的、慢慢的浸入了他的生命，只是那時他渾然不覺。

好在事情都是慢慢熟悉起來的。

柳玉茹做多些，便熟悉了，江柔便教著她去談生意，先帶了幾次，後來便放手讓她自個兒去談。

幽州有一位遠道而來的商人，想訂一批布料，這恰好是柳玉茹的長處，她家本是以布匹為主要貨源，於是這件事就由她去談。那天天氣正好，她由木南和印紅陪著，進了早就訂好的包廂裡。

對方叫周燁，據說他的養父在幽州軍中任職，因此偶爾會幫軍中採購。比如這批布，就是為了幽州今年入冬所準備。

柳玉茹猜想著，這人應當已經上了年紀，否則不會被派來做這樣大的事。因而進了包廂，見到裡面是一位二十歲左右的青年時，柳玉茹還是愣了愣。

對方面容英俊，帶著北方男子特有的結實，看上去有一種英俊陽剛之美。

他見了柳玉茹，也有些詫異，但極好的掩飾了情緒，恭敬朝著柳玉茹行禮。柳玉茹壓著心裡的忐忑，同他介紹自己道：「周公子，妾身柳玉茹，乃江老闆的兒媳。如今江氏商行暫且由我接管，因此布料一事由我來與您商談。」

「顧少夫人年紀輕輕就被委以重任，必有非凡之能，」對方極會說話，恭維著柳玉茹，而後坦蕩地請柳玉茹入座。

周燁說話善談，脾氣溫和，和柳玉茹商談著價格，兩人都是實誠做生意，一拍即合。商量完了數量、價格、運送方式等東西後，雙方便簽了契約，而後寒暄一番後，也到了回去的時間，周燁瞧了天色，禮貌道：「我送少夫人回去吧。」

「不用了。」柳玉茹笑了笑，「我帶了家丁，周公子自便就好。」

周燁點了點頭，但還是送柳玉茹下了樓，剛走沒幾步，柳玉茹就聽見走廊上傳來一聲大笑道：「喲，這是哪家小娘子啊，大白天的，怎麼跟著其他男人一起從包廂走出來，還勾勾搭搭的？」

這一聲叫喚出來，全場安靜了，所有人循聲回過頭，看見走廊上立著一個男人。

那人看上去也就二十五六歲的樣子，卻一身頹靡之氣，他似乎是喝高了，站都站不穩，雙頰通紅。

柳玉茹跟著大家回頭，目光觸及到青年的瞬間，整個人僵了。在此之前，她是沒見過這人的，可是她對這張臉一點都不陌生。

她肯定的想起來，就是她夢裡那個被顧九思打斷了腿，然後懷恨在心殺了顧九思的王榮！

是王榮。

她呼吸一窒，隨後立刻反應過來，轉過身便拉了身邊的人要走。

然而周燁卻是立在原地，他不知這人是誰，但他為人正直，仍舊道：「公子慎言，我與這位夫人只是洽談生意，並無其他逾矩之處，家中長輩盡都知曉，公子切勿汙言穢語。」

「哦——」王榮意味深長地開口，「是家裡長輩讓你們出來做這些的呀。」

他把「做這些」咬得極重，眾人都聽出中間的旖旎味道，周燁面色不善，柳玉茹小聲提醒道：「周公子，這是官宦子弟，切勿起了衝突，清者自清，公子別招惹了麻煩。」

周燁冷哼了一聲，全然不將「官宦子弟」四個字放在眼裡。柳玉茹不由得看了他一眼，想起周燁似乎也是官宦出身。她抿了抿唇，同周燁道：「周公子，走吧，這畢竟是揚州。」

聽到這話，周燁遲疑片刻，終於轉過頭去。

而這時王榮卻是走了下來，大聲道：「別走啊，小娘子，妳伺候了這位公子，也同我玩一玩唄？」

「王公子，」木南上前擋在柳玉茹面前，恭敬道，「我們夫人是顧家的少夫人，還望公子放尊重些。」

「你說是顧家就是顧家。」王榮冷笑一聲，「怕不是冒充的吧？」說著，王榮便上前去，端詳著柳玉茹道：「看著是清白小菜，仔細瞧著倒是別有一番風味。」

王榮用扇子去挑她的下巴，柳玉茹捏緊拳頭，繃直了背，冷聲道：「王公子，今日我的身分已經說明了，你還要借酒裝瘋，那打的就是顧家的臉。你就算不想著自己，也想想王大人，到時候東都一封摺子參上去，不知王公子在家裡挨不挨得起板子！」

「妳！」王榮抬著扇子就要抽過去，周燁一把抓住扇子，厲聲道：「王公子，既然身為官家子弟，便當嚴於律己當作表率，若你今日還要執意裝瘋買醉，可是真打算與顧家為敵了？」

王榮沒說話，死死盯著周燁，似乎是在衡量。

過了許久後，他冷哼了一聲，突然抬手捂了頭，露出頭疼的表情道：「哎呀，醉了醉了，人都瞧不清了，來人啊，扶我下去吧。」

等王榮走了，柳玉茹才鬆了拳頭。

她舒了口氣，同周燁道歉道：「周公子，這次牽連到您，給您惹麻煩了。」

「無妨。」周燁擺手道，「如此敗類，就算今日不是少夫人，周某也不會袖手旁觀。」

「王家在揚州家大勢大，如今他拿我沒辦法，必會找您麻煩，您還是趕緊離開揚州為好。布料的事我會全權辦妥，您放心就好了。」

柳玉茹帶了幾分歉意，周燁笑道：「無妨，他也不敢拿我如何。」

柳玉茹面露擔憂，周燁看了看天色：「少夫人，還是我送您回去吧。」

周燁的神色不容柳玉茹拒絕，柳玉茹無奈嘆氣，點了點頭，便入了馬車。

周燁駕馬護著柳玉茹回了顧府，柳玉茹心裡思索著，一會兒要如何同江柔彙報此事。她心裡有些害怕，更多的是委屈難受。她不知道江柔過去有沒有遇到過這樣的事，但凡做生意，總是要出去談的，可這生意場上總不能女人和女人談，男人和男人談。而大買賣總是機密，得私下單獨談，男女共處一室，哪怕有小廝丫鬟，也總會讓人說閒話，不知道江柔是怎麼處理。而且王榮這事，他為什麼突然找上門來？而她這樣威脅王榮，之後會不會有什麼問題……

柳玉茹腦子裡念頭紛雜。馬車正慢慢往顧家行去，臨近顧家，外面突然傳來熟悉的打馬聲。

柳玉茹聽著那熟悉的聲音急促地喊著「駕」，她不由得掀開了車簾，隨後就見顧九思穿著一身素衣，正巧從她的馬車旁打馬而過。

柳玉茹愣了愣，隨後急忙叫出聲來：「顧九思！」

顧九思全然不停，背對著她，只是道：「妳回去！」

柳玉茹懵了片刻，隨後便看顧家家丁在後面駕馬追著，柳玉茹忙攔下一個人來，焦急道：「大公子這是做什麼？」

「大……大公子聽說王榮欺負少夫人，」家丁喘著粗氣，焦急道，「從家裡搶了馬，說要去折了他的腿！」

一聽這話，柳玉茹臉色煞白。

周燁在旁笑了笑：「原來這位就是顧大公子，當真少年意氣。少夫人您也別擔心，大公子大概只是隨便說說，過去吵一架也就罷了。」

「不，不是。」柳玉茹緩過神來，忙道：「趕緊把大公子攔下來，快去！」說著，她緩了口氣，隨後同周燁道：「周公子，我家夫君性情暴烈，我得去看看，謝謝您一路相送，改日再見。」

周燁猶豫片刻，點了點頭：「那少夫人保重。」

柳玉茹應了聲，隨後坐進馬車，同車夫道：「趕緊去追大公子。」

追不上，王榮的腿就真的折了。

顧九思的馬騎得飛快，家丁尚且跟不上，更別提乘坐馬車的柳玉茹了。

顧九思一路狂奔到柳玉茹之前談話的酒樓，一把抓了招呼的小二，怒道：「王榮在哪？」

小二哆哆嗦嗦指了三樓一個包廂，顧九思立刻三步併作兩步，衝上去後，一腳踹開了房門，怒道：「王榮何在！」

王榮喝酒喝得迷糊了，他抬起頭，看見顧九思，興致高漲道：「喲，我說是誰呢？」

他說著，端著酒，搖搖晃晃來到顧九思身前：「原來是顧大公子。」

他上下打量顧九思一眼，笑起來：「顧大公子不是一向愛出風頭嗎，穿得這樣素淨，怎麼，」王榮湊過去，笑著道，「披麻戴孝啊？」

話剛說完，就在大家一片驚叫聲中，顧九思抓著王榮的領子，直接把王榮摔了出去！

王榮從樓梯上一路滾下去，酒樓內所有人都驚了，隨後就看顧九思衝出來，抓著王榮領子道：「不是給我橫嗎？咱們就看看揚州城誰他媽最橫！來，再給老子橫一個。」

「顧九思你瘋了！」王榮這下清醒了，他憤怒道：「你這樣，我爹不會放過你的！」

「你爹？」顧九思嘲諷出聲，「我舅舅還不放過你爹呢！王榮你辱我顧家在前，我收拾你天經地義你爹要說什麼？」

「你胡說！」王榮忙道，「我怎麼辱你顧家了？」

「方才你找麻煩那個，是我顧家少夫人，是我媳婦，你說你沒找我麻煩？」

「哦，你說這個啊，」王榮露出討好的笑容來，「九思，都是誤會。我喝高了，不知道……」

話沒說完，顧九思一巴掌抽在王榮臉上：「現在知道了！」

王榮的侍衛趕了過來，看著兩人有些猶豫。王榮往旁邊啐了一口，怒了，嘲諷道：「顧九思，你可不能怪我不知道。哪家大戶人家的女人能這麼拋頭露面還和一個男人走在一起說說笑笑的？我沒想到你家這麼不要臉啊。」

「我可去你媽的吧。」顧九思直接道：「你全家女人活得像個縮頭烏龜似的就見不得我娘子活得好？她愛做生意我讓她做，她愛逛街我讓她逛，老子寵她對她好，還輪得到你這畜生來說三道四？老子今日告訴你，下次見到她，給我退避三丈讓路滾遠點！」

「顧九思，」王榮氣笑了，「你可別給我耍橫，不然以後我怕你哭。」

「哈，」顧九思笑出聲，「那我現在就讓你哭！」

話剛說完，顧九思一拳朝著王榮砸了過去。他的拳頭又狠又快，王榮嚇得連連後退，趕緊道：「來人！來人！」

侍衛一擁而上，顧九思在人群中身手靈巧，左挪右拐，一把抓住王榮，將他直接提了起來，腿壓在樓梯上一腳踩了下去！只聽咔嚓一聲，王榮頓時尖叫，痛得眼淚肆意橫流。顧九思抓著他的頭髮，捏著他的咽喉，將他擋在身前，朝著衝上來的人怒喝一聲：「誰敢再上來一步試試！」

誰都不敢上來了，王榮哭著哀嚎，顧府家丁和柳玉茹一前一後趕到時，就看著這麼一片狼藉的樣子。

顧九思的頭髮有幾縷落在臉頰上，俊美的面容帶著少有的狠厲，他一人對著十幾個人，卻毫無懼色，甚至拍了拍王榮的臉，冷笑著道：「我說讓你哭，沒騙你吧？」

王榮哭著沒說話，他疼得無法思考了。

顧九思抬眼看向所有人，面色冷峻：「我同你們說清楚，在我顧家，男人是人，女人更是人，我顧家的女人就要活得肆意妄為堂堂正正，男人能做什麼，她們就能做什麼。以後若再讓我聽到誰在後面胡說八道，我不知道便罷了，知道了，誰說我就打斷誰的狗腿！」

說著，顧九思抓了抓王榮的頭髮：「我之前的話，聽懂了沒？」

「聽懂了聽懂了。」王榮忙道，「大公子，我錯了，以後見著少夫人，我都退避三丈。」

「還橫嗎？」

「不橫了。」王榮哭著道，「揚州城，您是爺，您最大。」

顧九思滿意了，他甩開王榮，王榮身邊的侍衛趕緊上前去，替王榮查看情況。顧九思拍了拍手，從樓梯上走下來，這才注意到柳玉茹，他微微一愣，隨後道：「妳在這做什麼？不是讓妳回去嗎？」

柳玉茹的面色複雜極了，她看了看正在嚎哭著的王榮，又看了看面前一臉無所謂的少年，過了許久，她嘆了口氣，終究是無奈道：「回吧。」

事情已經發生了，只能想想後面了。

顧九思……終究還是打斷了王榮的腿。

而那個夢，她再安慰自己只是一個夢，也太過勉強了。

回去的路上，他們沒有再乘坐馬車，柳玉茹提了一盞燈，靜靜走在前面。

顧九思跟在她後面，他明顯感知到柳玉茹情緒不佳，他不敢多說什麼，跟了半路，終於低聲道：「我就是氣不過，我不覺得做錯了。」

柳玉茹沒說話，顧九思垂下眼眸，慢慢道：「妳別操心了，我和他們打打沒事的，他爹就一個揚州節度使，打斷他一條腿，我舅舅在，不會有事。」

聽了這話，柳玉茹嘆了口氣，終於頓住步子，轉頭看他：「顧九思，」聲音裡帶著疲憊，「風水輪流轉，人在盛極時，總該給自己留點後路。你這樣……」

她忍了忍，最後只是搖了搖頭，轉過身去，往前繼續走。

夜風吹來，有些涼了，顧九思往前走了兩步，將外衣脫下來，披在她身上，從她手裡提過燈，和她並肩而行，不滿道：「我知道妳的意思。所以我也不是隨便欺負人啊，他都欺負到妳頭上了，欺負到我們顧家頭上了，我還不出這個頭，我是男人嗎？」

顧九思說得理直氣壯：「跟在妳身邊的家丁，是我以前總帶著的，他肯定認識，裝著不認識來找妳麻煩，那明顯是來找事的。他會無緣無故找事嗎？我就不信，他肯定是聽到了什麼風聲，比如說我家不行了啊之類的。這種人，就算咱們現在讓了，等咱們家真的倒了，他也不會放過咱們，只是看欺辱到哪個程度而已。他現在是在試探，要是今日服了軟，以後他就會一步一步變本加厲。今日把他打回床上躺著，咱們至少能安靜三個月呢。」

柳玉茹沒說話，睫毛顫了顫。

她認真想著顧九思的話。

王榮不會無緣無故來找他們麻煩的。他不算是聰明的公子哥，喜怒都形於色，顧九思說得沒錯，他必然是知道了什麼。

柳玉茹披著顧九思的衣服，突然打了個寒顫。顧九思注意到，皺了皺眉頭道：「還冷啊？」

柳玉茹愣了愣，她正想說不冷了，對方卻突然伸過手來，攬住她的肩頭，用寬大的袖子蓋住她的背，將她半擁在懷裡。

柳玉茹呆呆瞧著面前的人，顧九思臉上帶了討好的笑，一手提著燈，一手攬著她往前走，高興道：「是不是不冷了？」

柳玉茹垂下眼眸，沒有說話，覺得心跳得有點快，她跟著他的腳步，聽著他道：「以前我和楊文昌、陳尋兩個人通宵賭錢，冷的時候擠一擠就不冷了。妳別覺得我在占妳便宜，我是當妳是好兄弟！」

柳玉茹哭笑不得，順著他的話頭道：「那我真是謝謝你了。」

「所以啊，妳也別天天愁苦了。」他安慰著道，「妳看，人遇到事，總會想辦法。妳冷了我幫妳加衣服，還冷我們就擠一擠。等事情發生，咱們就會有辦法。妳別想太多。」

說著，他語調裡帶了幾分鄭重：「咱們倆既然成了婚，雖說指不定以後會分道揚鑣，但是妳當著我夫人一日，我就會好好護著妳，妳別擔心，我不會讓妳有事。誰若欺負妳……」

「你就打斷他的狗腿。」柳玉茹笑著接過話，顧九思認真點頭，頗為贊成：「正是。」

「顧九思，」柳玉茹低頭看著他們兩人交疊在一起的影子，眼皮半垂，遮住眼睛裡的神色，她不敢瞧他，小聲道：「之前你不是挺討厭我嗎，我嫁給你，你不生氣，不想著找我麻煩嗎？」

怎麼還想著……這樣幫著她，護著她？

顧九思聽了這話，「嗨」了一聲道：「我又不是不知好歹。妳對我真心好，我心裡知道。妳讓我讀書，逼著我戒賭上進，都是怕我未來出事。雖說妳也是為妳的誥命夫人，」顧九思似笑非笑地瞥了她的臉一眼，慢慢道，「可是妳對我好的心，我知道啊。」

「我這人吧，妳對我好，我也不會對妳壞。而且妳終究是因為我的過失嫁到我家來，我就算怪，也是怪我爹娘、怪妳爹娘，萬萬怪不到妳的頭上。不僅不該怪妳，我還得護著妳，讓妳不後悔嫁給我，這才是我該做的。」

柳玉茹沒說話，她靜靜聽著，突然覺得有些酸楚。

顧九思這人太講道理。

善惡是非，他心如明鏡，分辨得真真切切，誰的罪，誰該罰，他心裡早已有數。

而這樣的公正，她這麼多年來從未有過。

頭一次有人給她，就給得這麼炙熱真摯，張揚放肆。能當著所有的面，肆無忌憚宣稱「老子寵她對她好」。

她的心因而柔軟又酸楚，她吸了吸鼻子，終於道：「顧九思。」

「嗯？」

「你真好。」

「那不是廢話嗎。」顧九思斜瞟了她一眼，得意道，「我早同妳說過，我天下第一頂頂好。真的，嫁給我，」他語氣認真，「妳賺大了。」

柳玉茹：「……」

不能誇。

這個男人，真的誇不得。

不誇就已經上房揭瓦，誇完簡直要上天攬月。活在這種極度爆棚的自信裡，他一直所向披靡。

第八章　護妻

兩人一起回顧家，剛進門，江柔便急著迎了上來。

看見柳玉茹，她心裡稍稍鎮定些，瞧了顧九思一眼，她壓著著急，看向柳玉茹道：「我聽說王家的大公子今日欺負妳了？」

柳玉茹應了一聲，隨後道：「也不知道是怎的，他突然入門來，故作不識得我的身分說些難聽話。」

江柔聽著，嘆了口氣：「女子在外走動，這是常事，妳別放心上。我明日上他家去找他父親說說，總該要出這口氣。」

「倒也不用了……」柳玉茹有些尷尬，她算著，如今該是王家上門找顧家說了。

江柔見柳玉茹的神情，頓時心裡有些發沉，斟酌著道：「可是九思動手了？」

「動了。」顧九思果斷開口，毫不遮掩，「我說打斷他的腿，就打斷他的腿。」

「你！」

聽到這話，哪怕是一貫好脾氣的江柔都忍不住提了聲，顧九思卻毫不在意道：「娘妳也別難做了，明個兒我跟妳上王府賠禮道歉，妳就當著他爹的面把我的腿也折了算了。我不怕！我就算是打斷腿，也要讓這王八蛋知道，我顧家的人不是他能隨便招惹的！」

「你啊你，」江柔聽著顧九思說話，慢慢緩過神來，她有些無奈，自己兒子的脾氣她是知道的，柳玉茹一出事，便有家丁趕著回來告信了，以王榮那些話，她覺得打斷了腿也不為過。可是今時不比往日，她只能道，「九思啊，你也該長大些了，有許多事不是要靠蠻力出頭。王榮今日找玉茹的麻煩，還要偽裝成不認識顧家，你直接同他撕破臉皮，這就是打了王家的臉，原本有理，也被打得沒理了。」

顧九思嗤笑：「什麼有理沒理，不過就是大家的遮羞布，我們顧家有權有勢，他便一句話不敢說。若我們顧家失勢，以他王家那小人德行，還不把我們扒皮抽筋了？娘，」顧九思上前道，「妳同舅舅說一聲，讓他想個法子，把王榮他爹調離了節度使的位子，這才是永絕後患。」

「胡鬧！」江柔冷聲叱喝，她看著顧九思，覺得有些疲憊，想了想，嘆了口氣道，「罷了，我同你父親商量一下，明日你便同你父親去王家道歉。」

說著，她吩咐道：「將大公子關到佛堂去，九思啊，」江柔緩慢道，「你這性子，真當磨一磨了。」

下人上前要去拉顧九思。顧九思一甩袖子，直接道：「不用了，我自個兒走著去。」

說著，顧九思自己去了佛堂。柳玉茹瞧著，也不知道該跟著誰，江柔瞧柳玉茹了一眼，便道：「玉茹同我來吧。」

柳玉茹擔憂地看了顧九思一眼，跟著江柔去了屋中。

江柔進了屋，坐在椅子上，她抬手揉著頭，似是有些疲憊。

柳玉茹替江柔倒了茶，小聲勸慰道：「婆婆也別頭疼了，這一次九思是衝動了些，但也不全無道理，王家欺人太甚，我們若是一言不發，便顯得可欺了。」

「我也明白。」江柔從柳玉茹手邊接了茶，有些無奈：「若是放在以往，九思這樣做，我覺得沒什麼不妥。只是今日……」

江柔猶豫片刻，最後還是道：「本來這些事不該同你們這些小輩說，讓你們徒增煩憂，但是九思如今鬧得這樣大，我想總還是要同你們說一下，至少讓你們心裡有個底。如今聖上……怕是對梁王有了戒心。」

聽到這話，柳玉茹心裡微微一顫。江柔斟酌著道：「詳細的消息，我也不確切，如今大家都在觀望著。我兄長他在朝中雖然身居高位，但同梁王關係深厚。若聖上真對梁王起了心思，那我們便得小心謹慎，至少不漏什麼把柄到京都去，成我兄長的拖累。」

「那……九思今日的事情……」

「我便怕是被人下了套。」

柳玉茹嘆了口氣。

「九思其實說得不錯，如今結了怨，若能將王家調離揚州才是正經。可九思不明白，節度使一職與其他職位不同，節度使屬軍職，與軍隊關係密切，你要王家離開他的大本營，讓他調哪去？換一個地方，就等於把這個節度使所有權利全部拔了，誰又肯幹？如今我們又不宜做大動作，妳舅舅他自顧不暇，哪裡能騰出手來動王家？」

江柔這麼一說，柳玉茹稍微一想，便已經明白了那夢境的來龍去脈。

皇帝如今病重，疑心梁王，想在死前為兒子剷除這個心腹大患，於是將梁王逼反，而王家如今必然已經知曉消息，就等著從顧九思身上下手，尋個理由給他舅舅降職。顧九思的舅舅倒了，梁王反了，後來梁王又被幽州節度使范軒所殺，天下大亂，顧家富可敵國，自然成了王家眼饞的對象……

柳玉茹暗中捏緊了拳頭，江柔揉著額頭，慢慢道：「不過也不必太過驚慌，王家在東都沒什麼人，應當不會這麼快知道消息……」

「不，婆婆，」柳玉茹忙道，「我們不能往好的地方想，如今妳必須當王家就是給九思下了套。」

江柔抬頭看柳玉茹，柳玉茹急切道：「舅舅是顧家的靠山，無論如何都倒不得的。咱們不能把把柄送給王家送到東都去，若王家真打算給咱們下套，不會只是打斷了腿，他們必然還有下一步動作，將顧家推到風口浪尖上，說不定，此刻王大人已經抬著王榮來顧府道歉了。若他真來顧府道歉，顧家蠻橫之名就留定了！」

聽到這話，江柔面色一白。

「拖不得。」柳玉茹立刻道，「您現在就得帶九思去道歉，不但要道歉，還要道得狠，道得所有人都見著，都服了氣，不覺得偏頗。」

江柔一聽這話，心疼得不行。然而她還是深吸一口氣，閉上眼睛，許久後，睜眼道：「妳說得對，將九思叫來，我這就帶他過去。」

柳玉茹應了聲，忙去了佛堂，顧九思正盤腿在佛堂前吃著雞腿，柳玉茹瞧見他的樣子，便忍不住笑了：「誰給你的雞腿？」

「木南啊。」顧九思毫不遮掩，從侍從手裡拿了帕子，優雅地擦了擦嘴，隨後道，「只說關我佛堂，又不是要餓著我。也就妳這狠毒婦人，能對我下這種狠手。」

柳玉茹聽著，抿了抿唇，瞧著顧九思張狂的樣子，一想到接下來要說的事，不知道為什麼，驟然有些難過。

顧九思上下打量她一眼，直接道：「有事就說吧，別吞吞吐吐的。」

柳玉茹看了旁邊的侍從一眼，侍從趕緊退下了，佛堂裡只剩下他們兩個人，柳玉茹走到顧九思身前，蹲下身來，靜靜瞧著他：「你娘要帶著你去跟王家道歉了。」

「這麼快？」顧九思有些詫異。

如今都已經入夜了，道歉也該明天去才是。

柳玉茹苦笑了一下，解釋道：「我說了，也不知道你能不能聽得懂。陛下如今疑心梁王了，王榮這事，怕是個套。」

柳玉茹說完，覺得自己說得太簡潔了，顧九思怕是不明白的，她正打算再解釋一下，便聽顧九思道：「我不後悔的。」

柳玉茹愣了愣，顧九思靜靜看著她，一雙眼清明透澈：「其實去揍他的路上我就想過這個可能，但我還是決定打他。這事不難解決，我同我母親去道歉，當著大夥的面折我一隻腿，這事再送到東都去，也不好追究了。」

說著，顧九思嘆了口氣，笑了笑，眼裡卻是帶了苦：「看來，顧家是要有風雨了。」

柳玉茹沒說話，心裡有些難過，她瞧著面前的人，感覺他似乎突然長大了。又或者說，他其實一直心思清明，只是過去有條件，他就放縱著自己，如今卻不得不逼著自己，去想那些從不願意想的。

柳玉茹也不知道怎麼的，起初是希望這個人能夠上進成熟一些，當一個好男兒，然而如今他真的展露了那麼幾分成熟，她就覺得，人似乎還是永遠像少年一樣未經風雨，來得讓人歡喜。

顧九思看著她的樣子，不免笑了：「妳這是什麼表情？我這個要斷腿的人都不難過，妳難過什麼？」

「顧九思……」她嘆了口氣，卻是道，「你放心，我陪你去。腿若真斷了，我把你揹回來。」

「哪輪得到妳啊？」顧九思站起身，同她一起出去，如以往一樣吊兒郎當笑著，「我們顧家還沒沒落到要少夫人揹人吧？」

「行了，」他捏了捏臉，「愁眉苦臉什麼，這事我早想好了，別愁。」

柳玉茹沒說話，走在顧九思身邊，他們的衣袖摩擦在一起，她清晰地感知到，顧九思的袖子微微顫抖。

他終究是怕的。

那一刻，柳玉茹意識到。

顧九思聰明，可他有限的人生經驗裡，當他父母第一次展現軟弱，他清楚意識到要成長去面對風雨時，終究有那麼一絲軟弱。

只是他不說，也不表明。

然而柳玉茹卻是清楚的感覺到這份不安，他們走在長廊上，柳玉茹情不自禁地握住他的手。

顧九思詫異回頭，柳玉茹靜靜看著他。

她的目光堅韌又溫柔。

「你別怕，」她說，像是有一種無形的力量，在那一刻安撫了他，擁抱著他，他聽她說，「我陪著你，我會扶著你起來，你不會丟臉的。」

顧九思沒說話，他靜靜端詳著她。

他不知道為什麼，那一刻，他的手不再顫抖。

他勉強笑起來。

「行啊，」他說，「謝謝妳了，我的少夫人。」

顧九思跟著柳玉茹出來，江柔已經準備好站在門口。

她看見顧九思來了，心裡鬆了一大口氣，她也不多說，直接道：「趕緊走吧。」說著，便起身上了前面一輛馬車，顧九思和柳玉茹上了後面一輛。顧九思撇撇嘴，柳玉茹瞧見了，小聲道：「你這是什麼意思？」

「我娘肯定想著我準備大鬧一場，」顧九思壓低了聲，同柳玉茹一起上了車，嘀咕道，「現在瞧見妳來了，心裡指不定覺得妳多厲害能管著我呢。」

柳玉茹忍不住笑了，她持著團扇，朝著他輕輕一敲：「我這不是管著你嗎？」

「這不是妳管著我，」顧九思嗤笑，「這是老子樂意。」

柳玉茹：「……」

好囉好囉，你最厲害。

兩人坐在馬車裡，柳玉茹同他聊著如今的局勢。兩個原本只是孩子，以往柳玉茹的世界就是那後院一片天，顧九思就是賭場、酒樓、家三點一線，對這天下時局幾乎沒什麼基礎，都是成婚後才開始惡補。甚至因為顧九思正學著，說起來還比柳玉茹頭頭是道些，但柳玉茹在外面做著生意，聽生意人談得多，倒有些不同見解。

「天下分出來這十三州，淮南最為富庶，但論實權還是幽州兵力強盛，我聽說那些北方大老爺們向來瞧不起揚州這些靡靡之地，若是天下真的亂了，揚州怕是一塊肥肉。」

顧九思吃著花生，嘆息著道：「我希望天下太太平平的，我還能繼續揮金如土，當個公子哥。」

「我覺得北方的官爺倒也不是你說的那樣看不起淮南，」柳玉茹想著，斟酌著道，「近來我認識一個幽州來的公子，言談來看，幽州是覬覦揚州富庶，但對揚州倒是十分慎重的，他說打仗這事，不是只要兵悍將勇即可，糧草、軍備這些物資，也是戰場關鍵。我聽他這樣說，若真的亂了，揚州固然是一塊肥肉，但也不是誰都敢動的，雖然將士不算驍勇……」

「但是有錢啊。」顧九思笑著接過，隨後拋著花生道，「知道我和妳說的話了吧？銀子真是人歡悅之本。」

柳玉茹對顧九思這樣不著調有些無奈，顧九思想一想，卻道：「幽州來的公子？來做什麼的？」

「說是要替軍中收一些布匹……」

「這就怪了，」顧九思摸著手裡的花生米，「軍中的物資不都是朝廷出的，還要幽州私下單獨採購嗎？」

「說是幽州天冷，朝中發放的棉衣抵禦寒冬太過勉強，他家是商人，想為軍中將士制一批成衣送給他們。」

「有這麼好的商人？」顧九思脫口而出，「怕不是朝廷剋扣了過冬銀子范軒又要不到錢，自個兒掏腰包吧？」

「這倒不是，」柳玉茹笑笑，「那日我問過這位公子，他說因為幽州屬於邊境之地，常有外敵騷擾，為了避免流程繁瑣，所以先帝給了幽州這些邊境鹽稅不貢的特權。用於採買朝廷不能及時發放的物資。所以同樣是節度使，幽州節度使可比淮南節度使權利大多了。」

有獨立的軍隊，有經濟大權，這儼然已是一個小國，與年年上供朝廷，兵少將少的淮南相比，幽州的節度使自然權位要高得多。

「那，」顧九思固然想到：「梁王封地在西南邊境，他也……」

「也是如此。」柳玉茹接過話。

這話一說，兩人對視了一眼。

顧九思沉默片刻，慢慢道：「下次妳要同這個公子再談什麼，我陪妳去。」

柳玉茹點了點頭，心裡的不安更濃了些。

如果梁王、幽州，這些地方都擁有獨立的財政權和軍權，那裡的士兵怕是不知天子只知王了。

每多瞭解這世界一點，柳玉茹的內心就感知到，似乎離動盪又靠近了幾分。

「九思，」她忍不住開口道，「等回去後，咱們尋個合適的地方，將產業轉移出去一些，不能所有家當全放在揚州。」

顧九思抬眼看向柳玉茹，姑娘家面色鎮定，可眼裡的憂色藏都藏不住，他瞬間便明瞭了柳玉茹心裡的害怕，他坐到她身旁，像對自個兒兄弟似的，抬手搭在她肩上。攬住柳玉茹的瞬間，顧九思覺得有什麼不對，直覺柳玉茹和楊文昌陳尋似乎有什麼不同，他一時想不明白，琢磨了片刻覺得，大概是她個頭比較小。

她算不上消瘦，但骨架小巧，帶了點肉，觸碰在手上的時候，手感極佳，他忽視了那種想要捏捏她的衝動，張口寬慰：「柳小姐就不必操心啦，天塌下來有個子高的頂，妳呢，就好好吃，好好喝，好好睡。想幹啥幹了就行，千萬別操心。人操心多了，會老得特別快，妳千萬別自恃年輕貌美，就拚命糟蹋，到時候年紀輕輕滿臉皺紋，頭髮稀疏，太不值得了。」

柳玉茹想要嚴肅一些，但被顧九思這麼一說，忍不住笑了，她用團扇遮住自己的笑，在他懷裡道：「你這人，怎麼就沒個正經的時候？」

「我很正經啊，」顧九思大大方方把手一張，一臉認真道，「我很正經的在安慰妳好不好？」

柳玉茹拿團扇敲他，顧九思嘻嘻哈哈地躲，正玩鬧著，馬車突然一頓，柳玉茹撲上前，顧九思忙扶住她，隨後就聽外面傳來江柔詫異的聲音：「王大人。」

兩人對視一眼，柳玉茹趕忙掀起車簾一角，便看見前面江柔的馬車停了，江柔的馬車前是一堆人，為首是一個中年男人，他身材魁梧，穿著一身緋紅色官袍，顯得有些不倫不類，身後帶著家丁，家丁抬著個擔架，擔架上躺著的，正是被打斷腿包紮好的王榮。

柳玉茹回過頭，小聲道：「是王善泉。」

顧九思趕緊湊過來，兩個人藉著馬車縫看著外面。

江柔沒想到會在半路就遇到王榮，一看王榮的架勢，她心裡抹了把冷汗，頓時覺得還好柳玉茹機敏，這王善泉竟然是真的大晚上就帶著人上門了，怕是剛把王榮的腿綁好就來了。

她假作偶遇，看著王善泉道：「王大人！您怎在這裡？我正打算去貴府找您呢！」

王善泉聽到這話微微一愣，似乎也是沒有料到，隨後趕緊鞠躬道：「顧夫人，王某也是要上顧府找顧大人與您，沒想到這就遇上了。」

說著，不等江柔說話，他率先開口道：「小兒在酒樓與令公子發生衝突，王某得知後心中忐忑，所以特地帶著孩子上門道歉，希望顧府大人不記小人過，看在小兒已經斷了腿的份上，饒過小兒吧。」

王善泉說著，便退了一步，對江柔鞠躬道：「老夫在這裡替小兒賠不是了！小兒酒後不知那女子是貴府少夫人，心生傾慕，起結交之意，沒想到因此得罪了大公子，都是小兒的不是，您要打要罵，我們都認了，還請顧府高抬貴手，就此算了吧。」

王善泉上來一番話，便將事情避重就輕說成了顧九思因妒打斷了王榮的腿。

顧九思在馬車裡聽得咬牙，低聲道：「我真想現在就出去打死他。」

柳玉茹抓住他的袖子，怕他真的衝出去，小聲勸著道：「別這麼衝動，等婆婆叫咱們出去再說。」

江柔在外面聽著王善泉的話，嘆了口氣，慢慢道：「王大人，不瞞您說，我在家聽到這事，也是不安，立刻就帶著孩子上門，想要同您道個歉。顧家只是商賈人家，我兒性情衝動，見著貴公子因我兒媳美貌說了些話，一時激憤下了重手，是我顧家教導無方。我在家中也訓斥了九思，王公子瞧得上我兒媳玉茹，那是玉茹的福氣，不過就是嘴上說幾句，又算得了什麼？別人對你妻子誇讚幾句合他胃口，要你妻子陪他耍玩一下，畢竟被家丁死死攔住了，也沒真成事，又怎能下這麼重的手呢？您說是吧？」

這話說出來，王善泉的臉色有些難看，旁人頓時便明白了來龍去脈，竊竊私語著。顧九思瞧了柳玉茹一眼，小聲道：「妳等會兒千萬別下馬車。」

「怎的？」柳玉茹有些奇怪，顧九思忙道，「妳下去，我娘說他因妳貌美見色起意這事就站不住腳了！」

柳玉茹：「……」

她忍不住狠狠擰了顧九思一把，顧九思疼得倒吸涼氣：「妳這凶狠的婦人！」

柳玉茹瞪他。

外面王善泉很快反應過來，忙道：「夫人誤會了，我兒不過是讚賞少夫人氣度高華，心生結交之意，而且當時真沒想到是顧家少夫人，若是知道，我兒打死也不敢招惹的啊！如今我兒腿已經斷了，還請顧夫人放我兒一條生路吧！」

說著，王善泉頓時就要跪下，江柔忙讓管家去攙扶王善泉，王善泉卻是執意要跪，一面跪一面道：「我知道此事在夫人心中已經有了定論，無論如何都說不清了，老夫只能用這一輩子的面子求大夫人寬恕，放過我兒……」

「王大人你這是做什麼！」這一跪讓江柔有些慌了，王善泉是節度使，無論這事到底出於什麼，如果他今日跪了，傳到東都，那就是顧家居然讓一個節度使在兒子腿都被打斷的情況下跪下求饒，以商人之身行如此之事，打的是朝廷的臉面，天家的臉面！

一見這情形，柳玉茹頓時慌了，她忙推著顧九思，小聲道：「你快去跪啊！」

顧九思微微一愣，隨後立刻反應過來柳玉茹的意思，王善泉做得出來，他們要更做得出來，他忙掀了簾子，直直衝了出去，在眾人猝不及防間，猛地衝到王善泉面前，一把拉住王善泉，大聲道：「王大人，你放我顧家一條生路吧！」

聽到這話，眾人都呆了，柳玉茹急了。

讓他去跪著示弱，他怎的這般強硬做派！她忙下了馬車，到人群中間，攔住顧九思道：「九思，別鬧了，快認錯吧。」

說著，她慌慌忙忙朝著王善泉和王榮道歉：「王大人，對不住，我夫君他性情衝動，稚兒脾氣，您千萬別見怪。」

她一面說，一面去扭顧九思：「你快放手！快道歉啊！」

「王大人，」然而顧九思卻是沒有放手，他靜靜看著王善泉，認真道：「今日出手打了王公子，這是我的過失，我願意道歉，然而在此之前，我卻希望，王公子先向我妻子道歉。」

「顧大公子……」王善泉唇微微顫抖，似乎是氣急了的模樣，「得饒人處且饒人吧！」

顧九思很平靜，他抓著王善泉的手很穩，沒有半分退縮，旁邊圍滿了來看這場鬧劇的人，顧九思開口道：「今日我夫人到酒樓談生意，王公子不知為何，先出言侮辱我妻子名節，我妻子性情軟弱，只想離開，王公子卻不肯放過她，要她留下作陪，我家家僕以及同我妻子商談生意的朋友搭救，這才保住了我妻子不受屈辱。」

「你撒謊！」王榮坐在擔架上，怒喝道：「我不過是讚揚了少夫人幾句，問她是哪裡人士，怎的就成出言侮辱？」

「我是不是撒謊，將當時在場之人拉出來問一圈，不就清楚了嗎？」

顧九思轉過頭，看著王榮，冷靜道：「陪著我夫人出去的家僕，向來是在我身邊用慣了的，我們各大聚會上常常見著，你說你不知那是我顧府少夫人，這讓我如何相信？就算你不認識家丁，不認識這是我顧府少夫人，那只是個普通女子，也不該由你這樣羞辱，難道你是節度使之子，便可為所欲為？難道這世間，有權有勢便要道歉，不是顧府少夫人，就可以調戲羞辱？」

這番話說出來，在場百姓交頭接耳，王善泉朝王榮使了個眼色，王榮憤怒道：「如今什麼話還不是你說，你舅舅在東都當著尚書，你顧家在揚州本就是首富，我父親不過一個地方官員，難道還敢招惹你不成？」

「是，我舅舅當著尚書不假，可國有國法，朝有朝綱，尊卑有序，我顧家不過商賈之家，難道還能越了王法，越了朝廷去？王大人，您乃節度使，乃國之棟梁，乃當朝大臣，您若向我顧家下跪，那就是逼著我顧家成那千夫所指之人了。」

「我今日動手打了王公子，此事不假，身為百姓，我越過王法行私刑，這是我的不是，九思願受一切處置。可我也是我妻子的丈夫，若我妻子、我家受辱，還不聞不問，這又是什麼丈夫，什麼兒子？」

「九思……」江柔呆呆看著顧九思，她從未想過，有一日自己的兒子能說出這番話來。她慣來知道顧九思本性純良，可卻從未想過，兒子竟然能有這樣的擔當。

顧九思放開王善泉，退了一步，朝著江柔鞠了個躬：「身為人子，卻做此錯事，讓母親擔憂，這是兒子的不是，這是九思一錯。」

說著，顧九思轉頭看向王善泉，再鞠一躬：「王大作為慈父，我傷及貴公子，令王大人心痛難忍，這是九思二錯。」

「顧大公子……」

王善泉想說什麼，顧九思卻沒理會，轉頭朝向東都方向，深深鞠躬：「身為大榮子民，以商賈之身，越尊卑之禮，動手傷了王公子，縱然是為護妻護家，卻也難辭其咎，此為九思三錯。」

顧九思鞠躬完，站起身看向王善泉，神色平靜：「九思不懂這世上諸事彎彎道道，我只明白，有錯要認，有罪要罰。今日九思有錯，便認了這錯。我打斷了王大公子的腿，便以一腿相償，但在此之前，敢問王公子，你的錯，你認不認！」

王榮有些慌了，他看向王善泉，王善泉一時也不知該如何處理。江柔這麼同他打著太極，他還能應對，可是面對顧九思這樣撕破臉豁出去的人，倒一下子不知怎麼辦才好。人戴著面具慣了，驟然看見這樣真實的愣頭青，竟是不知該如何處置。

沒得到王善泉的回覆，王榮只能硬著頭皮道：「若是與一個女子說幾句話就算錯，那這個錯，我也只能認了。」

話剛說完，顧九思從旁邊家丁手中抽了刀鞘，就朝著自己的腿砸了過去！

柳玉茹下意識想去攔，然而人群中另一隻手更快，一把截住了顧九思的手。

所有人抬頭看去，卻見是一位極其英俊的青年，柳玉茹愣了愣，慢慢道：「周公子？」

「顧大公子敢作敢當，品行高潔，周某佩服不已。」周燁將顧九思的刀取下來，笑著看向眾人，「但周某以為，此事王公子有錯在先，顧大公子至情至性，為護妻子挺身而出，雖有罪，但也情有可原，顧大公子還要幫著我押送貨物，若是斷了腿，我這邊就有些難辦了。」

說著，周燁笑著取下腰上的皮鞭，轉頭看向王善泉道：「王大人，在下以為，不若將斷腿換做二十鞭，給您出個氣，您看好吧？」

「你是誰？」王善泉皺起眉頭，有些不滿這個突然冒出來的青年。

周燁笑了笑，恭敬行禮道：「在下幽州周高朗義子周燁，見過大人。」

一個人如果只需要報名字而不必報稱號，那必然是非同凡響的人物。

周高朗的名字出來，江柔和王善泉都愣了愣，而顧九思和柳玉茹卻是不太清楚這是什麼人物，只是知道這必然不是什麼小角色，於是沉默不言。

然而小的這些孩子不知道，江柔內心卻是清楚的。

周高朗乃幽州軍中一員悍將，當年與范軒同為幽州前太守的左膀右臂，范軒文職，周高朗行軍，在幽州征戰百場，未有一敗，乃一國殺伐之利器。如今范軒成為幽州節度使，更是對其委以重用。兩人兄弟情深，可以說，幽州節度使雖為范軒，卻是范周二人共同坐管。

而周燁竟是周高朗的兒子！

王善泉有些驚訝，然而他反應極快，立刻道：「竟是周公子！公子言重了，我兒雖受重傷，但也沒有讓顧大公子也要受一番磋磨的道理。罷了……」王善泉擺擺手，卻是道，「就這樣罷了。」

說著，王善泉朝江柔行了禮，嘆息道：「顧家不計較犬子之事，王某不勝感激，既然誤會解除，便就此作罷吧。」

「王大人言重，」江柔嘆息道，「孩子之間的事，還望不傷兩家和睦才好。」

兩人寒暄一二，王善泉便帶著王榮要走，然而正要離開，就聽顧九思道：「站住。」

所有人看過去，柳玉茹知道顧九思的脾氣上來了，她趕忙悄悄拉他衣袖，卻被顧九思反手握住手，他將她的手包裹在手裡，盯著王榮道：「你還沒與玉茹道歉。」

「你別太過分！」王榮受不了了，怒道：「顧九思，你不要仗勢欺人太過！」

「我不仗勢欺人。」

顧九思從周燁手中取過鞭子，走到王榮面前，猛地一甩鞭子。

王榮嚇得縮了縮，卻見鞭子被顧九思反手甩到身後，「啪」的一下，便是皮開肉綻的聲音！

所有人睜大了眼，便是周燁也愣住了，顧九思盯著王榮道：「我說了，做錯事，就要道歉。王公子，可知錯否？」

王榮被嚇懵了，旁人便看顧九思揚手又是一鞭，他的鞭子落得太狠，不帶半分情面，血肉從白衣滲出來，他盯著王榮，再一次重複：「王公子，可知錯否？」

王榮不說話，顧九思便一鞭一鞭抽到身上。

他面色慘白，連站著都有些搖搖欲墜，冷汗大顆大顆落下來。

「王公子，可知錯否？」

「王公子，可知錯否？」

「王公子……」

「夠了！」江柔再也忍不住，驟然爆發，撲上前攔住顧九思的手，紅著眼眶道，「夠了，九思，夠了啊！」

江柔看著面前驟然長大的顧九思。

她清楚知道顧九思的意思，正是因為知道，她才心疼。

顧九思在為柳玉茹討一個公道，他要王榮把這個罪認下來，王榮認了罪，他挨了這二十鞭，無論未來如何說，顧家也是清清白白。打了王榮的，二十鞭還了；為什麼打王榮，王榮認了。

顧九思這一番心思，江柔明白。

她身為母親，呵護顧九思至今，就是希望顧九思能夠一直高高興興無憂無慮，當顧九思這樣成長，當他如此剔透看明白這世間，用他的方式鮮血淋漓的去對抗時，心疼令江柔無可抑制，她感到為人父母的羞愧，沒能護好自己的孩子，是她的過失。

她拉著顧九思的手，哭得聲嘶力竭：「九思……夠了……」

「娘，」顧九思轉頭看著江柔，蒼白的臉笑起來，毫不在意道，「我無妨的，我都快弱冠了，是個男子漢了，您別這樣，旁人看了會笑話。」

江柔無言，所有話堵在眼淚裡，她只是抓著他，拚命搖頭。

然而顧九思意志堅決，他抬起一隻手攔住她，隨後猛地再一鞭，抽在自己身上，驟然揚聲：「十五鞭，王榮，道歉！」

「十六鞭，王榮，說話！」

「十七鞭……」

「十八……」

「二……十！」

顧九思出聲的時候，聲音裡幾乎沒有了力氣，他搖搖欲墜，看著王榮：「王公子，我的二十鞭，抽完了。」說著，他苦笑起來，「你的道歉，還不肯給我顧家嗎？」

王榮不敢說話，他恐懼地看著顧九思。

顧九思背上鮮血淋漓，鞭子沾染著血肉，他拖著鞭子，往前一步。

王榮再也控制不住，他看著顧九思的樣子，捂頭大叫起來：「我道歉！我錯了！少夫人對不起！我錯了！」

聽到這話，顧九思頓住步子，轉過頭，朝著柳玉茹揚起笑容。

「他跟妳道歉了。」

這句話說得很輕，他的笑容真摯又清澈，柳玉茹靜靜看著，她說不出那是什麼感受，後來柳玉茹年邁，看過世間紛雜，回頭來看，才明白該如何形容。

那一刻的顧九思像一道光，在這黑壓壓的世界裡，所有人帶著面具張牙舞爪，只有他一個人，真實又固執，明亮又執著立在這個世間，看得人眼眶發紅。

她忍不住笑了，只是笑著眼裡也不知道為什麼，就覺得有些模糊。

「傻子。」她開口。

怎麼會有，這樣一定要分個是非，討個公正，說一不二，說不讓她受半分委屈，就愣是要死活替她討個道歉的傻子。

顧九思笑了，他想說什麼，然而在開口的時候，眼前一片模糊，直直往前倒去。

柳玉茹急得上前，一把將他抱在懷裡。

旁邊的人都慌了，江柔忙道：「快將大夫找來！」

周燁也立刻道：「他這傷動不得，旁邊有個醫館，我去拿擔架。」

周邊兵荒馬亂，顧九思整個人脫力，倒在柳玉茹懷裡，他小聲開口：「我厲不厲害？」

柳玉茹想哭，卻又有些想笑，這次她沒再用團扇敲他了，沙啞著聲音道：「厲害，太厲害了。」

顧九思聽著，心滿意足地閉上眼睛。

由周燁幫著，柳玉茹和江柔折騰著將顧九思弄回了顧府。周燁有許多處理傷口的經驗，等大夫接手時，好生誇讚了一番，便將顧九思送進去包紮了。

顧朗華這時趕了回來，他進了府中，看到顧九思，又聽下人將前因後果一說，顧朗華怒道：「王善泉欺人太甚！我這就去……」

江柔見周燁在，趕忙拉著顧朗華，小聲道：「我們入裡說。」

說著，就拖著顧朗華進了內間。

柳玉茹同周燁一起坐在外堂，柳玉茹心思繫在顧九思身上，有些發愣，周燁見這場景，遲疑片刻，安慰道：「少夫人不必憂心，大公子正值盛年，身體強健，好好養著，應無大礙。」

柳玉茹聽到周燁開口，趕忙回神，勉強笑道：「今日讓周公子看笑話了。」

「哪裡，」周燁嘆了口氣，「王家欺人太甚，我是見著的。只是周某在東都人微言輕，不能為大公子多說什麼。」

「公子俠肝義膽，今日肯出面說這幾句，顧家已是感激不盡了。」柳玉茹連忙開口，感激道，「若是沒有大公子，此番我家郎君怕是一定要斷了一隻腿才是。」

「這二十鞭子可不比斷腿輕鬆，」周燁脫口而出，「朝堂上被二十鞭打死的文臣也不是沒……」

話沒說完，周燁便覺得這話有些不妥，隨後繼續道：「不過我看大公子武藝高強，應當無事。」

「謝公子吉言。」柳玉茹笑笑，「今日周公子首次登門，卻是這樣的情形，實在是不好意思。改日我家郎君修整好，必將好好宴請公子，以表謝意。」

「這些都是小事。」周燁擺擺手，「大公子能康復才是最好的。如今已是夜深，周某便不叨擾了。」

說著，周燁起身，和柳玉茹寒暄一二，便離開顧府。

柳玉茹送走周燁，回了房間。顧九思的傷口已經處理好了，他趴在床上，睡得迷糊。

他的額頭上全是汗，柳玉茹從旁邊擰了帕子，輕輕擦拭著他的額頭，顧九思閉著眼，迷糊道：「今日我背疼，不想睡地上了，咱們擠一擠，行不行？」

「好。」柳玉茹聲音很輕，她搓揉帕子，又幫他擦著手。

顧九思睜開眼，一隻手墊在下巴下，趴著轉頭瞧她：「妳怎麼突然脾氣這麼好，是不是今日被我迷住了，感覺我特別帥？特別迷人？」

聽到這話，看著顧九思有些得意的表情，柳玉茹忍不住笑了，她不敢亂推他，只能道：「顧九思，你這張口就吹捧自己的本事是同誰學的啊？」

「我這叫吹捧嗎？」顧九思一臉正直，「這都是實話，我這個人從來不說假話。」

柳玉茹被他逗樂，低低笑了。

顧九思趴在床上，看著她笑，鬆了一口氣，轉過頭，聽柳玉茹道：「另一隻爪子。」

顧九思將另一隻手伸過去，不滿道：「什麼爪子爪子的，這叫手。」

柳玉茹低著頭，細細幫他擦著手指。顧九思有些累了，他瞇起眼睛，感覺柳玉茹這樣幫他擦著手很舒服。

旁邊下人看著兩個人，便悄無聲息下去，柳玉茹想了會兒，終於還是道：「以後別這樣了。」

「嗯？」顧九思睜開眼。

柳玉茹不敢抬頭看她，小聲道：「其實道歉不道歉這些事，我也不在意。以後得學著圓滑一些，別這麼直愣愣的。」

「今日是你誤打誤撞，直率反而讓王善泉無措。但人不會總是這麼運氣好，你這樣不肯低頭半分的性子，以後要吃虧的。」

顧九思沒說話，過了一會兒後，他慢慢道：「我知道了，以後我不給妳和娘惹麻煩。」

「我不是……」

「開心嗎？」

顧九思突然問，柳玉茹有些詫異，她抬頭看著顧九思，眼裡帶了茫然。顧九思的臉貼在手上，歪著頭看她：「看著王榮被嚇到，跟妳道歉，心裡有沒有一些高興？」

柳玉茹沒說話，顧九思接著道：「以前陳尋小時候也像妳這脾氣，被人欺負了屁都放不出來，我帶著他把欺負他的人一個個揍了，他聽到那些人跟他道歉，高興得哭了。」

說著，顧九思將手從柳玉茹手裡抽出來，拍了拍她的肩道：「我知道妳以前過得委屈，但沒事，既然成了我的人，我會罩著妳。」

柳玉茹聽著這樣幼稚的話，不由自主有些想哭，顧九思轉頭看她，頗為得意道：「我說讓妳別擔心，就……妳……妳又哭什麼呀？」

顧九思嚇得趕緊改口：「妳這人怎麼這樣啊？眼淚不要錢啊說哭就哭？」

「行了行了，」看著柳玉茹眼淚啪嗒啪嗒掉，顧九思趕緊道：「我以後不這麼莽撞了，我換個法子，我想想辦法，別哭了，好不好？今日幹翻了王家，這是一樁喜事，妳別這麼沮喪，妳要想，我折了王榮一隻腿，而且今日我打了這二十鞭，王家怎麼說都沒道理，傳到東都也不可能給我舅舅添麻煩，二十鞭換一條腿，咱們賺了啊！」

柳玉茹聽著顧九思的話，哭笑不得，顧九思伸手刮了下柳玉茹的下巴，不在意道：「別哭了，來，給爺笑一個。」

柳玉茹忍不住笑了，顧九思點點頭：「這就對了，高興點嘛，有我在，妳有什麼委屈的呢？妳一直這麼哭啊哭的，會讓我覺得我這個當丈夫的很失敗，妳總不能讓我學周幽王給妳點個烽火臺？」

「我心裡高興的。」柳玉茹小聲開口，「有人這樣對我好，我心裡高興。」

「那妳還有什麼好哭的？」顧九思有些茫然。柳玉茹吸了吸鼻子，低聲道：「我就是心疼。」

聽到這話，顧九思愣了愣。

陳尋和楊文昌是說不出這樣的話的，這一刻，他終於覺得柳玉茹同他那些兄弟有那麼些不同，他有些不知所措，低了頭，慌亂道：「哦，沒事，我以前常打架的，皮糙肉厚，沒關係。妳別擔心，我休息兩日，只要妳放我去賭場，我馬上就能站起來了！」

「嗯，好。」柳玉茹吸著鼻子點頭，顧九思有些害怕：「妳……妳別這樣啊。柳玉茹，妳正常一點。妳也別覺得我多好，妳要想啊，如果沒有我，妳就嫁給葉世安了。葉家好啊，」顧九思說著，嘆了口氣，「葉家人裡當官的多，雖然沒什麼大官，但是不站隊不結黨，天下再怎麼亂，他們都能好好的。我們家啊，成也舅舅，敗也舅舅，妳嫁過來，我若再不對妳好一些，妳的日子也太慘了。」

說著，顧九思停下聲音，他想了想，猶豫片刻，抬眼看向柳玉茹，有些躊躇道：「柳玉茹，我說如果……我是說如果哈，如果以後顧家走到什麼抄家滅族的時候，妳千萬別犯傻。」

他看著她，認真道：「活著比什麼都重要，我給妳休書，妳可千萬別覺得是我想休了妳毀約，別覺得我對妳不好，嗯？」

柳玉茹聽著這話愣了，顧九思轉頭看向前方，聲音平靜：「我這人雖然是沒譜一點，但我不壞。妳本來就無辜，我是打從心底希望，妳這一輩子，能夠好好的。」

一輩子，平平穩穩，好好的。

顧九思說的話讓柳玉茹愣了愣，她一時竟然不知道該說什麼。

和顧家人待久了，便明白顧家人說話做事的思路。若是放在以前，聽著顧九思說休她，她大概會真覺得這人想逼死他，然而如今她卻是真真切切能感知到，顧九思是在為她打算，為她好。

顧九思有一雙眼睛，這雙眼睛能勘破這世上塗抹在真實外面的虛妄，直直看到本真。因此他說的話，大多也是實話，他休了她，只要她有錢，她自己扛得住流言蜚語，那日子還是一樣的過。甚至於有了足夠的的錢，足夠的權勢，她還能過得更好。

他如今是在盤算，如果有一日顧家真的澈底倒了，如何替她謀劃一條出路。其實以現在的資訊來說，他想得太早，怕是被今日的事嚇著了。然而有了那一個夢，柳玉茹便清楚知道，這一天或許會成真。

如果成真了，她是不是真的會接下這份休書，還是會留下來與顧家生死共赴？

她不知道。

最初那個夢裡的哭喊聲，江柔的鮮血，顧九思滿身利刃一步一步朝她走來的惶恐猶在，她很喜歡顧家，可是她自問自己是個凡人，若真的到了那日……

她低垂了眼眸。

她怕自己，是真的要走的。

然而這樣的念頭讓她有些唾棄自己，顧九思瞧她不說話，趕緊道：「我瞎說的，不會有那一日的，我爹娘可厲害了，妳別擔心。」

「我是被嚇到了，」顧九思露出浮誇害怕的表情，眼裡卻有幾分認真：「我是真沒見過我娘這麼讓著的時候，我心裡害怕著呢，妳別被我帶歪了瞎想。」

「我知道。」柳玉茹嘆了口氣，「你睡吧。」

說著，柳玉茹拿走帕子，起了身，她去準備了一下，便熄了燈，來到顧九思身旁。

她躺到顧九思旁，在黑夜裡拉上被子，睜著眼睛。

「其實你想的，可能也是有幾分道理的。」她突然開口，顧九思有些疑惑，「嗯？」了一聲後，就聽柳玉茹道：「我們做最壞打算，如果真按你說的，梁王有一日反了，你表姐是梁王側妃，你舅舅與梁王關係深厚，你覺得接下來會發生什麼？」

顧九思沒說話，柳玉茹側過身，看著顧九思在黑暗裡趴在手臂上，似乎在認真想著。

「我不知道。」顧九思想了許久，終於道，「我知道的太少了，我怕我現在想的都是錯的。」

「如果按照你知道的，你覺得會發生什麼呢？」

「妳怎麼總問我啊，」顧九思嘆了口氣，「妳也知道，以前我只是喝酒賭錢鬥蛐蛐，哪裡管過這些？」

「可是，」柳玉茹直接道，「我就覺得你想得都對。」

顧九思微微一愣，他被這麼一誇，有些不好意思，瞧著柳玉茹帶著期待的目光，終於道：「好好好，那我隨便說說，我說了妳就隨便聽，千萬別當真的啊。」

「你說你說。」

「接下來吧，就要看我舅舅和皇子有沒有親戚關係了。其實如果我是我舅舅，我現在要做的，一定是拚了命再把家裡的孩子送一個到宮裡，和哪個皇子，或者哪個皇子的姐妹結親，等梁王叛變，就作壁上觀，看打得怎麼樣，誰贏站誰。」

「所以你舅舅打算讓你去尚公主。」柳玉茹恍然大悟。

顧九思呆了呆，下意識道：「那我舅舅豈不是知道梁王要反！」

這話出來，兩人對視了一眼，柳玉茹看著顧九思震驚的表情，趕忙抬手想要拍拍他的背安慰他，只是臨到頭又想起他背上有傷，於是手上方向一轉，就去了他的頭上，摸著他的頭安慰道：「沒事沒事，你都是瞎想，做不得數的。」

「妳摸什麼頭，摸狗呢？」顧九思翻了個白眼。

柳玉茹笑著沒收手，笑咪咪道：「你毛髮柔順，手感很好啊。」

顧九思聽著這話，哽了哽，頭一次被柳玉茹堵住了聲。他紅了臉，扭過頭去，小聲道：「妳怎麼這麼不矜持，男人的頭能亂摸的嗎？」

「可是你是我夫君啊。」柳玉茹一本正經。

顧九思立刻道：「那也不能隨便摸！」

「嘖，」柳玉茹反擊道，「真小氣。」

顧九思聽著柳玉茹的話，反應了半天，才緩過來，回頭道：「我說妳現在怎麼伶牙俐齒的？」

「哦，」柳玉茹平靜道，「現在開始瞭解我還來得及。」

「來不及了。」顧九思一臉悲傷。

「怎麼說？」

「我要是休了妳，我怕妳不是伶牙俐齒，而是鐵齒銅牙，一口一口能把我撕碎了那種。」

柳玉茹被顧九思逗笑，她在被窩裡咯咯笑著，兩個少年人就這麼有一搭沒一搭說著話，有時是正事，有時繞到一些奇怪的事上。

顧九思的人生經驗比柳玉茹豐富得多，他說她沒聽過沒見過的，說他街頭鬥雞，賭坊賭大小，酒樓宴江湖豪傑，柳玉茹有時候聽到離奇之處，睜大眼不肯相信的樣子，能讓顧九思笑老久。

兩人有一搭沒一搭說到睏，迷迷糊糊就睡了。睡到半夜時分，顧九思迷糊著睜眼看了一眼，就瞧見柳玉茹側著身，頭靠在他肩上，像隻貓兒似的，緊靠著他。

他也不知道怎麼，抬手擼了她的頭髮兩把，心滿意足睡了。

第二日早上柳玉茹醒過來，顧九思聽到她起了，打著哈欠道：「妳將王先生請過來，這幾日我就在房裡上學吧。」

王先生是柳玉茹專門請來講天下局勢的先生，柳玉茹聽顧九思的話，便明白了顧九思的意思。

如今趕考科舉怕是來不及，科舉下一次考試是三年後，而三年後考入朝廷才是入仕，若如今梁王的動作已經這樣大，顧家怕是等不到顧九思入仕升官了。現下要做的，就是將最核心最重要的東西先學下來，柳玉茹心裡沉了沉，明白昨夜的話，雖然玩笑著打了岔，顧九思心裡卻已經有了定論。

她應了聲，讓人去請王先生，而後便要去找江柔和顧朗華。

顧九思叫住她，柳玉茹回過頭，看見公子趴在床上，夏花開在他身後圓窗之外，他忽然笑開，笑容似若春花綻開，帶了天地繪筆描出的一抹好顏色。

「小娘子，做該做的，便莫要憂心了。」

他突然來了這麼一句說輕浮不夠輕浮，說莊重不夠莊重的話，似是哪家公子立於陌上，隨口開著的玩笑。

柳玉茹讀出這份風流，紅了紅臉，小聲啐了一口，「浪蕩！」

便轉身領著人出去了。

顧九思逗了柳玉茹，趴在床上，拍著床板笑出聲。

柳玉茹走出長廊，心跳才緩了些。她過往遇見過的男人，大多是葉世安那樣的，恭敬有禮，說話時候規規矩矩站在簾子外面，怕哪句話逾越了規矩。第一次見顧九思這樣狂浪的人，她覺得新奇又無奈。

最重要的是顧九思脾氣放肆便算了，還生了這樣一張好皮囊。

無論男女，骨子裡都愛著美麗的事物，且不說顧九思骨子裡其實是塊璞玉，哪怕真是個草包，那也是金玉其外、敗絮其中的評價。

至少外在金玉，這真是整個揚州城都不敢否認的。

柳玉茹緩了緩，等心裡冷靜下來，才去了大堂。

柳玉茹和顧朗華已經起了，兩人正憂心忡忡說著什麼。

柳玉茹進去後，與兩人行了禮，顧朗華漫不經心應了，隨口道：「九思怎麼樣了？」

「郎君還在休養，大夫說，再過五日便能下床了。只是骨子裡傷了元氣，怕是要調養一陣子。」

「不落病根就好。」江柔聽著，心裡又有些難受，她安慰著大家和自己，隨後道，「過一會兒，我同妳公公去瞧瞧他。他還在睡著吧？」

「郎君醒來後，便讓人請王先生過去了。」柳玉茹實話實說。

江柔和顧朗華微微一愣，江柔先反應過來，慢慢點著頭，敷衍著道：「好，他想多學點，也是好事吧。」

顧朗華點點頭，卻是嘆了口氣。

「以往總打著他讀書，」顧朗華苦笑，「如今他真讀書了，倒高興不起來了。」

「是啊，」江柔垂眸看著手中茶杯中的綠湯，有些恍惚道，「我唯願他一輩子不長大，可哪有一輩子長不大的孩子？」

說著，江柔苦笑道：「願意上進，也是好事。總不能事事讓玉茹一個人操心，畢竟是當丈夫的人了。」

「哪裡會事事都是我操心？」柳玉茹笑起來，「如今我與郎君都還小，全靠公公婆婆照顧著，九思現在主意大著，思緒清晰敏捷，兒媳還是聽著他做事。」

「玉茹妄自菲薄了，」說起這些，江柔面上終於有了笑，「昨日全靠玉茹機敏。若我們想著熬到今日再去王家，王善泉怕是昨日就來了咱們家，咱們再做姿態，也顯得不夠真誠。玉茹雖然年紀小，但做事想得周道謹慎，可比我們機敏多了。」

柳玉茹聽著，連忙自謙，不敢應下這份稱讚。

三人說了一會兒後，吃了早點，便一起去房中看顧九思。

顧九思正在上課，柳玉茹站在門前，便聽顧九思不斷詢問著王先生問題。

他將整個朝廷上的官員名字職位一一記了下來，反覆盤問著王先生更多細節。有些時候王先生也答不上來，顧九思便接著下一個問題。

三人在門口聽著顧九思上課，等到了時候，王先生才從裡面出來，見到顧朗華一行人站在門口，王先生有些尷尬，怕讓人看到了短處，忙同三人行禮，便匆匆走了。

等三人進屋後，顧九思正在喝茶，他吩咐木南道：「王先生知道得還不夠多，你按著我說的，將十三州地方官員的名字生平性格打聽一遍，送來給我。」說著，他才發現門口站了人。他抬眼看去，詫異道：「爹？」

「公公婆婆來看看你。」柳玉茹趕緊為他解惑，然而顧九思莫名其妙道，「看我做什麼？娘來就算了，爹你來做什麼？你看完我，我背上的傷也不會好，趕緊該做什麼做什麼，咱們家都快完蛋了，你個糟老頭子快去做點有用的事……」

「郎君！」柳玉茹看著顧朗華鐵青的臉色，忙撲了過去，小聲道，「住嘴吧！」

第九章　揚州跳馬

顧九思莫名其妙看柳玉茹一眼，江柔拉了拉顧朗華的袖子，顧朗華冷哼一聲，摔了袖子，和江柔一起坐到顧九思身旁，僵著聲音問：「可好些了？」

說完，不等顧九思說話，顧朗華就道：「看你罵得動人，想必好多了。」

「行了行了，」顧九思不耐煩道，「有話就說，別拐彎抹角的。」

「你這個逆子……」

「老爺，不是說好好說話嗎？」江柔嗔怪，顧朗華動作僵住，這才坐下來，乾脆一句話不說，扭頭看著窗外，不理顧九思了。

顧朗華不理顧九思，顧九思嗤笑，扭過頭去，看向另一邊窗外。

不理就不理，誰慫誰是孫子。

柳玉茹瞧著這陣勢，有些想笑，卻又要板著臉。江柔輕咳一聲，柔聲道：「九思好些了，我和你父親也放心許多。昨日的事，我夜裡和你父親商量過，覺得後續處理，應該同你和玉茹一起來。畢竟你們成了婚，不是孩子了，我們也不能凡事都大包大攬，總要帶著你們學著些。」

顧九思聽了這話，垂了眼眸，低低應了一聲「嗯」。

江柔抿了口茶，接著道：「昨個兒我和你父親商量了，如今王善泉做這事，擺明著是衝著你舅舅來的。我們暫時不能確定背後的人是誰，可能是陛下，也可能是其他人，但無論如何，顧家還留在揚州，怕有風險。王善泉是節度使，咱們商家不與官鬥。」

「嗯。」顧九思應聲道，「母親想得周到。」

「那是我想的！」顧朗華突然說。

柳玉茹忍不住，「噗嗤」笑了出來。顧朗華聽到這笑聲，有些尷尬，柳玉茹也有些尷尬，忙低了頭，假裝什麼都沒發生過。

江柔輕咳一聲，接著道：「我們在揚州產業太大，全都搬走不現實，去新的地方，也要適應，所以我和你父親就想著，我們會先去探探路，看十三州裡，哪裡合適一些。到時候我們就先在那邊開幾個店，然後逐漸將重心轉過去。在揚州的產業，土地莊園，我們也會慢慢變賣，但這事咱們不能讓人發現，不然王善泉會做什麼，咱們不好預料。」

柳玉茹聽著江柔的話，想了想道：「那，不知何時才能定下來去哪裡呢？」

「快則一兩月，慢則半年。」江柔皺著眉，「我已經派人去京中尋我哥哥打聽消息。如今他沒有給我們消息準備，可見形勢算不上嚴峻，我們也不必杯弓蛇影，先好好過日子吧。」

柳玉茹沒說話，她揣摩著，若是皇帝決心除掉梁王為新皇鋪路，他已經病重，那梁王謀反就是這些時候的事。如果照著那夢境，江尚書逃不開，不僅逃不開，或許還牽扯頗深，所以如今也不敢跟顧家通風報信。那麼這樣漫長的試探時間，或許正是最後顧家沒能逃出揚州的原因。

柳玉茹思索著如何開口，許久後，她終於道：「婆婆，不如去幽州吧。」

江柔有些意外：「為何如此決定？」

「咱們重新擇地安家，如今就看重三個方面，一來要易於經商，這樣我們商家才能立足。二來要上下安穩，我們能好好生活。三來要交通便利，這樣我們過去，才不會太過麻煩。就這三點來看，首先幽州位居邊境，與北梁交易頻繁，幽州向來崇尚經商，且不如淮南富庶，我們過去，有諸多商機。」

江柔和顧朗華點著頭，顧朗華應聲道：「的確如此，只是……它位於邊境，戰亂頻繁，是不是不太安穩？」

「這個公公不必擔心，我們不去最前線的城池，」柳玉茹平和道，「我專門查過，幽州雖然多戰，但是大榮強盛，這些年來多是北梁騷擾，幽州有長城阻攔北梁，大榮建國以來，長城之內未有一戰，所以幽州長城之外的確多戰，但長城之內卻十分安穩。」

「而且，我們如今憂慮的，其實是舅舅若是出事之時。兒媳揣測著，若是舅舅出事，那絕大可能，便是梁王出了事。」

「慎言！」顧朗華忙說，江柔卻是抬了手，同柳玉茹道，「如今都是自家人，話說出口，出了這門，便是爛在肚子裡。」

「玉茹都敢說，你個老頭子怕什麼？」顧九思趴在床上開口，顧朗華怒道：「逆子閉嘴！」

顧九思嗤笑，揚了揚下巴，同柳玉茹道：「繼續說。」

「梁王出事，天下或大或小，都會動盪，幽州兵強馬壯，又有鹽稅免貢之權，可作一國。縱使天下真的亂了，先亂的，也必是揚州這樣的兵弱且富之地，而幽州，怕是外亂內穩，反而是最安全的。」

「那，」江柔想著，慢慢道，「若是說兵強馬壯，有鹽稅免貢特權的地方，十三州中除卻幽州，還有其他選擇，為何是幽州？」

「這就是第三點，」柳玉茹平靜道，「我們此番要離開揚州，不可大張旗鼓，否則王善泉絕不會讓我們走。我們要將大筆資產短時間移過去，幽州交通最為便利。」

「這……」江柔有些想不明白，「幽州與我們隔著兩州，怎麼會便利？」

「幽州沿海。」這時候，顧九思突然點明出來，江柔和顧朗華恍然大悟。

他們竟是忘了！

淮南之地，最善用船，凡是大批貨物，都是走水運。水運比起陸運，載重多，成本少，時間快。

幽州雖然和他們隔著青州與永州，可是可以從水路入海，然後沿海到幽州！到了幽州之後，就不必擔心王善泉等人，再轉陸路，便安全得多。

而且若是走陸路，每一個州都要遞交一次入關行文，然而海運的話，除了必須停靠的幾個碼頭之外，幾乎沒有官府所在，而碼頭主要管事，其實是漕幫在管，官府勢力極弱，這樣他們就可以神不知鬼不覺，將顧家舉家搬遷到幽州。

「玉茹真是太聰慧了。」江柔忍不住感慨：「假以時日，玉茹必將有一番作為。」

聽到這話，柳玉茹愣了愣，她從未聽過有人這樣形容一個女子，她輕咳一聲，隨後道：「只是隨意想想，到底行不行，還是要婆婆和公公才能做決定。」

「行。」顧朗華立刻道，「妳這法子可行。我在漕幫有幾個朋友，這些時日我們就想辦法將地都賣了，然後分散兌換黃金白銀，加上古董字畫，走水路運送出去。我再派人在那邊開店，買一條船，早早做好準備，如果出事，咱們就直接離開揚州！」

「那為何……不直接離開揚州？」柳玉茹斟酌著道，「不瞞大家，其實早在之前，我便做過一個夢，這夢裡不大吉利，是王榮找了顧家麻煩，顧家……」

柳玉茹沒說完，她嘆了口氣道：「所以我想著，能早走，就還是儘量早些走的。家產可以讓下人幫著變賣，我們先走比較好。」

「玉茹，出揚州，並不是妳想著這麼容易。」江柔聽柳玉茹的話，耐心解釋著道：「我們無論是走水路還是陸路，只要離開百里之外，必須要靠著揚州官府給的路引，才能出入城池。路引上要寫明從哪裡出發，到哪裡，做什麼。」

「顧家是揚州大戶，每年揚州稅賦，我們占了大半，官府盯得緊。平日我若出行，老爺就得在揚州，老爺若出行，我和九思就得在揚州，從無舉家出行的情況。若是我們舉家一起申請路引，還要去幽州，怕是路引沒到，兵馬就先到了，隨意尋一個理由給妳，將妳拖一拖，妳也沒有辦法。若是不拿著路引，走出揚州一百里，哪個城都進不去。」

柳玉茹愣了愣，她從未出過揚州，這才頭一次想起路引的事情，柳玉茹不由得道：「那怎麼辦？」

「所以我們得先辦一個假的身分文牒。」顧朗華開口，思索著道，「我私下買通人，先弄四個身分文牒，再拿著這個文牒去官府開路引，然後我們買下船，坐船去幽州，只在停靠補給的碼頭看一下就行了。碼頭上多是漕幫的地方，管得不算嚴格，應當無事。」

「那又需要多久？」柳玉茹焦急道。

顧朗華想想：「快則一個月，慢則兩三個月。」

「這中間若是出事了……」

「玉茹，」江柔拉住她的手，柔聲道：「只是一個夢，切勿為此太過傷神。有警惕是好的，但是若是為此惶惶不可終日，便得不償失了。」

「夫人說得對，」顧朗華說著，起身道：「我這就去辦，儘量快些。」

「老爺，」江柔叫住顧朗華，顧朗華回頭，江柔笑道，「路上切莫著急，慢行。」

「知道了。」顧朗華笑道，有些無奈道，「我多大人了還操這個心。」

顧朗華說完，擺擺手便走了出去。

等顧朗華出去後，江柔抬眼看向柳玉茹道：「近來查帳如何？」

「還有三家鋪子的帳沒查完，」柳玉茹恭敬道，「我再過五日可給婆婆結果。」

「辛苦妳了。」江柔點了點頭，安撫道，「熬過最初這陣子，便好了。」

「不辛苦的，」柳玉茹聽著卻是笑了，「婆婆教我這些，我高興還來不及。」

江柔舒了口氣：「妳看得明白就好。」

兩人聊了一會兒，江柔囑咐顧九思好好休息，便起身離開。等江柔走了，柳玉茹回頭，輕輕推了推顧九思道：「你怎麼對你爹這樣？」

「這老頭子壞的很。」顧九思輕嗤，「我和他的事妳別管了。」

「顧九思，」柳玉茹哭笑不得，「你多大人了？怎麼還跟個孩子似的。」

「妳怎麼不問我爹多大人了怎麼還跟個孩子似的？」顧九思抬手捂住耳朵：「不聽了不聽了，我要睡覺了。」

「別睡，」柳玉茹拉他，「聽我幾句勸，別總和你爹鬧。」

「哎呀妳別管了。」顧九思乾脆用被子蒙住頭，「不聽，不想聽。」

柳玉茹拿他沒辦法，嘆了口氣，只能走出去，讓人將帳本都搬了過來，然後坐在顧九思身邊，顧九思睡覺，她便開始算帳。

她對數字有種超常的敏銳，看過了十幾家鋪子的帳本，她已經不需要算盤都能心算清楚，於是她也不打擾顧九思，低頭默默對帳。

顧九思在翻頁聲中睡過去，午後陽光催人入眠，樹葉在風中沙沙作響，蟬鳴聲在外面一下又一下，規律的起伏，柳玉茹一抬眼，就看見顧九思睡得正酣。

她不自覺就笑了，覺得這人過得也太自在了些。可看見他趴著的姿勢，又意識到，這人揹著一身傷痕睡著。

她靜靜瞧著他的睡顏，許久後，搖了搖頭，笑著低下頭去，覺得顧九思真是個孩子。

顧九思一覺睡到下午，他睜開眼，下意識擦了擦嘴角，柳玉茹瞧見便笑了，顧九思這才發現柳玉茹也在，他有些尷尬道：「笑什麼，妳趴著睡也一樣。」

「醒了？餓了嗎？」

「還好吧，」顧九思打了個哈欠，在床上像青蛙一樣活動著手腳，柳玉茹站起身坐到他身旁，幫他捏著手臂道，「想吃什麼，我讓廚房做過來。」

顧九思張口就開始點菜，在生活上，他從不委屈自己。

柳玉茹聽著，吩咐人去做飯，幫他捏了手腳，又按著他的要求，找了本遊記給他。

顧九思向來不愛看那些正兒八經的書，就對打來打去的故事和地圖遊記感興趣。他閒著沒事翻看著遊記，同時偷偷瞧著柳玉茹。

柳玉茹一直在看帳，顧九思醒了，她也就不再心算，開始撥弄算盤。顧九思聽見算盤打得啪嗒啪嗒，時不時偷瞄一眼，柳玉茹察覺了，不免好笑，回頭瞧他：「你瞧我做什麼？」

「我說，」顧九思放下書，有些疑惑道，「一直看帳本，不累嗎？」

柳玉茹愣了愣，過了片刻後，她笑起來：「一直看遊記，不累嗎？」

「我是放鬆。」

「我是喜歡。」

柳玉茹努力拉伸一下自己，讓僵硬的肩頸舒服一些，隨後她拿著算盤，搖了搖道：「我喜歡數銀子的感覺。看銀子多了少了對不對，就覺得開心。」

「我啊，就想看著帳面上的銀子漲漲漲。我同你說，上次我出去，掌櫃叫我一聲柳老闆，我高興壞了。」

「這有什麼好高興的？」顧九思有些奇怪，柳玉茹認真想了想：「大概，這是屬於自己的稱呼吧？」

柳姑娘是天生的，顧少夫人是顧家給的，只有柳老闆，代表著自己的努力，縱然這努力裡有幾分別人的幫助，可歸根結底，始終是她去做的。

柳玉茹本以為顧九思不明白，卻不想顧九思點了點頭，認可道：「說得對，就像我，也希望有一日人家能叫我一聲顧大俠。」

「那好，」柳玉茹點頭道，「要不這樣，以後你把顧家給我，我賺錢，每個月給你固定一部分錢，你去闖蕩江湖，怎麼樣？」

「好，」顧九思點點頭，「到時候我行俠仗義，做了好事就寫下『柳玉茹之夫』幾個字，保證妳名聲大噪，到時候大家都去妳店裡買東西。」

「胡說八道！」柳玉茹不高興道，「你該寫上我店鋪的名字才對！」

這話讓顧九思大笑起來：「好好好，寫妳的店鋪的名字，到時候，咱們一起名揚海內好不好，柳老闆？」

柳玉茹和他胡扯，兩人扯完了，吃過飯，就各自做各自的事。

柳玉茹算帳，顧九思看書。

蠟燭燃了一根又一根，柳玉茹終於看完了最後的帳，這時候顧九思也好了許多，能下床隨便走走。

顧朗華每日忙於在外面處理家當，江柔則是買了許多書生，將顧家與王家的事寫成一場「化干戈為玉帛」的故事，到處流傳。故事中顧家大度明理，王家囂張跋扈，顧九思自鞭二十看哭了許多看客，紛紛稱讚赤子之心。這齣戲雖然不指名道姓，但揚州城內的人卻都知道是在說什麼。沒多久，王善泉便讓人到處抓唱戲的人。

得了消息時，顧朗華還在屋中喝茶，江柔放下茶杯，淡道：「淮南境內，這戲就不唱了，去東都唱吧。」

而顧九思由柳玉茹扶著在院子裡逛圈，顧九思小聲道：「我娘生氣了，王善泉要倒楣。」

柳玉茹抬頭瞧他，瞪了一眼：「好好走路。」

兩人正走著，就看管家從外面走來，同顧朗華和江柔恭敬道：「老爺，夫人，方才周公子派人帶了消息來，說他的僕人在三德賭場惹了些麻煩，不知老爺夫人是否認識賭場的人，能不能去幫個忙？」

「周公子？」顧朗華有些茫然，「哪位周公子？」

「說是周燁周公子。」

聽到這個名字，柳玉茹和顧九思對視一眼，便立刻知道，這個忙必須要幫。

無論是周燁之前的幫忙，還是周燁本身的身分，這忙都要幫。

只是三德賭場這種地方，顧家一向沒什麼交集……

顧朗華和江柔正為難著，就聽顧九思從外面走來，激動道：「我去，三德賭場我熟！我去幫周公子！」

眾人：「……」

第一次發現顧九思賭錢的作用。

「你去什麼去，去了你還回得來嗎？」顧朗華不高興，最後想了想，卻發現除了這個兒子，好像真的沒什麼能去三德賭場的人。只能擺了擺手道：「去去去，少拿點錢，別亂賭了。」

得了這話，顧九思興高采烈讓木南去備馬，他整個人容光煥發，精神奕奕，完全不像前一刻還要柳玉茹扶著走路的病秧子模樣。

他這樣子所有人都有些發怵，顧朗華忍不住道：「玉茹跟他去。」

「啊……啊？」柳玉茹有些愣，讓她去賭場？

然而很快她就反應過來，青樓都去過了，去個賭場算什麼？

於是她笑了笑，柔聲道：「那郎君且等一等，我去取刀。」

「不必了！」顧九思一聽這話，忙道，「我是去辦正事，大家放心，我絕不會在那裡賭錢。」

顧朗華：「把銀子全放玉茹身上！」

顧九思：「……」

對於這個結果，顧九思表示很不開心，但他還是帶著柳玉茹去了。

剛下馬車，顧九思先掀了簾子走進去，而柳玉茹跟在後面，還沒進去，就聽見裡面有人大聲道：「顧公子買大買小？」

竟是還沒到賭桌上，旁人就知道他的脾氣，直接開始下注了！

顧九思正要回答，柳玉茹猛地把簾子一掀，站在顧九思身後，朗聲道：「大也不買，小也不買，今日顧公子不賭。」

全場靜默了，大家看著柳玉茹，青樓賭坊總是連在一起，於是今日有諸多人，都是當日目睹過柳玉茹提刀上青樓的青年，其中就包括了顧九思的好友陳尋、楊文昌。

陳尋咽了咽口水，下意識問：「刀呢？」

他這一聲詢問在一片安靜中顯得特別嘹亮，顧九思走到他面前，抬手推了他的頭一把，直接道：「刀個鬼的刀，我來找人，」說著，顧九思形容一下周燁的長相，「見過一個長得很英俊、北方口音、二十出頭的男人嗎？」

「哦，見過啊。」楊文昌立刻說道，「就半個時辰前，還在邊上的賭桌前，我聽說是他兄弟欠了錢不肯還，現在去後院了。」

三德賭坊的後院，專門來處理一些見不得光的事。

顧九思皺了皺眉，他應了一聲，用身子遮住自己的動作，抬手從袖子裡撚出一錠銀子放在楊文昌面前，小聲道：「買小。」

說完他直起身來，轉身朝著後院走去，柳玉茹寸步不離跟在身後，楊文昌和陳尋見著，楊文昌感慨搖頭：「可怕，太可怕了。」

陳尋點頭，認同道：「還好沒有姑娘看得上我。」

楊文昌抬眼瞧他：「這事也能拿出來慶賀？」

然而想了想，楊文昌道：「似乎的確值得慶賀一下。」

說著，楊文昌將顧九思放的銀子啪嗒放在桌上，揚聲道：「大！」

顧九思領著柳玉茹到了後院，剛到門口，就被兩個壯漢攔住去路，兩個壯漢看見顧九思，有些為難道：「九爺，您知道三德的規矩，這個後院……」

「我懂。」顧九思果斷道，「叫老烏鴉過來，他們今日帶走那人是我朋友，這事我來管攤子，按著規矩來。」

兩人猶豫片刻，隨後一個老者諂媚的聲音響了起來：「喲，九爺！好久不見了！」

顧九思轉頭朝著柳玉茹揚了揚下巴：「賞。」

柳玉茹愣了愣，顧九思拚命擠著眼：「愣什麼愣，賞啊！」

柳玉茹反應過來，她忙給了老者一兩銀子，老者高興收下，笑著道：「這位是夫人吧？」

「嗯，」顧九思懶洋洋出了聲，隨後道，「你們今日似乎留了個人？」

「九爺消息靈通，」老者笑道，「可是為此而來？」

「對，」顧九思扇子一抬，「帶路吧。三德有三德的規矩，我曉得，不會亂來。」

老者猶豫片刻，最後終於還是點了頭，隨後道：「那九爺同我來。」

顧九思從鼻子裡應了一聲，跟著老烏鴉往前，柳玉茹跟在後面，她頭一次來這種地方，又新奇又害怕，目光偷偷瞟來瞟去，顧九思瞧見了，直接道：「要看就大大方方看，偷偷瞧什麼。」

說著，他轉頭同老烏鴉道：「這女人沒眼界，你別笑話。」

柳玉茹：「……」

老烏鴉趕忙道：「少夫人第一次來，都是這樣。能陪著您過來，少夫人也算是女中豪傑，十分開明了。前些時日九爺不來，我們上下都擔心著是少夫人不讓您來呢。」

「她敢不讓我來嗎？」顧九思瞧著柳玉茹這種敢怒不敢言的樣子，覺得有些高興，而且為了自己的顏面，便繼續吹著牛道，「我要賭她還能管得著我？我在我們家向來說一不二，讓她往東她不敢往西，也是瞧她乖巧，這才帶過來。」

說著，一行人走到門口，顧九思朝著守門的人揚了揚下巴，同柳玉茹道：「賞。」

柳玉茹保持微笑。

她將銀子遞給守門人，兩人進了房裡，便看到房裡烏壓壓站了一堆人，周燁坐在賭桌前，額頭上帶著冷汗，旁邊一個少年被壓著跪在地上，嘴裡堵了帕子，似乎十分惱怒。

顧九思見著這場景也沒說話，在旁邊從容落座，同柳玉茹道：「擰塊帕子給我擦擦手。」

柳玉茹微笑，她走到邊上，擰了帕子，坐到顧九思身邊，幫他擦著手。

顧九思心裡暗喜不已，覺得這麼使喚柳玉茹高興極了，柳玉茹看著他的笑，她靠近顧九思，用平靜且溫柔的聲音，小聲道：「你等著。」

聽到這話，顧九思一個激靈，忙坐直了身子，抽回手，輕咳道：「可以了，可以了。」

說著，他轉過頭，看向旁邊的周燁道：「周兄，我來得遲了，見諒。」

周燁聽著這話，勉強擠出一個笑容：「顧公子能來，在下已是感激，哪裡還有晚不晚的？」

顧九思笑了笑，直接道：「周兄的事就是我的事，不必客氣。」

說著，顧九思轉過頭，看向坐在對面的男人。

對面的男人看上去不過三十出頭，個頭瘦小，似是有些畸形，一隻眼用黑布遮掩著，讓人瞧著便覺得有些陰冷。

顧九思瞧著對方，卻是道：「竟然是驚動了楊老闆，看來這次事不小啊。」說著，顧九思往前探了探，同對方十分熟悉一般道，「楊老闆，是我這哥們兒在賭場裡輸太多了？」

「是呢，」楊老闆笑起來，面上露出幾分古怪，「這次這位范小公子，輸得可不是小數目，九爺確定要管？」

顧九思轉頭看向周燁，周燁僵著聲，小聲又迅速道：「那是與我一同出來的公子，身分尊貴，絕不能有失。今日我們要離開揚州，他想要見識見識揚州風情，自個兒大清早來了賭場，然後這裡的人帶著他賭什麼……跳馬，他以為這只是普通下注，誰曾想……」

聽到「跳馬」，顧九思頓時變了臉色，柳玉茹有些好奇，小聲道：「什麼是跳馬？」

「就是賭大小，」楊老闆笑起來，解釋道，「二兩銀子開局。」

「二兩銀子？」柳玉茹睜了眼，有些莫名，「二兩銀子，就算是賭一夜也賭不上多少錢……吧？」

至少不該是讓周燁坐在這裡的數目。

「開局二兩銀子，」顧九思神色嚴肅，張合著手中摺扇，解釋道，「但是，每過一局，就要加錢。第一局二兩，第二局四兩，第三局十六兩，第四局十六個十六兩，第五局二百五十六個二百五十六兩，以此類推……每一局新開，便叫一馬，因此叫跳馬。」

聽到這話，柳玉茹瞬間明白過來，下意識道：「小公子賭了多少局？」

「六局。」

楊老闆笑咪咪道：「在下是個厚道人，零頭錢便不算了，四十二億兩白銀，九爺，」對方道，「您要幫周公子墊付嗎？」

這是不可能的。

四十二億白銀，便是一國幾十年稅收都沒有這麼多！

顧九思張合著小扇，斟酌著道：「楊老闆，您這就是玩笑話了，這個數額，普通人哪裡會給？您這樣賭，就不怕官府怪罪嗎？」

「顧大公子不必拿官府壓我，」楊老闆淡道，「在下做的是明碼標價的實誠生意，賭錢這事，願賭服輸，便就是告到官府去，也是我的道理。這位范小公子一時湊不上錢，在下可以理解，把借條打上，先付三千萬兩，餘下的，這一輩子慢慢還也無妨。」

眾人對視一眼，四十二億是絕對沒有的，可就算三千萬也是勉強，怕是把周燁的家底掏空了，也沒有這個數額。

周燁怒道：「你這是騙他年紀小……」

「年紀小就能欠債不還了？」楊老闆淡淡抬眼：「年紀小就能為所欲為？他年紀小不懂

事是你們教得不好，沒有讓我們賭坊來給他讓路的道理，規矩就是規矩，今個兒他若不給錢走出了我們三德賭坊的門，日後個個學著他，我們的生意怎麼做？」

說著，楊老闆抬手將飛刀甩到少年腳邊：「要麼卸了四肢，要麼欠債還錢，總得給楊某一個說法。」

這話出來，整個氣氛都僵了。楊老闆身後的人亮出了刀子，柳玉茹有些害怕，她頭一次見到這種陣勢，手不由得微微發抖，但她努力讓自己平靜一點，看上去不要太過丟人，她在心裡反覆默念告訴自己：「沒事，別怕，他們不會怎樣……」

但是刀光不知道怎麼，總落進她眼裡，她的心跳不由自主快了許多。

而周燁比她更緊張，他捏著拳頭，全身肌肉繃緊，似是隨時都要動手。

楊老闆瞇起眼，周燁的手下意識放在腰上，柳玉茹盯著這一切，就在這千鈞一髮之間，一隻手突然覆在柳玉茹手上，顧九思歪在椅子上，聲音懶散道：「不就是錢的事嗎，這麼嚴肅做什麼？你們瞧，都把我的小娘子嚇成什麼樣了。」

說著，顧九思抬眼，帶了幾分責怪看向楊老闆道：「楊老闆，女人膽子小，你別這麼嚇唬她。」

大夥兒沒說話，眾人都是蓄勢待發，唯獨顧九思一個人，還是平日那吊兒郎當的模樣，他甚至還有閒情逸致，似是覺得柳玉茹的手十分好玩似的，細細撥弄著她的手指。

楊老闆盯著他，目光不善，他卻是瞧都沒瞧一眼，彷彿完全沒看到一般。大家一時半刻捉摸不透，面前這個男人，到底是傻到根本對四十二億白銀沒什麼概念，還是說真的胸有成竹，對這事沒有半點壓力。

柳玉茹被他握著手，也不知道為什麼，心裡就舒開了，她垂著眼眸，靜靜等著對方回話，過了好久後，楊老闆突然笑了。

「那顧大公子的意思是，這錢，您幫他還？」

「還啊。」顧九思直接道：「願賭服輸，欠錢就還，江湖規矩哪裡這麼容易廢的。」

「顧公子！」周燁急了，他忙道，「在下……」

「沒事，」顧九思推開周燁，往前探了探身子，卻是道：「只是在下賭性來了，還錢之前，也想同楊老闆賭上一把。」

楊老闆冷著臉，沒有說話，顧九思手搭在桌上，傾著身子往前道：「聽說楊老闆能聽聲辨骰，九思不才，還請楊老闆與我，再賭一次跳馬。」

楊老闆盯著顧九思，過了許久後，卻是笑了：「顧大公子年輕氣盛，為了朋友，總會做些糊塗事。雖然顧家家財萬貫，可楊某覺得，還了四十二億白銀，顧家再賭一次跳馬，恐怕不大可能。」

「楊老闆，咱們明人不說暗話，」顧九思直接道，「跳馬這規則，只要開賭，就沒有回頭路，賭的哪裡是錢？賭得就是全部家當，還有命。您覺得這范小公子的命值三千萬，於是四十二億變三千，那您看一看，我顧九思值多少，能同您賭多少局？」

聽著這話，楊老闆瞇起眼。

顧九思笑著伸手：「楊老闆，就這一早上，您若賭贏了，至此之後，淮南再無二人能與您匹敵，從此您便是富可敵國一生榮華。」

「若是輸了……」楊老闆小聲道，「那就是傾家蕩產，流落街頭。」

「不一定啊，」顧九思提醒道，「您還有四十二億白銀沒收回來呢。」

楊老闆聽著這話，卻是笑了：「楊某虛長大公子幾歲，一生見過的大風大浪比大公子見過的多太多，楊某倒是敢賭，只是少夫人，」楊老闆將目光落到柳玉茹身上，「您確定，真的要大公子賭嗎？」

柳玉茹的手微微顫抖，她抬眼看向顧九思，顧九思靜靜瞧著她，那一眼沉穩又安靜，沒有半分顫抖。

柳玉茹覺得自己瘋了，她也不知道為什麼，被顧九思這麼瞧著，竟詭異地覺得——他能行的。

他一定有什麼法子。

她要相信他，他肯定行。

於是她荒唐出聲，聲音還帶了顫音道：「賭！」

這一聲「賭」讓所有人有些意外，楊老闆皺起眉頭道：「少夫人，您確定？」

「確定，」柳玉茹深吸一口氣道，「夫君說要賭，自然有他的分寸，我信他。」

柳玉茹這話，讓旁邊的周燁竟莫名放心下來，他深吸一口氣，開口道：「把我也算上。」

顧九思轉頭看他，周燁認真道：「若是顧兄輸了，我周某傾家蕩產，也要陪您把債還上。」

這話讓顧九思笑了，他擺了擺手道：「不必不必，在下有分寸呢。」

說著，顧九思看向楊老闆：「楊老闆，三德賭場開門是客，您說過，規矩就是規矩，如今我要和您賭馬，您要是不賭，煩請給我找個莊家，我要同三德賭場賭。」

顧九思這一番話說得不帶半分心虛，楊老闆沉吟著，不敢應聲。

賭場的規矩就是客人要賭，那就得賭下去，見好就收，以後三德賭場的名聲就毀了。

旁人都有些心虛，老烏鴉小心翼翼道：「老闆……」

「怎麼，」顧九思笑起來，「楊老闆縱橫賭場這麼多年，還怕我一個毛頭小子不成？」

話說到這份上，再不應戰，就沒法做人了。

楊老闆深吸一口氣，站起身，抬手道：「請。」

說著，楊老闆便領著顧九思一行人走了出去，到了賭場裡，所有人見顧九思和楊老闆一起走出來，頓時沸騰起來，紛紛打聽著發生了什麼。

「顧九思要和楊老闆賭跳馬。」

「跳馬？瘋了吧！那不都是騙外地人的玩意兒，哪個揚州城的人會賭這個的？」

「顧九思他爹這次怕是要把他打死了。」

楊文昌和陳尋還在賭著，聽到顧九思的名字，兩人頓時變了臉色，陳尋和楊文昌跟著過去，便看見顧九思帶著周燁施施然落座，楊文昌擠過去，著急道：「九思，他們說你要賭跳馬？」

「對啊。」顧九思隨口說，陳尋著急道，「你瘋啦！這一輸你會被你爹打死的！」

「無妨，」顧九思擺了擺手道，「我心裡有譜。平時我鬧著玩呢，這次我認真賭。」

「你……」

「九爺，先簽了契約。」

老烏鴉端著一份寫明了賭馬規則的契約上來，柳玉茹先審過，才交給顧九思，顧九思匆匆掃了一眼，大筆一揮，龍飛鳳舞落了自己的名字。

他那字醜得扎眼，柳玉茹忍不住眼皮一跳，腦子裡第一個想法就是——還得請個書法師父。

賭馬這事不常見，聽到顧九思和楊老闆開局，整個賭場的人都興奮了，所有人圍了過來，顧九思簽完字，旁人遞了熱毛巾給顧九思和楊老闆，兩人擦過手，楊老闆道：「按著規矩，您來挑戰，本該是我們賭場定賭什麼，但是顧大公子年少，算得上楊某的晚輩，所以楊某願意讓顧大公子一步，大公子來定吧。」

「無妨。」顧九思擺擺手，「什麼都行，我無所謂。」

楊老闆看著顧九思的模樣，不由得笑了：「大公子還是謹慎些好。」

聽到這話，顧九思似有些無奈：「您讓謹慎，那就謹慎吧。賭大小如何？」

楊老闆抬了抬手，旁人拿了骰子來，顧九思突然道：「停一下。」

說著，顧九思站起身，到了骰子旁，他抬手掂了掂骰子的重量，隨後笑道：「沒問題，」然後坐回自己的位子。

楊老闆面不改色：「大公子多慮了，在下不會做這樣旁門左道的事。」

「賭得大了，」顧九思笑道，「自然要謹慎些。既然三德賭場如此講信譽，這樣吧。」

說著，顧九思指了指旁邊的柳玉茹道：「妳去搖。」

柳玉茹愣了愣，楊老闆皺起眉頭，顧九思微笑道：「內子是揚州名門閨秀，從未接觸過這些，楊老闆放心的吧？」

楊老闆沉默，但比起這賭場裡的熟手，柳玉茹的身分的確更加乾淨些。

柳玉茹沒有出聲，她沒退縮，大方起身，站在賭桌前，顧九思看著楊老闆道：「楊老闆，今日咱們先定個規矩，七局為止，中間不可棄賽，若你棄賽，那您不但要將這小公子的帳一筆勾銷，還要倒貼五萬白銀給他們賠禮道歉。若我棄賽，便算是澈底認輸，明日你可派人上顧家清點財產，若我們都堅持到了最後，就看最後各自輸贏多少，如何？」

「九思！」

陳尋聽著著急，顧九思抬手止住他的話。

楊老闆面色不動，只是抬手道：「請。」

而後所有人瞧向柳玉茹，柳玉茹深吸一口氣，舉起骰盅，她看上去力道有些小，顧九思便給她示範，搖著手道：「這樣甩，用力點！手沒力氣全身一起甩！大力一點讓骰子動起來！」

柳玉茹聽著這話，一瞬間什麼緊張擔憂都沒了，她翻了個白眼，舉著骰盅，又穩又狠的搖起來。

她一搖骰子，楊老闆便閉上了眼，顧九思耳朵動了動，他轉過頭，同旁人小聲吩咐：「端盤蜜瓜上來。」

他聲音不大，但所有人都關注在他和楊老闆身上，柳玉茹聽得咬牙，簡直想揪著他的耳朵吼他。

你清醒一點啊！

你賭著全家的家當啊！

你輸了全家就完了，完了啊！

她一直搖個不停，想等著顧九思回過頭來認認真真聽骰子，誰知道顧九思回頭是回頭了，但卻是認認真真等著蜜瓜，於是柳玉茹一直搖，感覺手上肌肉痠得不行，顧九思的蜜瓜端上來了，他吃了口瓜，忍不住道：「妳還沒搖夠啊？」

柳玉茹受不了了，「哐」一下，終於落下了骰盅。

她覺得好累，好疲憊。

顧九思將蜜瓜的籽吐進盤子，抬手就將玉牌丟到了小上，楊老闆慢慢睜開眼睛，抬手將玉牌放到大上。

「開。」

旁人催促，柳玉茹揭開蓋子。

三顆骰子，按著規則，十以下是小，十以上是大。

三、三、五。

十一點。

柳玉茹面色慘白，周燁的面色也不太好，楊老闆舒了口氣，笑起來道：「看來是楊某勝了。」

顧九思吃著瓜，似乎也有些詫異，勉強擠出笑容道：「楊老闆棋高一著。來，繼續。」

第二輪，顧九思神色認真，似乎認真開始聽了，柳玉茹放心了許多。

這次必然要成功了。

柳玉茹和周燁都信心滿滿的想著。

等到押注開蓋，楊老闆露出笑容：「看來，又是楊某贏了。」

顧九思臉上露出幾分擔憂：「沒想到楊老闆這樣厲害，顧某真是後悔啊……」

楊老闆心裡對顧九思的戒備澈底放下去，他覺得，顧九思真是個草包，怕是一時被江湖仗義沖昏了頭，就來做了這個賭。

他放鬆下來，後面三局贏得異常輕鬆。

顧九思每次都能精準壓在輸的那個點上，開大押小，開小押大。

楊老闆贏得一路順暢，心情好上許多，叫了杯茶來，同對面撐著下巴，愁眉苦臉的顧九思道：「顧大公子不如早點認輸吧，若是真到了第七局，怕是把顧家全抵上也還不起了。」

「橫豎都到這步了，」顧九思嘆了口氣，「總得賭下去，大不了我就在這還一輩子債，以後楊老闆還要多多照顧啊。」

楊老闆嘲諷地笑了笑，抬手讓柳玉茹開第六局。

然而柳玉茹不敢開了。

第六局開了，一輸就是四十二億，顧家就真的完了。她不知道顧九思賣什麼藥，但是這麼一直輸，一直輸，她真的輸不起，她太害怕了。

她抬眼看向顧九思，顫了顫唇，然而在開口之前，顧九思卻是抬起手指，搭在唇上，做了一個「噤聲」的手勢。

這一刻他的神色異常鎮定冷靜，帶了一種讓人信服的自信。只是匆匆一瞬，他就變成了愁苦的樣子，詢問道：「玉茹可是搖不動骰子了？堅持一下，最後兩局了。」

楊老闆一直盯著顧九思，他的一舉一動都落在眼裡，楊老闆忍不住皺起了眉頭。

柳玉茹深吸一口氣，再次舉起骰盅，而這時旁邊的周燁有些忍不住了，他站起身就要說話，卻被顧九思一把按住，顧九思靠過去，附在他耳邊，輕聲道：「莫慌，我有法子，等會兒我離開後，你就偽裝出好像是知道了什麼所以很鎮定，但又要遮掩的樣子。不要慌亂。」

說著，顧九思便直起身，開始認真聽著柳玉茹的骰子。他仔細聽著，等柳玉茹落下骰盅之後，他抬起眼，看向楊老闆，笑道：「楊老闆，請。」

楊老闆沒說話，他緊緊盯著顧九思。

不對勁。

多年的江湖生涯讓他多疑又敏感，他憑藉著自己的直覺，無數次躲過生死大劫。連著贏到現在，他有些飄然，可是在這一刻，他猛地反應過來——不對勁。

顧九思前些時間，才在路上怒斥王善泉。普通百姓看不明白，他卻是完全懂得發生了什麼。一個能如此靈巧化解危機的公子，怎麼會是一個草包？

如果他不是草包，怎麼會因為江湖義氣隨便來賭這麼大的賭？

他來賭，就一定有他的把握。他檢查過骰子，還讓搖色子的人變成他的人，現在已經是第五局，到第五局了……

他竟然都沒贏過一次！

楊老闆猛地變了臉色。

顧九思的賭技他是清楚的，這個公子哥就算不能一直贏，但也絕不會連著五局一次都沒贏過！除非是，他連著五局，都清楚知道該怎麼贏，故意輸的！

楊老闆的呼吸有些急了。

如果顧九思完全有實力贏，那他為什麼輸？為的就是留住他，不讓他提前離席。為的就是麻痹他，讓他就這樣飄飄然下去。

直到第七局。

第六局已經賭到四十二億白銀，第七局完全是在賭他楊龍思所有的身家，賭他的命！

如果止步於第六局，那就是不要周燁的帳，再損失五萬兩。可若是賭到第七局……賭到第七局……

楊老闆額頭冒著冷汗。

他腦子裡瘋狂計算著。

顧九思到底是真的輸，還是裝的？

為什麼柳玉茹會在打算放棄之後被九思一個動作勸服，他們有什麼協議？

為什麼周燁會在崩潰後突然鎮定，顧九思到底同他說了什麼？

顧九思到底是在唱空城計，還是真的……真的給他下了套？

楊龍思一言不發，額頭上流下冷汗，顧九思瞧著他，故作憂愁的表情下那雙似笑非笑的眼，似乎是在嘲笑他一般。一開始他真的以為顧九思很慌亂，可是此刻卻覺得他這份慌亂虛偽做作，完全不像是真的。

至少他還有心情吃蜜瓜，一面吃著一面催促他道：「楊老闆，押注啊。」

「你，」楊龍思呼吸有些不穩，「你先來。」

「哦？」顧九思笑起來，「你確定，讓我先來？」

楊龍思急切點頭：「你先來。」

顧九思靠在椅子上，隨意將玉牌扔出去，落到大上。

柳玉茹深吸一口氣，開了蓋子。

小。

還是小。

他連輸六局了！

楊龍思呼吸有些不暢。顧九思嘆了口氣，有些無奈道：「又輸了，來來來，第七局。」

「等一下！」

楊龍思叫住柳玉茹，所有人朝他看過去，老烏鴉有些茫然，完全不知道發生了什麼，顧九思抬眼看著楊龍思：「楊老闆，怎麼了？」

若是贏了，是顧家所有家當。

若是輸了……那就是……那就是傾家蕩產！

而他會輸嗎？

顧九思能連著輸六局，六局準確無誤壓在輸上，那明明就是知道如何贏故意輸！

他真正的實力根本沒展露，他就是在引誘他，讓他一步一步走到第七局，然後一局翻身，讓他楊龍思傾家蕩產！

此刻認輸，只是五萬的事。

若是第七局之後輸了，那就……那就……

楊龍思白了臉，心裡有了結果。

他抬起頭，慢慢道：「我認輸。」

眾人一片譁然，顧九思面上帶了一絲震驚，隨後有些慌亂地站起來道：「楊老闆，只差最後一局……」

聽到這樣的挽留，楊龍思頓時肯定了自己的結論。輸成這樣，若沒有贏的把握，怎麼還敢留第七局？

於是他立刻道：「烏鴉，清點銀子給周公子，送他們出去，這一局，我認輸。」

說完，楊龍思站起身來，領著人迅速回了後院。

所有人有些茫然，陳尋站在顧九思背後，還處於茫然狀態，疑惑道：「就這麼……認輸了？」

「怎……怎麼回事？」楊文昌也有些看不明白。

烏鴉把那少年放了，周燁趕緊上去，詢問少年的情況，沒一會兒，烏鴉便拿了銀票出來，交給周燁。

顧九思吃完最後一口瓜，見事情了了，同陳尋楊文昌告別。

陳尋小聲道：「你現在到底是什麼個情況？我們都見不著你了。我能不能上你家門去串門子？」

「來。」顧九思小聲道：「提著書來，說是來和我一起聽學的。」

陳尋：「……」

說完之後，顧九思伸了個懶腰，朝著柳玉茹招了招手，笑著道：「媳婦，過來。」

柳玉茹剛放鬆下來，她出了一身的汗，整個人疲憊不堪，走到顧九思身邊，顧九思站起身，將手搭在她肩上，和大夥兒打了聲招呼，便領著周燁還有范姓少年走了出去。

「顧大公子，您可是太厲害了。」周燁讚賞不已，誇著顧九思道：「那楊老賊必然是看出您的賭技出神入化，不敢應戰。顧公子有此絕技，也是非凡之人，顧……」

一行人走出去不遠，剛進巷子，周燁話沒說完，顧九思雙腿一軟，周燁和柳玉茹趕緊去扶住他。

所有人有些詫異，柳玉茹著急道：「你怎的了？」

「腿……腿軟……」顧九思結巴著說道：「撐不住了，你們誰來揹我回馬車吧，我真的走不動了。」

周燁、柳玉茹、范小公子：「……」

周燁作為這中間唯一一個身強體壯能揹起顧九思的男人，義不容辭承擔了這項責任，揹著顧九思上了顧家馬車。柳玉茹見周燁要走，忙道：「周公子是今日要啟程？」

「本是如此打算。」周燁嘆了口氣：「但經過此事，先休息一日，過兩日再走吧。」

「那不如到顧府用個飯吧。」柳玉茹笑著道：「上次的事，還沒能及時感謝周公子。我與郎君早就想請周公子吃頓飯，但他傷勢遲遲未愈，因而拖延至今。」

周燁遲疑片刻，終於道：「那周某叨擾了。」

周燁有自己的馬車，便帶著少年去了自己馬車，跟在顧家的車後。

顧九思上了馬車，整個人癱了，揉著肚子道：「可撐死我了。」

「吃什麼撐成這樣？」柳玉茹替自己擦著汗，顧九思嘆了口氣：「妳沒瞧見我吃了一整個瓜？」

「不是你想吃嗎？」柳玉茹有些奇怪，顧九思的確吃了許多瓜，但她沒想著是撐下去的。顧九思擺擺手，有些痛苦道：「都是因為緊張，不吃點瓜，我怕我裝不下去了。」

「喂，你跟我說說，」一說這個，柳玉茹就來了勁兒，「你是不是真的賭錢特別厲害？」

「我要是真的賭錢這麼厲害，我爹還不讓我泡在賭場裡當賭神？」顧九思翻了個白眼。

柳玉茹奇怪了：「那你怎麼能連著輸六次？」

「那不是我厲害，」顧九思直接道，「是楊龍思厲害。這六次裡面，他先押注三次，我只需要壓他反面就可以了。如果真的讓我聽骰子，我能偶爾贏個兩次，但是要確定贏，這是不太可能的。可楊龍思可以，他以前在賭場，聽骰子辨聲，十局十勝，幾乎沒失手過。」

「那另外兩次呢？」

「一次是我看他的眼神，加上自己聽的賭的。」顧九思解釋著道，「另一次，也就是第六局，其實到那一局，我輸贏已經無所謂了。我輸了，他會想我賭技超群故意給他下套；我贏了，他會覺得我是打算開始翻盤，故意嘲諷威脅他。」

「他這個人能坐到這個位子，就是他每次都會預判風險。這次賭得太大，他心理壓力大，外加上他又多疑，總覺得我在給他設套，自然想一想，乾脆給我們五萬打發走了。」

柳玉茹聽著，便明白了顧九思整個計畫。

他從一開始摸骰子，讓她搖色子，叫蜜瓜吃，都是為了干擾楊龍思，讓他捉摸不清楚自己是什麼人。

然後根據楊龍思的判斷下注，讓自己連輸，超出正常的輸贏情況。

接著再透過和她的對視，和周燁對話等細節，透過她和周燁的反應，給了楊龍思「他有辦法」的錯覺暗示。

楊龍思在這麼大的壓力下，要去做一個輸了傾家蕩產的選擇，他自然會去選穩妥的方案。

而這一切，當然也是基於顧九思對楊龍思的瞭解做到的。

楊龍思賭的是大小，顧九思賭的是人心。

想明白這一點，柳玉茹豁然開朗。

她不由得感慨道：「顧九思，你總是超出我的預料。」

出乎她意料的心善；出乎她意料的聰慧。

顧九思擺擺手，有些痛苦道：「不能再來一次了，妳不知道我心跳得快炸了。我其實坐在椅子上時候就腿軟了，真的怕他賭到第七局然後讓我輸了，我覺得顧朗華是真的會大義滅親把我的人頭提到他門口去。」

柳玉茹笑著用團扇敲他：「淨胡說，把你爹想得這麼壞。」

「我沒胡說，是妳不瞭解他啊。」顧九思趕忙道：「真的，妳要是知道他以前對我做多少殘忍的事，妳就知道了，這根本不是親爹。」

「別瞎說了。」柳玉茹推他：「你爹可疼你呢。」

「拉倒吧。」顧九思翻個白眼，「他從小就只會打我。」

「呃……」柳玉茹遲疑道，「其實我聽說，你父母都很寵愛你。」

顧九思聽著這話，沒說話，過了好久後，他才道：「不過是這揚州城的人，替我的行徑找個藉口吧。」

「人都是很奇怪的，」他手搭在窗戶上，瞧著外面人來人往，淡道，「一旦看見一個行事乖張的人，都會推測，他的父母必然溺愛他，所以他才無法無天。許多人都覺得，一個孩子若是不聽話，打一頓便好了。若是孩子做事不對，必然是打得不夠。」

「我很討厭這樣的想法。」顧九思嘲諷道，「所以吧，他越打我，我越是要同他反著幹，我越同他反著幹，外面就越傳他管我管得不夠嚴厲。於是就這麼一直輪迴下去。我小時候身體不好，每次他來打我，我娘就死命攔著，家裡烏煙瘴氣的。」

「那你聽話不就好了？」柳玉茹有些奇怪。

顧九思用看傻子的眼神看了她一眼：「妳傻啊，他打我，我聽話一次，他就會覺得打我是有用的，以後凡是遇見問題，第一個反應就想著打了就好了。妳以為那些想著打了就能教好孩子的人的想法是怎麼來的？就是因為他們打完孩子，孩子忍氣吞聲乖巧了。他們就總覺得，妳瞧我的孩子、他的孩子就是這樣，妳的孩子被打了不聽話，一定是妳太寵愛，不肯下狠手。」

「我和妳說這世界很多莫名其妙的感覺都是有理由的，妳知道少年人為什麼都要忤逆叛逆一下嗎？就是我們發自骨子裡的一些東西在和我們講，我們得用這種方式去教育他們，打我是沒用的，不要用打我來教育我。所以有一次我爹氣太狠了，失手把我打斷了一根肋骨，我都沒服軟。我只能自己變好，絕對不是你們逼的。」

柳玉茹被顧九思一番話說得懵懵的。

顧九思瞧她一臉說不出話的茫然，抬手在她面前揮了揮：「妳在想什麼啊？」

「哦，」柳玉茹回了神，「我就是覺得，你這個想法，聽上去稀奇古怪，但又有幾分道理。」

「我向來有道理。」

「不過，」柳玉茹有些疑惑，「打你沒用，那你為什麼被我從春風樓逼回來讀書呢？」

顧九思聽了這話，僵了僵身子，有些不好意思扭過頭去，小聲道：「我不是……我不是覺得對不起妳，怕把妳氣死了嗎……」

他倒是不怕血濺春風樓，以他的身手，兩個人必有一傷，也絕不是他。

他怕的是柳玉茹這一根筋的腦子，真的自己抹了脖子吊在顧家大門口！

柳玉茹聽著這話，微微一愣，她瞧著面前的人有些不好意思的彆扭樣，不知道為什麼，突然想起一句話——君子可欺之以方，難罔以非其道。

她不知道為什麼，心裡突然升騰起一種莫名的荒唐想法。

在她這十幾年的短暫生涯中，所接觸過的男子裡，包括葉家那些家規森嚴的子弟，竟是沒有一個人能像顧九思這樣，將這句話真正踐行到底。

顧九思這個一直被人罵著紈褲的浪蕩子弟，似乎在以一種不言說、難以讓常人所理解的方式，踐行著自己內心的君子道。

他固守自己內心的道理，又對責任服軟。所以並不是她去管教顧九思，而是顧九思退讓，教導了她。

她覺得這個人神奇的在她心裡種下一顆種子，將他的離經叛道、將他的莫名奇妙放在她心裡，然後生根發芽。她像是闖入他世界的旁觀者，靜靜觀察他，瞭解他，挖掘他。顧九思是她預料之外的寶藏，她每次挖得深一點，就更感受到更多的驚喜。

她笑著轉過頭，看著揚州城外吆喝著的攤販，柔聲道：「那我謝謝你了。」

說著，她用團扇抬起車簾，陽光落在她秀麗的臉上，她面容裡帶著溫柔與沉靜，抬眼看鳥雀從屋簷振翅飛起，白雲藍天相映相成。

「給了我新的開始。」

一個真實的、波折的，又肆意的新人生。

第十章　生辰

柳玉茹和顧九思一起回了府中，下了馬車，便瞧見周燁領著范小公子也跟著下來，范小公子似乎受驚不小，下車時面上帶了些慌亂，反覆同周燁咒罵著楊龍思。周燁微皺著眉頭，靜靜聽著，倒也沒有做聲。等領著少年到了面前，周燁同顧九思和柳玉茹道：「這位公子是我一位叔父的兒子，如今方才十四歲，叔父說想要讓他歷練一下，便讓我帶著他過來。小玉，」周燁平和道，「見過顧公子和顧少夫人。」

范玉敷衍地朝著顧九思和柳玉茹拱了拱手，一言不發，舉止做派裡明顯是不大看得上顧九思等人，周燁有些尷尬，正要解釋，就突然被顧九思攬住肩頭，直接道：「周兄，走，我們喝酒去，讓這小孩子自己去玩吧。」

一聽這話，周燁便知不好，范玉果然怒道：「你叫誰小孩子！」

「哦，你不是小孩子？」顧九思回頭嗤笑，「那一點規矩都不懂？我救了你，又算是你兄長的朋友，你就這態度？」

「你這賤商……」

「范玉！」周燁叱喝，范玉僵了臉色，有些不悅，轉頭冷哼一聲道：「這飯我不吃了，你愛吃你自個兒吃，我回去了。」

說完，范玉轉身回了馬車，柳玉茹皺眉瞧著，有些擔憂。

雖然周燁沒有明說，可是他的叔父、又是姓范，想來就只有幽州節度使范軒了。那這位就是節度使的兒子，他們還打算搬到幽州，顧九思當下已經把那小公子得罪了，這讓他們日後怎麼辦？

但這些憂慮此刻也不能說出來，柳玉茹嘆了口氣，看著顧九思拖著周燁往家裡走，便跟了上去。

來的路上已讓家奴去報了信，江柔和顧朗華早就設好了宴席，周燁入座之後，一家人便一直說著感謝之詞，周燁是個實誠人，不太會說話，但他心裡對顧九思懷著感激，便只能端起酒杯，詞窮道：「話不多說了，今日多謝顧公子，話都在酒裡了！」

一杯下去後，周燁看著小杯子，皺了皺眉頭。顧九思反應過來，立刻道：「上大碗來！」

周燁笑了笑，轉頭同顧朗華解釋道：「我們幽州人喝酒都是用大碗，頭一次用這樣的小杯子喝酒，總覺得心意不夠。」

其實顧家人，包括柳玉茹都不太能理解這種心意都在酒裡是什麼邏輯，但是顧家經商，幽州這些北地的人接觸得多，顧朗華忙道：「周公子不必解釋，這些我們都明白，今日想吃就吃，想喝就喝，權當家中自便就好！」

周燁笑著應下，一行人吃吃喝喝後，江柔和顧朗華先行離席，由柳玉茹和顧九思陪著周燁，他們去了庭院裡，顧九思和周燁聊天，柳玉茹就跪坐在一旁倒酒。

顧九思跟他解釋著今日如何算計楊龍思，周燁感慨不已，贊道：「顧公子年紀輕輕，便有如此城府，真是人中龍鳳。若是公子在幽州，在下必當舉薦一番。可惜公子在揚州，在下能幫有限，但日後無論如何，只要公子有用得上的地方，公子大可開口。」

「周兄不必這樣客氣，」顧九思擺擺手，他傷勢未愈，被嚴格控酒，只能了無滋味喝著枸杞菊花茶，無奈道：「上次周兄仗義執言，我顧家上下感激不盡，今日這些都是分內的事，周兄若一定要說什麼感謝不感謝，未免太過生疏。而且出門在外，總當有個兄弟朋友關照，周兄不必多想。」

「顧公子說得是，」周燁看著顧九思，有些激動道，「今日周某不才，想結顧公子這個朋友，不知公子意下如何？」

聽到這話，顧九思笑了：「周兄說笑了，若不是朋友，顧某又怎會去賭場？本就是朋友，周兄不必多說，日後有用得上九思的地方，周兄大可開口。」

周燁聽了顧九思的話，放下心來，顧九思看著周燁大口喝酒，心裡有些癢癢，便抬頭看了柳玉茹一眼，小聲道：「讓我喝點吧？」

周燁大笑起來，同柳玉茹道：「少夫人便讓他喝些吧，以往戰場上，我們多的是受了傷喝酒提神的，不妨事！」

柳玉茹有些無奈，瞟了顧九思一眼，終是倒了一杯酒給他。顧九思端了酒，小抿一口，頓時做出滋味無限的模樣，逗得周燁和柳玉茹都笑出聲，顧九思想了想，同柳玉茹道：「來，我喝不了酒，但這麼乾喝多沒意思？我同周兄划拳，妳來替我喝？」

「我哪裡會？」柳玉茹有些無奈，「而且，你划拳要我喝，不覺得臊得慌嗎？」

「少夫人說得是了，」周燁笑著道，「哪裡有男人划拳讓女人擋酒的？」

「那不一樣，」顧九思直接道，「你不知道，我在家吃軟飯，我們家以後要靠我夫人賺錢養我。」

這話出來，周燁一口酒噴了出來。柳玉茹忙道：「玩笑話，他都是玩笑話。」

「妳別虛偽啊，」顧九思忙道，「要對自己有信心！周兄我同你說，以後你見著她，別叫少夫人，得叫柳老闆，你叫一聲，她心裡能美一天。」

「你別胡說了！」柳玉茹臊得慌，這都是她悄悄跟顧九思嘚瑟的，卻不想顧九思就這麼拿到人前來說，顧九思嬉皮笑臉的笑：「那柳老闆，喝點唄？」

「你別說了，我喝就是了。」柳玉茹紅著臉，忙出聲。顧九思便教著周燁南方的拳法，和周燁划拳。

替周燁備下的是北方的烈酒，給柳玉茹上的是南方的果酒，大家一面划拳，一面說笑，一面喝酒，柳玉茹沒喝過酒，覺得入口滋味甜甜的，帶了些果香，喝得有些莽撞。顧九思划了沒幾輪，柳玉茹「哐」一聲倒在桌上。顧九思下意識道：「就這酒量啊？」

旁邊印紅有些無奈，解釋道：「少夫人以往沒喝過酒，您也太為難她了。」

「妳這丫鬟大膽，」顧九思的話裡沒半分威脅，他故意板著臉道，「怎麼敢這麼同我說話！」

印紅翻了個白眼，扶著柳玉茹走了。

周燁在旁邊壓著笑：「你家這小丫鬟厲害呀。」

顧九思嘆了口氣：「家門不幸，我地位太低了，心裡苦。」

說著，他見柳玉茹被扶到一旁了，高興道：「來來來，她醉了，咱們可以痛快喝一場！」

眾人：「……」

原來等在這呢。

周燁有些哭笑不得：「九思，」他換了稱呼，足見親暱，「你若將你這聰明放到正事上，在揚州怕早就揚名立萬了。」

「揚名立萬什麼呀？」顧九思擺擺手，「揚名立萬，無非就是為了多賺點錢，讓人多點尊敬，可我生來已經是揚州首富的兒子了，有什麼買不到、有什麼求不得的？既然沒有，我再往上爬做什麼？」

周燁聽著顧九思的話，沉思下來，過了許久，他慢慢道：「往上走，倒也不是為了權勢，而是你的位置越高，能做的事就越多，就能為這些百姓，多做一些。」

說著，周燁苦笑了一下：「不過，這也是我個人的想法而已。幽州不比杭州富庶，外有征戰，內地貧瘠，物資比不得揚州豐富，不靠海的地方，連水都珍貴。每次我到揚州來，都覺得真是人間盛景。每每看到揚州歡歌笑語，我都希望，幽州百姓，能有這一番光景就好了。」

「其實，北方物質貧乏，主要原因還是土地貧瘠、商貿不夠發達。」顧九思淡道：「若北方像南方一樣，河流四縱八達，運輸費用小，貨物成本低，那以北方牛馬換南方米糧，以北方山珍皮草換南方綾羅綢緞，這樣交換下來，北方找到自己優勢所在，自然不會太過貧瘠。北梁也是如此，若他們能學會耕種，能固定生產什麼東西與大榮交換保證他們的糧食供應，自然不會年年來擾。畢竟這世上爭來爭去，爭的不過是活下去。」

周燁聽著，點頭感慨：「你說得是。」

說著，周燁笑起來道：「沒想到你年紀輕輕，還有這番見解。」

「都是人，」顧九思輕笑，「賭錢想要賭好，學的就是人。況且我家本是經商，再如何頹靡紈褲，也耳濡目染。說到底，也不過是我投胎努力罷了。」

說著，顧九思高興舉杯：「來來來，喝酒喝酒。」

周燁喝酒，來了興致，見顧九思想法獨特，便乾脆和他聊起國家大事。

周燁與顧九思講這天下大事，講他的野心報復。

他喝多了，口齒不清，卻還是道：「我以後，要讓所有百姓都吃得上飯，穿得上衣服，不會被凍死、被餓死。每個人都要好好活著，要有尊嚴的、好好活著。」

顧九思靜靜聽著，他也不知道怎麼的，聽著周燁說話，感覺有些熱血沸騰。他舉了杯，高興道：「好！九思日後，就祝願周兄如願以償！」

顧九思這聲音說得大了，柳玉茹迷迷糊糊睜了眼，她看著遠處喝著酒的人，聽見那一句話——

「我以後，要讓所有百姓都吃得上飯，穿得上衣服，不會被凍死、被餓死。每個人都要好好活著，要有尊嚴的、好好活著。」

她不由得彎起嘴角。

是啊，她也想，平平穩穩的、有尊嚴的，好好活著。

她求了一輩子，其實求來求去，不過就是，尊嚴二字。

顧九思和周燁喝大發後，兩人激動起來就拜了把子，柳玉茹瞧著，被風吹得清醒些，看著有些好笑。

等到了深夜，兩人也睏了，下人扶著三人各自回了房裡，柳玉茹同他一起躺在床上，顧九醉得高興了，就一直笑咪咪瞧著她。

柳玉茹抬手捏了捏他的鼻子，忍不住道：「都要大禍臨頭了，還天天高興什麼？」

「人一輩子嘛，」顧九思閉著眼，高興道，「能高興一天是一天，事沒來，愁也沒用，還不如高高興興的呢。」

柳玉茹聽著，抬眼看了他一眼，笑笑沒說話。

顧九思是能萬事不愁的，可她卻不能，人與人之間生長環境不同，道理之踐行，其實也是要看那人的性子。

柳玉茹倒在床上，閉了眼道：「睡吧。」

兩人一覺睡到天明，柳玉茹按著平時的時辰起了身，酒醉讓她有些頭疼，但她還是撐著神去見了江柔和顧朗華，等回來時，顧九思也起了，周燁提前醒了過來，來和顧九思踐行。

男人和男人的情誼，總是一場酒就夠了，周燁同顧九思道：「九思，我就要回幽州了，等你到了幽州，若有什麼事，便到望都來找我。」

「行。」顧九思笑著道，「我們家的產業正有些要到幽州去，到時候你別嫌棄我事多就行。」

「你家要到幽州開店？」周燁有些疑惑，顧九思嘆了口氣，「商不與官鬥，和王家鬧成這樣，我們待在揚州也為難。所以就想著，先到處看看，遇到合適的地方，便搬一個地方避禍。」

「那你來幽州就對了。」周燁笑起來，「我父親和范叔叔都是公正明理的好官，你們來，不會受欺負的。」

說著，周燁讓人尋了紙筆，給顧九思一張紙，上面寫了他府邸的地址。他猶豫了一會兒後，終於還是道：「九思，如今日下局勢不穩，有些事我不好多說，但是你要照顧好自己家人，一旦有事，立刻離開揚州到望都來尋我。你若來不了，就讓家丁來找我。我們雖然交情不多，但是於我心中，卻是將你當做兄弟，只要是我能做的，必然會盡力幫你。」

顧九思聽著，他看出周燁認真，知道此人並非玩笑，便也收斂了平日嬉皮笑臉的模樣，認真道：「周兄放心，我不是逞強的人。實話來說，你說的我心中都有數，若真走到山窮水盡，還望周兄能給條生路。」

周燁嘆了口氣：「互相幫扶著，這是自然。」

說著，兩人道別過後，顧九思親自送周燁出門。

而後他回過頭來，看見柳玉茹站在門口，神色間似乎有些憂慮。

顧九思笑了笑，走到她身前，抬手抹平了她的眉間，笑著道：「別愁了，一切都會好的。」

顧九思是這麼說，但柳玉茹卻放心不下。

後續的時日，柳玉茹便陪著顧朗華和江柔一起賣了揚州的家當。

他們不敢做得太明顯，因為顧家產業太大，一旦一起賣出去，必然會讓揚州有換天之感，恐怕會引起恐慌。

於是只能儘量找外地人，賣出去後並不聲張，然後柳玉茹偷偷去其他城鎮，將銀票分開兌換，換成黃金帶回來。

除了黃金，米糧也很重要，於是顧朗華就接著賣米的生意，將米糧夾帶黃金、古董、字畫，全都裝上他買下的大船。

大多數東西走船運，但為了保險，還是兵分兩路，又委託了幾個鏢局，分批押送走陸運，於是第一批財產分成五路，由管家顧文領頭，帶著一批原本的生意好手，全都前往幽州。

這些東西清辦下來，就花了足足一個多月，柳玉茹每天都在外奔波著，幫著江柔和顧朗華。

她已經完全熟悉了顧家的產業，對顧家的帳、管事、經營模式，牢記於心。

而顧九思則是每天都在聽學，現在再學什麼四書五經來不及了，只能找大儒來直接講課，江柔想著，無論如何，若是亂世來了，未來顧九思能當個謀士，也是極好。

於是兩個人各自一條線，也就每天晚上的時候，躺在床上，分著被窩睡著，嘀嘀咕咕說一陣子。

柳玉茹習慣了凡事都和顧九思說，他總有一套歪道理，勸著她去想通。

船從幽州回來那日，路引和文牒的事終於辦了下來。為了以防萬一，他們決定同自己的身分文牒一起，時時帶著。家裡開始籌畫著出門的日子，首先他們需得找個不驚動眾人的日子，悄悄離開，揚州人發現他們離開越晚，他們離開的機率就越大。否則跑到一半被王家抓回來，那才是功虧一簣。其次水路出行，尤其是這樣長途遠行，很看日子，近日揚州陰雨綿綿，實在不是好日子。

大家正想著時間，柳玉茹卻病了，或許是突然間放鬆下來，整個人便垮了一般，早上在鋪子裡查著帳，就直直暈了過去。

顧九思在書房裡聽著講學，有人來報這事，顧九思急急忙忙趕回房間，看見柳玉茹躺在床上。

「夫人是憂思太盛，」大夫嘆了口氣道，「加上又太過疲憊勞累，氣血不足。老夫開個方子，夫人吃了可好轉些，但最重要的，還是凡事想開一些，若是想不開，怕鬱結於胸，恐有大礙。」

顧九思站在簾子外靜靜聽著，他沒進去，過了一會兒，聽柳玉茹道：「大夫辛苦了，可有什麼藥能吃了開心些的？」

大夫笑起來：「少夫人說笑了，若世上有這種藥，怎還會有愁苦人？」

「是我愚昧了，」柳玉茹嘆了口氣，「我儘量吧。」

大夫開了方子給柳玉茹，印紅便送著大夫出去，見顧九思站在門口，顧九思抬手，對她做了一個噤聲的手勢。

印紅沒多話，低頭領著大夫走了出去，顧九思這才進去，他彷彿什麼都沒聽到一般走進屋去，同柳玉茹笑著道：「聽說妳暈倒了，我可被嚇到了，特地過來瞧瞧，見妳面色紅潤有光澤，看上去怎麼也不像暈倒的樣子啊？」

柳玉茹聽這話，笑著道：「你便不會說些好聽的。」

顧九思坐到床邊上，瞧著她：「無礙吧？」

「沒事的。」柳玉茹搖搖頭，「你該做什麼做什麼，不用特地來瞧我，有印紅守著呢。」

「唉，妳這個女人太可怕了，我好不容易找個藉口蹺課出來透透風，妳就要趕我回去。」

說著，顧九思靠了過來。

「妳累不累？」他溫和開口，柳玉茹嘆了口氣，「倒是有些的。」

「那我替妳搧風，」顧九思從她手裡拿了團扇，朝著她輕輕搧著，柔聲道，「妳睡吧。」

柳玉茹也不知道怎麼了，他一過來，她就覺得心裡很安定，他坐在她身邊，輕輕搧著扇子，她很快就睡過去了。

等柳玉茹再醒的時候，已經是深夜，他見她醒了，讓人端了飯過來，同她一起吃飯。

柳玉茹有些奇怪：「你還沒吃？」

「等著妳呢。」顧九思笑道，「妳一個人吃飯，多寂寞。」

柳玉茹笑了笑沒說話，這人無心的話，她聽著卻有那麼幾分難過。

顧九思看出她似乎不大開心，便道：「我這話讓妳不高興了？」

「倒也沒，」柳玉茹怕他誤會，解釋道：「想起一些小時候的事。」

「嗯？」

「小時候去上學，回來得晚了，家裡人是不會等我吃飯的。」柳玉茹笑著道，「誰都不會留飯給我，也就管家人好，會剩幾個菜給我，等我晚上回來了，我就一個人吃飯。」

顧九思靜靜聽著，他不知道怎麼的，眼前浮現一個小姑娘的影子。

她一個人坐在桌前，燭光下，一個人吃飯。

其實難過的不是一個人吃飯，而是這偌大的家裡，沒有一個人肯等她、能等她。

「那妳母親呢？」顧九思不由得說道。

柳玉茹笑笑：「我怕姨娘覺得我和我娘走太近，她心裡介意，所以我不能每天去我娘那。而且這種事不是天天發生，偶爾一次，我也不想讓她操心。」

柳玉茹嘆了口氣，「她身體原本就不好，還要操心我，她怎麼受得了？」

「柳玉茹，」顧九思叫著她的名字，輕嘆，「妳過去的時日，過得當真不太容易。」

「也還好了。」柳玉茹苦笑，「比上不足，比下有餘，至少沒人剋扣我的衣食，外面看起來，我也是個嫡女，比許多人好了，不是嗎？」

「妳放心吧。」顧九思瞧著她認真道，「以後只要咱們還在一起一日，我便陪妳吃一日飯。」

柳玉茹愣了愣，顧九思聲音鄭重：「不再讓妳受委屈了。」

「我不……」

柳玉茹話還沒說完，就在對方那雙清明的眼下，說不出半個字。

她張了張口，想繼續說話，可是她說不出來，只聽顧九思道：「妳不想讓妳娘操心，那是為人子女的孝心。可是不讓妳受委屈，卻是我作為丈夫的責任。妳以後有什麼喜歡的、不喜歡的、委屈的、難過的，都同我說。」

「妳別埋在心裡。」他輕嘆一聲，然而這話落音時，他也不知道怎麼的，柳玉茹的眼淚就落了下來。

柳玉茹自己都沒察覺，顧九思嚇慌了：「妳怎的哭了？」

「我……」柳玉茹反應過來，慌忙抬手去擦，下意識道，「我沒事……」

「柳玉茹，」顧九思有些無奈，「才同妳說的話，妳怎麼就記不住呢？」

說著，他直起身，隔桌抓住她擦眼淚的手，靜靜瞧著她，認真道：「妳跟我說，妳委屈。」

柳玉茹呆呆看著他，顧九思一個字一個字說得清晰又肯定：「妳委屈、妳難過、妳想哭。」

「妳只是難過而已，有什麼錯呢？」

柳玉茹聽著顧九思的話，顫抖著睫毛，垂下眼眸。

眼淚順著她的臉龐落下來，好久後，她吸了吸鼻子，才道：「從未有人同我說這樣的話，讓你見笑了。」

說著，她抬起頭看著顧九思：「只是我習慣了，這些話我的確說不出口。但是你明瞭，」說著，柳玉茹笑起來，溫柔道，「我很是開心。」

顧九思愣了愣。

有那麼一瞬間，他覺得心裡輕輕抽疼起來。

如果說這個姑娘此刻就這麼嚎啕大哭，他或許還覺得好一些。可她這麼笑著，溫柔又內斂的落著眼淚，他覺得，這人太讓人心疼了。

他輕嘆了一聲，走到她身前。

他什麼話都沒說，伸出手將她攬到懷裡。

他不再說話，只是感覺這姑娘的眼淚，悄無聲息濕了衣衫。

他才發現，原來沉默不語，或許比喋喋不休更有分量。

柳玉茹靠在少年懷裡，她聽著他的心跳，依靠著他，生平頭一次覺得，原來心酸和悲傷，是可以被化解的。她感受到一種難以言說的溫柔和安穩，驅逐內心裡那份擠壓已久的陰鬱。

「小的時候，我娘身邊的嬤嬤同我說，人小的時候很多東西，是要影響長大一輩子的。」

「她瞎說，哪有一輩子的影響都改不了的事？」

「是啊，」柳玉茹慢慢道，「顧九思，我覺得，如果你對我一直這麼好下去，好很久很久，我可能就不會總是患得患失，總是擔心這擔心那了。」

顧九思抱著柳玉茹，他聽著她的話，揚起嘴角。

那一刻，他居然沒想起他們所謂的約定，也沒想起未來，他覺得，要是柳玉茹能高興一點，能不要這麼把眼淚壓在笑容下面，能夠想哭就哭想鬧就鬧，那麼他對她一直好下去，也沒什麼妨礙。

於是他勾著嘴角道：「行，這事包我身上了。」

柳玉茹低笑。

顧九思嘆了口氣，摸著柳玉茹的頭髮，有些無奈：「妳說說，養成妳這樣的脾氣，得是受過多大的委屈？」

「也沒多少委屈的……」

「那妳說來聽聽，張月兒是怎麼進妳家的？」

顧九思問了，柳玉茹也沒隱瞞，她細細同他說起她家來。她的過往，她小時候一樁樁、一件件。

沒有半分遮攔，她算計著進葉家，她算計嫁妝，這些事，沒有半點遮掩，因著她知道，顧九思不會在意這些。

顧九思聽她說著，一面聽一面笑，時不時誇一句：「妳厲害啊。」

他們倆一直說到深夜，這才睡了。她說她想她娘，這麼多年，她怕張月兒不高興，和她娘待的時間太短。

他勸著她沒事，以後會見到的。

柳玉茹嘟囔著，聲音越來越小，便睡了過去。這時候她的臉上全是眼淚，睡著了以後，還抓著他的袖子，貓兒一樣靠在他身邊。

顧九思靜靜瞧著他，他在黑夜裡，藉著月光看她的面容。

他突然覺得她長得有點好看。

她似乎瘦了一點，五官都立了起來，皮膚也在顧家養好了許多，在月光下流淌著淺淺的光。

顧九思不知道怎麼，突然起了一種很想親親她的衝動。

這個想法湧現上來，顧九思立刻暗罵自己無恥，居然對自己的兄弟起了這種心思！

他和柳玉茹，是這世上最純潔的戰友情，他絕對不能以這些骯髒齷齪的念頭玷汙這種純潔的友誼。

於是他趕緊往床邊縮了縮，抱緊自己的小被子。

柳玉茹哭過了之後，第二日起來，神奇地覺得心裡有種說不出的暢快。她的精神好了許多，江柔和顧朗華見她還是體弱，便道：「再休養幾日吧，水路難行，養好了再走，不然路上有得折騰。」

這樣休養了兩日，柳玉茹便好得差不多，顧家便定下來，後日夜裡啟程。

定下來當日，顧九思回到房裡，突然同她道：「明天妳早點回來。」

「嗯？」柳玉茹有些奇怪，卻還是道：「好。」

第二日早上，柳玉茹起來，顧九思起得出奇的早，他坐在門邊，看著她選了套素色衣衫，忙道：「這套不好看，選套好看的。」

他替她挑了一套淺粉色的籠紗長裙，然後同她商量著上了妝容。

甚至他還親自拿了畫筆，認認真真替她描了眉毛。

柳玉茹有些奇怪他這是做什麼，但她想著他要告訴她，便會告訴她。於是始終沒問，早早去了了鋪子裡，查看一圈後，便提前回顧府用午飯。

她揣測著顧九思想做什麼，思來想去，無非就是這人要帶她去做點什麼，她也想不透要做什麼，等到了顧府，下了馬車，同印紅道：「大公子今日可用心聽學了？」

印紅聽了話，抿了抿唇，笑著沒說話：「聽說用心了。」

柳玉茹點點頭，往大堂走去，剛踏入院門，就聽見鞭炮聲響起來。她嚇了一跳，隨後看見顧九思跳了出來，他身後還跟著楊文昌和陳尋，楊文昌抬手甩出一幅上聯，上面寫著：福如東海一世平安，然後陳尋甩開了下聯，寫著：壽比南山事事順遂。

接著顧九思拉開橫幅：賀壽大喜

柳玉茹愣了愣，隨後她看見顧九思朝著她走過來，手在她肩頭習慣性一搭，高興道：「生辰快樂啊柳玉茹。」

柳玉茹抿起唇，想遮掩一下笑意，卻克制不住，嘴角微微彎著：「讓郎君費心了。」

「別虛偽了。」顧九思輕嗤道，「心裡樂開花了吧？」

「郎君。」柳玉茹認真道：「總歸還是要給點面子的。」

顧九思這才高興，他大笑著領著柳玉茹進去，一進門，就看見蘇婉坐在大堂上，芸芸站在她背後，朝著柳玉茹瞧了過來。

柳玉茹愣在原地，蘇婉抬起頭，瞧見呆了的柳玉茹，便笑起來。

「九思特地讓顧夫人去府上請我，」蘇婉說話溫柔，「讓他們費心了。」

「娘……」柳玉茹顫抖著聲。

江柔在旁邊笑了：「還站著做什麼啊？」

江柔溫和道：「還不去和妳娘說幾句話。」

柳玉茹沒說話，疾步走上前，到了蘇婉面前，她就這麼站著，好久後，才顫抖著聲，再叫出一聲：「娘……」

她原本以為，嫁了人，大概就不大能見到蘇婉了，誰知道不過是過個生日，她又能見著了。

蘇婉被她的情緒所感染，也有些傷懷，嘆了口氣，卻是道：「本來是來給妳慶生，倒把妳惹哭了。」

「女兒……女兒這是喜極而泣，」柳玉茹趕忙笑起來，她轉過頭，看著江柔和顧朗華道：「讓公公婆婆費心了。」

「這算什麼費心？」江柔笑著道，「九思年年生辰都折騰，妳來了顧家，也是個孩子，頭一次過生日，我還覺得簡陋了。」

「不簡陋，」柳玉茹心底有說不出的情緒湧現上來，她拚命搖著頭：「很好了。你們對我……很好了。」

頭一次有人為她過生日。

頭一次有人為她做這麼多。

「好啦，」顧九思走上前，手搭在她的肩上道：「妳娘這次要過來住上七日，妳有的是時間，今日呢，聽我安排，保證妳過得高高興興，嗯？」

「好。」柳玉茹想都不想，便應下來，「聽郎君的。」

所有人笑著落座，有楊文昌和陳尋兩個活寶在，一頓飯吃得其樂融融。

等吃過飯，柳玉茹便同蘇婉一起進了房裡聊天。蘇婉說著柳府，她的話語裡很平和，可見這些時日過得不錯。柳玉茹放下心來，便同蘇婉說顧九思。

蘇婉靜靜聽著，她瞧著女兒眉飛色舞的模樣，明顯感到這一次柳玉茹說顧九思，和上一次時情緒是不一樣的。

她含笑看著，等柳玉茹回過神，她才覺得自己似乎太過放肆了些，低下頭，小聲道：「女兒說多了。」

「無妨，」蘇婉笑了笑，她拍著柳玉茹的手，溫和道，「九思是個好孩子，本來妳嫁給他，我心裡多有芥蒂，如今卻覺得，妳嫁給他，真是一樁好事。」

柳玉茹低低應了一聲，她不敢同蘇婉說過去顧九思說那些離經叛道的話，只是這些話，她如今也不願意想了。

她想了想，換了正事來道：「娘，有件事，我得給妳通個信。」

「嗯？」

「如果我要離開揚州，妳能否隨我離開？」

蘇婉整個人呆了，她顫抖著聲道：「妳……妳說什麼？」

「我的意思是，」柳玉茹深吸一口氣，「娘，這世道可能要亂了，我要求一條生路，留在揚州太過危險，我離開之後，不知道這輩子會不會回來，妳要不要同我一起走？」

一輩子不回來……

蘇婉的手微微顫抖，她不敢想像再也見不到女兒。

柳玉茹見她猶豫，便道：「娘，到時候怕就是亂世，要打仗的。也沒誰在意名節不名節，妳想想爹，妳對他還有心嗎？這麼多年，妳還要同他在一起嗎？」

蘇婉沒說話，她垂下眼眸，唇輕輕顫抖。柳玉茹繼續道：「我與父親，如今妳只能選一個。妳若願意同我一起走，到時候我通知妳，妳帶上要帶走的人，便找個藉口到顧府來，或者偷偷溜出來也行。到時候我們一起離開。從此天高海闊，再也不回來了。」

「可是……可是我始終還是柳夫人……」

「到時候就不是了。」柳玉茹平靜道：「到時候，天下亂起來，誰又顧得了誰？」

「娘，」柳玉茹看著她，認真道，「妳若不走，我不強求。這都是妳的選擇，如今我只是讓妳知道我的選擇。」

「我要離開揚州，」她神色堅定，「若不走，我必死無疑。」

蘇婉沒說話。

過了好久，她似是想明白什麼，深吸了一口氣，隨後道：「就讓他當我死了吧。我只有妳一個女兒，妳到哪裡，我自然是到哪裡。」

說著，蘇婉紅了眼，沙啞著聲道：「玉茹……妳不在的這些時日，其實我特別後悔，也很難受。」

「我總在想，當初怎麼沒多和妳說幾句話，多陪妳一會兒……」

聽著這話，柳玉茹微笑起來，她抓著蘇婉的手，垂下眼眸，溫柔道：「娘，以後我們有很漫長的時間，妳可以陪著我一直生活，妳就當我是個兒子。以後我會賺很多很多錢，妳會過得很好很好。」

「好……」蘇婉拉著她，沙啞著聲道，「有錢沒錢沒關係，只要娘能多見妳幾面，看見妳活得好好的，夫君疼愛，平平安安，就夠了。」

「我也幫不了什麼，」蘇婉含著眼淚，「妳覺得我能做什麼，讓我做什麼都好。」

「我就希望您好好的，」柳玉茹吸了吸鼻子，「高興一點，別守著那王八蛋了。」

兩人說著，外面傳來了敲門聲。

「柳玉茹，走了。」顧九思在外面高興地說：「我帶妳去看好東西。」

蘇婉抬眼，她看了看門外，然後看向猶豫著的柳玉茹，笑了笑道：「去吧，娘一直在這裡，等著妳呢。」

柳玉茹應了聲，和蘇婉細細道別後，便起身走了出去。顧九思和楊文昌、陳尋三個人站在門口，正嘀嘀咕咕在說些什麼，柳玉茹一出來，楊文昌和陳尋立刻道：「嫂子好。」

柳玉茹有些羞澀，她低頭應了一聲，隨後站到顧九思身後，小聲道：「郎君。」

「走，今日我帶妳出去玩。」顧九思高興道：「妳以往肯定沒見識過，不知道這世上有多少好玩的事。我早該帶妳出來花花錢的。」

柳玉茹抿嘴笑了，顧九思從懷裡掏出一遝銀票道：「今日我可帶了許多銀子，咱們大方花！」

柳玉茹聽著，輕嘆口氣，但瞧著顧九思眉開眼笑的模樣，她也不好多說些什麼，抿了抿唇，便笑著沒說話。

顧九思領著他們一行四人，首先到了一家鬥雞的場子。柳玉茹跟在他後面，覺得有些新鮮，顧九思大搖大擺走進去，同柳玉茹道：「這裡就是平時鬥雞鬥蛐蛐的地方，你買了雞或者蛐蛐，然後大家一起壓住。我的雞是這兒的雞王，當初我花了千金購下的。」

說著，顧九思帶她到了一個金邊籠子面前，小廝守在附近，顧九思給他一錠銀子，小廝連連道謝，隨後將金邊籠子裡的雞抱了出來，顧九思抱著雞，同柳玉茹炫耀道：「瞧見沒，這就是我的雞，金元帥！」

柳玉茹抿著笑：「牠叫金元帥？」

「對，」楊文昌立刻接道，「我和陳尋取的名字，本來九思叫牠鐵將軍，可鐵哪有金闊氣？將軍哪有元帥風光？」

「有理。」柳玉茹點點頭，顧九思抱著雞，同她道，「走，我帶妳鬥雞去。」

他們一行人熟門熟路到了鬥雞的場子，柳玉茹看見顧九思把這金元帥放在邊上，認真擦拭著毛道：「寶貝，今日爺可就靠你了，你要好好打知道嗎？回來給你最上等的糧食吃，乖。」

說著，顧九思還低頭親了牠一口，柳玉茹用團扇遮著笑，等顧九思走過來，她輕輕拍了拍他道：「髒死了。」

「哪兒呢？」顧九思趕忙道，「金元帥有人天天替牠打理的，和一般雞不一樣，不髒。」

金元帥髒不髒柳玉茹不知道，可牠的確和一般的雞不一樣。

牠的體型不算特別大，和對面的肥雞比起來要精壯許多，上了場，整隻雞精神抖擻，器宇軒昂，傲慢地踱著步子，那目空一切的神態讓柳玉茹忍不住笑：「這下我可真信這是你養的雞了。」

顧九思知道她是在埋汰他，冷哼了一聲，而後兩隻雞便打了起來，對面的肥雞朝著金元帥急速衝來，金元帥靈巧圍著場子迅速繞圈，柳玉茹皺著眉頭：「牠是不是怕了？」

「怕什麼怕！」顧九思有些激動，「元帥，衝！別怕！衝啊！」

周邊喊成一片，柳玉茹在這氣氛下，不知道為什麼，也有些激動。她忍不住為金元帥加油，旁邊顧九思將銀子放進她的手裡，催促道：「快，下注下注！」

柳玉茹有些茫然，顧九思就從她背後拉著她的手，「啪」按在她前方不遠處的一個檯子上，然後顧九思伏在她身上，激動道：「元帥！對！快，揍牠！揍牠！」

「揍牠！」錢放下去，柳玉茹頓時就覺得有些不一樣了，她開始期待著贏，開始怕輸。於是她的目光一直放在雞上，和顧九思一起替金元帥加油。

等金元帥猛地一啄，徹底把對方擊垮，然後勢如破竹，一路追著肥雞在場子裡跑之後，柳玉茹和顧九思一起歡呼起來。眾目睽睽之下，顧九思一把抱緊她，兩人一起高高興興道：「贏了贏了贏了！」

旁邊楊文昌和陳尋也抱在一起，等了片刻後，楊文昌突然道：「我怎麼感覺有些不對？」

陳尋回頭看了看顧九思和柳玉茹，這十幾年來正常表達兄弟情意的動作，突然就有些奇怪了。

兩人放開，輕咳一聲，這時候柳玉茹才覺得不妥，趕緊退了一步，同顧九思道：「咳，剛才放肆了。」

顧九思也有那麼些不好意思，但他不能表現，若是表現了，就更尷尬了，於是他趕緊拍拍柳玉茹肩膀道：「無妨，我們兄弟都是這樣的，妳來了就把自個兒當我兄弟就行。來來來，快把我家元帥抱過來，可把小寶貝嚇壞了。」

帶著柳玉茹鬥完雞，顧九思便領著她去了賭場，一行人在賭場裡賭得昏天暗地，柳玉茹激動地壓著大小，搖著骰子，還學會了打麻將，等賭完出來，天已經晚了，一行人去酒樓裡喝酒高歌，接著顧九思來了興致，乾脆帶著柳玉茹和楊文昌陳尋等人一起出了城。

柳玉茹不會騎馬，顧九思三人卻是縱馬慣了的，顧九思便讓柳玉茹坐在前面，攬著她，然後帶著兩個兄弟，一路駕馬出了城外。

柳玉茹坐在馬上有些顛簸，夜風夾雜著寒意，身後人的溫度卻讓整個夜晚都變得柔和起來。

她的髮絲輕輕拍打在臉上，她看著遼闊的夜空，看著廣闊的土地，聽著周邊蛙聲蟬鳴，還有身後楊文昌和陳尋的高歌。

她感覺到天高海闊，有一種說不出的暢快就要呼嘯而出。

「來來來，」楊文昌在後面追著顧九思，大聲道，「九思來一首。」

顧九思聽著大笑出聲：「就是想騙你爺爺唱幾聲。」

「嫂子在，」陳尋追上來，笑著瞧著柳玉茹道，「嫂子想聽，對不對？」

「喲，是呢，」顧九思低下頭，「我家小娘子還沒聽過我唱曲，來，今日我為妳唱一首。」

柳玉茹聽著，臉有些紅，她以為這時候，按著顧九思的性子，他應當是要唱點逗弄她的曲子的，然而卻不想，少年忽地高喝一聲，開口卻是——

君不見黃河之水天上來，奔流到海不復返！

君不見，高堂明鏡悲白髮，朝如青絲暮成雪。

人生得意須盡歡，莫使金樽空對月。

天生我材必有用，千金散盡還複來。

……

鐘鼓饌玉不足貴，但願長醉不復醒。

古來聖賢皆寂寞，惟有飲者留其名。

他的歌聲很嘹亮，帶著說不出的少年輕狂，好像這世上什麼憂愁、什麼煩惱，都與他沒有半分干係，只有少年人的狂放與驕傲，引得她隨之熱血沸騰。

而後聽他猛地提聲：「五花馬，千金裘，呼兒將出換美酒！」說著，他低頭，笑著瞧著她，眼裡落著星光，聲音裡帶了溫柔，低低開口，「與爾同銷……萬古愁。」

柳玉茹的心狂跳不已，慌忙低下頭，不敢多看。

旁邊楊文昌和陳尋大笑起來：「嫂子害羞了。」

柳玉茹急了，她輕輕啐了他們一口，低聲道：「猛浪！」

「聽到沒，」顧九思抬了眼，斜睨著旁邊兩人，似笑非笑道，「我媳婦說你們猛浪呢。」

「九思，嫂子哪是說我們猛浪，」楊文昌趕緊道，「說你呢！」

一行人胡說八道的掰扯著，馬跑累了，他們到了郊外河邊，顧九思翻身下馬，一夥人在河邊走了一會兒，顧九思怕柳玉茹走不動，便讓她坐在馬上，他牽著繩子，領著她慢慢走。

走一段路後，他們看了看時間，陳尋到了家裡門禁的時候，楊文昌便領著他一起走了。兩人走之前，給了柳玉茹禮物，陳尋恭敬道：「嫂子，生辰快樂。我們這位兄長，看著雖然不著調，但卻是個十足的好人，小弟祝你們白頭偕老。也祝您高高興興，一生順遂。」

「我說你話怎麼這麼多？」顧九思不高興地踹了他一腳：「趕緊走了，小心你娘又揍你。」

陳尋笑呵呵走了。顧九思看著坐在馬上的柳玉茹，想了想道：「唔，再玩一會兒吧？我們接下來幹什麼呢？」

「聽郎君的。」

「那我教妳騎馬吧？」顧九思溫和道：「人一輩子，總會遇到個事，不會騎馬不成。我牽著馬，妳感覺一下。」

柳玉茹說好。

然後他們兩個人，一個坐在馬上，一個牽著馬，走在回城的路上。

顧九思唱歌引路，這次他唱的歌是首小調，溫柔又平和，搭配著月光，讓人瞧著，覺得這世界多了幾許溫柔。

「郎君啊，」柳玉茹忍不住開口，「等明年，我還過生日嗎？」

聽到這話，顧九思笑了。

他回過頭來：「妳傻，生日當然是過的。」

「以後每一年，」顧九思轉過頭去，隨口道，「我都給妳過。年年不一樣，年年高高興興的，好不好？」

柳玉茹低笑著沒出聲。

她心裡卻是想著。

好呀。

她好想一直這樣生活，有個人在她前面，給她牽著馬，給她唱著歌，讓她年年有今日，歲歲有今朝。

第十一章　風雲突變

兩人在城外漫步時，王家卻是雞飛狗跳。王善泉拿了著紙條，想了想，再確認了一遍：「你確定顧家要跑？」

「是，」前來稟報的男人恭恭敬敬道，「安排在他們府中的探子說，他們昨日已經開始收拾行李，應當就是這幾日了。」

王善泉琢磨一會兒，隨後道：「點兵備馬，我們立刻去顧府。顧府人可都在？」

「今日暗樁被調了出去，暫時不知。不過這麼晚了，他們明日又要走，應當都是在的。」

「那立刻去顧府。」

「大人，」幕僚有些猶豫，「就這麼貿然過去，不大好吧……」

「無妨。」王善泉抬手道，「江城在朝中已經自顧不暇，陛下就等著找機會將他和梁王一網打盡，陛下不知梁王厲害，他動了江城，梁王逼反，等梁王反了，這世上哪裡還有什麼天子？都是一群名不正言不順的貨色，到時候便是我們自個兒的天下。」

「您說得極是，」幕僚思索著道，「到時候要增兵就得有錢，直接和這些富商要錢，他們怕是不會應允，得用些鐵血手段。顧家富庶，過去又對大人多番羞辱，從他們開始，也是應當。」

「照著陛下的意思，江城也就這些光景了。」王善泉思索著，隨後道，「咱們先動手拿了顧家，等江城倒了，消息傳過來，也差不多時日。今日若不出手，放著他們到了幽州，那白花花的銀子到了幽州，便回不來了。」

這樣想著，王善泉打定主意，吩咐道：「他不是一直嫉恨顧九思嗎？讓榮兒去辦這事。」

王榮領了命，立刻點了親兵去了顧家。

這時顧朗華和江柔正準備睡下，江柔嘆息著道：「我心裡總有些不踏實，總怕明日走不了。」

「不用擔心，」顧朗華勸著道，「咱們做得隱蔽，無論是準備路引還是裝船，都是分開人來做，除了咱們一家人，誰都不知道消息。我準備了陸路水路兩條路，到時候一條不通換另一條。咱們的路引水路走得，陸路也走得，別擔心了。」

「你說得……」

江柔話沒說完，外面忽地傳來兵馬之聲，兩人對看了一眼，顧朗華驚覺不好，立刻道：「妳帶上必要的文書，領著柳夫人，趕緊從地道出去，一個時辰後我未趕到，妳就開船。」

「那你怎麼辦？」江柔一把抓住顧朗華，有些焦急，顧朗華拍了拍江柔的手，溫和道，「妳放心，到時候我會想辦法，妳開船直接出淮南，在第三個停靠口淮城等我，我會想辦法找妳。」

江柔匆忙點了點頭，她知道此刻不能遲疑，便迅速收拾東西。

而顧朗華走出門去，剛到大門前，便看見王榮領著官兵正和家丁爭執，顧朗華站在門口，雙手攏在袖中，朗笑道：「王公子，稀客啊。」

「顧朗華，」王榮帶兵走在前方，冷笑道：「你顧家可知罪！」

「王公子說笑了，」顧朗華有些疑惑，「我顧家向來本分，何罪之有？」

「梁王意圖謀反，江城與其勾結，你顧家參與其中，你敢說不？」

「王公子，」顧朗華聽著，淡道，「說這些話，你可有證據？」

「如今已有人證，物證就在你府中，一搜便知！」王榮大喝。

顧朗華聽到這話，笑著道：「王公子這話倒是有些意思了，也就是說您現在手裡沒證據，等著搜完我的府中，就有證據了？既然沒證據，你怎能說顧家有罪，既然顧家無罪，為何要白白被人搜刮一遭？」

「放肆！」王榮怒道：「如今我是奉命搜查，顧朗華，你不敢讓路，是不是心虛！」

「我心虛？」顧朗華大笑，「心虛的怕是你！是你爹！今日江尚書剛出事，你王家便急不可耐上我顧府搜查，司馬昭之心路人皆知！不過是你王家眼紅我顧府銀兩，尋著由頭來搶劫罷了！一堆山匪賊子，還打著朝廷的名義。我就問你，你說江尚書謀反，如今可是證據確鑿？他怕是方入獄，你們就急急趕來了吧！」

江城必然不會已經定罪了，若是走到了定罪這一步，顧家不可能一點消息都沒有。而且梁王謀反沒有這麼快，所以此時此刻，必然是皇帝已經想對梁王動手，乾脆按了一個梁王動手的名，然後將江城祕密下獄。一切都是暗中的事情，還沒放到明面上來，所以顧家做為商家不知道，而王家或許早就得了皇帝的命令做些什麼，因此動手得這樣快。

顧朗華心裡謀劃著，面上絲毫不顯慌張道：「你王家想要找我顧家麻煩自是可以，不過王榮，你去同你爹說一聲，今日他動了我顧家，當年揚州賑災銀兩一事，他怕不怕。」

聽到這話，王榮面上愣了愣，顧朗華臉上毫無懼色，他竟一時拿不準注意，顧朗華這是裝腔作勢，還是當真拿著王家的把柄。

「王公子，」顧朗華看他面上露怯，大方道，「你年紀小，做不了這事的主，這事趕緊去問你爹。」

說著，他讓人搬了凳子，倒了茶，悠閒地坐在凳子上。

而王榮咬了咬牙，抬手道：「將顧府團團圍住，一隻鳥都不准飛出去！」

顧朗華和王榮僵持著的時候，江柔領著蘇婉等人迅速從密道出去。

蘇婉跟在江柔身後，有些不安道：「顧夫人，我們這樣走了，玉茹和九思怎麼辦？」

「我們先出去，我派人去尋他們。」江柔迅速道：「您放心，不會有事。」

江柔和蘇婉沿著密道一路出去。

一個月前才挖的密道，並不算長，只延到顧家不遠處一個鋪子裡，江柔領著人出了密道，便派人去找顧九思，然後領著人往碼頭趕過去。

而顧九思這時候還在城外教著柳玉茹騎馬，柳玉茹已經學會小跑，這匹馬性子溫順，顧九思帶著她玩鬧了一會兒後，便牽著馬帶著她往城門慢慢走去。

離城門不遠時，隱隱能夠聽到喧鬧之聲，他笑著回頭同柳玉茹道：「揚州就是這點好，不管多晚，都這麼熱鬧。」

柳玉茹笑著應聲：「是啊，也不知道去了幽州，有沒有這樣的繁華。」

柳玉茹剛說著，就見楊文昌和陳尋從前方疾馳而來，顧九思拉停了馬，站在原地，皺起眉頭。

他直覺兩人這樣去而復返不是什麼好事，他心中忐忑，卻沒表露出來，就看兩人一路飛奔到身前，陳尋焦急道：「九思，你家被官兵圍了。」

「被官兵圍了？」柳玉茹驚喝，隨後立刻道：「誰帶的人？」

「是王榮。」

楊文昌皺著眉頭，拉扯著幾個人到旁邊暗處草坪，楊文昌迅速道：「你現在不宜回府，不如先在城外留著，我們在城裡幫你打聽著情況。一旦有動靜我們立刻通知你。」

「不必了。」顧九思打斷他們的話，他心亂如麻，用了好大力氣，才鎮定下來，隨後道：「你們不必替我打探消息，也絕不要和我們有任何聯絡，立刻置辦一些財產，先出揚州城去。」

「九思，」陳尋有些擔憂道，「這是發生什麼了？」

「我一時半會兒說不清，」顧九思急促道，「你們只需知道幾件事，揚州城或許有亂，王榮打算找富商開刀，他與我有仇，你們又向來和我交好，怕是不會輕饒你們，你們速速帶著家人離開揚州，看著情況若是不對，立刻離開淮南！」

「至於嗎……」陳尋有些結巴，不敢置信，「王善泉就算是節度使，也不能這麼目無王法吧？」

「要是天下亂了，哪裡還有什麼王法？」顧九思抬頭看了陳尋一眼，楊文昌面露震驚之色，隨後他一把抓住顧九思，嚴肅道，「你說的可當真？」

「絕無兒戲。」顧九思冷靜開口，楊文昌面上恍惚了一瞬，隨後他立刻道：「陳尋，我們立刻回去通知家裡離開。」

「九思，」楊文昌轉過頭，認真看著顧九思，他一時想說很多，然而許久後，卻與顧九思狠狠擁抱了一下，隨後紅著眼道：「今日一別，不知何時相見，望君珍重。」

顧九思原本大大咧咧的性子，在這一刻竟也有些傷懷，他點著頭，嘆息道：「去吧，日後平穩了，我還回來找你們喝酒。」

楊文昌和陳尋翻身上馬，疾馳離開。

柳玉茹抓著韁繩，看著揚州的方向，她心裡繫著蘇婉，卻還要強作鎮定，她低頭看向顧九思，開口道：「郎君打算如何？」

「我們先去碼頭。」顧九思神色平穩：「我父母必有辦法，他們若沒有辦法，我們去了也沒用，我們到碼頭等著，等他們來了，即刻開船就走。」

柳玉茹有些著急：「可是……」

顧九思翻身上馬，他抓住韁繩，抬手握住她的手，他的手有些顫抖，可還是道：「玉茹，我們去碼頭。」

那一瞬間，柳玉茹驟然明白。

他也在怕，也在掛念。

她不知道是什麼逼著他成長，她只是蜷縮在他的懷裡，感覺夜風夾雜著泥土的氣息撲面而來。

他們兩個像是在寒冬裡互相依偎的小動物，她依靠他，而他則是把懷裡這個人當成一種信念，她束縛著他，不讓他做出傻事來。

城外距離碼頭不遠，兩人一路狂奔到碼頭，顧九思找到原本安插在碼頭上的人。這艘船是顧朗華悄悄買下，他和漕幫的人熟悉，就把船掛在漕幫的名下，因此王榮就算知道顧家要走，也想不到顧家會在漕幫裡有一條船。

顧九思讓早準備好的人全都上了船，然後開始清點人。接著他們坐在甲板上，靜靜看著揚州的方向。

夜裡坐在船上，風更冷了，顧九思抬起手，攬住她，為她遮擋著風。

「我有點害怕。」柳玉茹看著揚州燈火通明，她的聲音飄在夜裡：「我娘在還在那，我好怕她走不出來。」

「我也是。」顧九思苦笑，「我爹娘都在那裡，我好怕他們沒有辦法。我派了人進城了，如果天亮前沒有帶消息回來……」

顧九思抿唇，好半天，才顫抖著聲道：「我們就開船。」

柳玉茹不敢說話，她緊緊抓著顧九思。

她知道顧九思這個決策是最理智的，可是她做不到。

她娘在那裡，她怎麼可能在這時候開船！

有些話她說不出口，可是心底卻是明白的，如果這時候和顧家脫離了關係，她因著柳家和蘇家的緣故，或許還是能活下來的。

可是她說不出口。

前一刻才想著要在顧家過這麼一生，此時此刻，當顧家落難，她又要同他說棄他而去？

她做不到。

於是她只能靜靜看著面前的少年，而顧九思看著她含著眼淚的眼睛，卻讀出了她眼裡的意思。

他輕輕笑了，柔聲道：「若是一封休書就能讓妳高枕無憂，我巴不得給妳，可玉茹，不行的。」

他含著眼淚：「人心哪裡這麼好？如今皇上逼了梁王，梁王謀逆不日在即，皇帝天高地遠，不知梁王深淺，其實以梁王的實力，打入東都不過早晚之事。各地節度使早有了各自的心思，誰都不會管東都，到時天下大亂，節度使手掌兵權，便是一地之王。天下混戰，王家豈止是要找顧家一家的麻煩？他要的找的，是整個揚州富商的麻煩，是銀子、是錢。揚州很快就會成為地獄，妳一個弱女子，我怎麼能留妳在那裡？」

柳玉茹被他說愣了。

可她反駁不了。她知道顧九思估得沒錯，王家哪裡是為了那麼點仇怨大動干戈？王家是盯上了顧家的錢啊！

柳玉茹內心涼成一片，絕望起來，感覺自己像是飄在水裡的水草，被人斬斷了根。

她這一輩子的牽掛就是蘇婉，要是蘇婉有了事，她這一生，還掛念著誰？

她想著夢裡王榮對待江柔的手段，整個人如墜冰窟，不自覺哆嗦了一下，顧九思忙將她抱在懷裡。

「妳別怕，」他笨拙道，「我娘很聰明，妳娘會沒事的，我們都會沒事的。咱們只要等著就行了，玉茹，妳看看我，」顧九思叫著她的名字，柳玉茹呆呆抬眼，看著顧九思，顧九思勉強擠出笑容，「我們所有人都會沒事的，信我，嗯？」

柳玉茹不敢說話，可是她也不知道怎麼了，可能是相信這個人成了習慣，她居然覺得，在這樣的絕境下，有了那麼點希望。

她緩慢的點了點頭，顧九思舒了口氣，他抱緊她，抱得很緊，彷彿從她身上汲取某種力量。

他們就這麼靜靜等著，等到半夜，他們聽到了急促的馬蹄聲。兩個人猛地站起來，趕緊到了船邊，然後看到江柔騎著馬，帶著許多人趕過來。

「他們來了！」柳玉茹高興道，眼淚頓時落了下來，她回頭看向顧九思，高興道：「來了！他們趕上了！」

顧九思靜靜看著遠處，好久好久，他才反應過來，猛地退了一步，坐在地上。

「來了就好。」他虛脫道，「來了，就好。」

說著，他深吸一口氣，就地打滾，然後翻身起來，跑到船艙裡道：「人來了，準備開船了！」

喊完這一聲，他回到甲板上，然而掃視一圈，卻發現了不對勁，提聲詢問江柔道：「娘，那個糟老頭子呢？」

江柔的手微微顫抖，她克制著情緒，指揮著人上船，顧九思頓時察覺到不對，衝上前抓住江柔的手道：「我爹呢？」

「他還在府裡。」江柔扭過頭，看著江水，故作平靜道，「咱們等著，再過一刻鐘他不來，我們就開船。他會走陸路，我們出了淮南，在淮城接他。」

「他怎麼出來？」顧九思急促發問，「他如今還在府裡，必然是為了替妳們拖延時間和王榮周旋，妳們走了密道，王榮盯著他，他不可能走密道暴露妳的行蹤，他又如何出來！」

「你別問我了……」江柔顫抖著聲道，「他說能來，那就是能來！」

顧九思愣了，江柔推開他，急急走了進去。

顧九思站在船頭，一句話也沒說，柳玉茹安置好蘇婉和芸芸，走到顧九思旁邊，柔聲道：「九思，人都到了吧？方才我瞧見了婆婆，公公呢？」

顧九思被柳玉茹的話喚回了神，他壓著顫抖著的手，勉強擠出笑容：「他馬上就來了。」說著，他整了整柳玉茹的衣衫，溫和道：「妳先去休息吧，我想在甲板上再看看揚州城，等我爹來了，我們就走。」

「那你多看看，」柳玉茹嘆了口氣，「我去看看該帶的文件都帶好沒。」

開船之前，要將必要的東西檢查一遍。江柔如今情緒看上去不是很好，柳玉茹便去檢查東西，等回過頭來，便見甲板上已經不見顧九思。

柳玉茹愣了愣，她進了船艙，四處尋著顧九思，然而卻都沒見著，等進了他們的屋裡，就看見桌上留著一封信。

是一封放妻書。

上面端端正正寫了顧九思的名字。

「……願妻娘子相離之後，重梳蟬鬢，美掃峨眉，巧逞窈窕之姿，選聘高官之主，弄影庭前，美效琴瑟合韻之態。」

「解怨釋結，更莫相憎；一別兩寬，各生歡喜。」

「數月歡喜，便獻柔儀。伏願娘子千秋萬歲。」

柳玉茹的手微微顫抖，急急喘息著。

她腦海裡突然浮現出顧九思當初趴著和她說話的模樣，他曾對她說：「活著比什麼都重要，我給妳休書，妳可千萬別覺得是我想休了妳毀約，別覺得我對妳不好，嗯？」

如今這封休書真的給了，而她也真的知道，這輩子，他不會對她不好。

可是她卻感覺不到半分喜悅，只覺得心上彷彿破了個洞，風吹過去，嘩啦啦的疼。

船已經開了，它慢慢離開碼頭。

柳玉茹深吸一口氣，抓著信，趕緊衝到江柔那兒，急促道：「婆婆，公公呢？」

江柔背對著她，躺在床上，沙啞著聲道：「他說他打陸路來，咱們淮城等著他。」

「公公怎會沒來？」柳玉茹低喘著。

江柔遲遲不語，好久後，她艱難道：「王榮來得太急，他去拖時間了。」

聽見這話，柳玉茹身子晃了晃，她頓時明白顧九思去做什麼了！

他那樣的性子……那樣的性子！

她不敢做聲，怕驚到江柔，遮掩著神色，恭敬道：「公公既然說能來，自然有他的打算，婆婆不必擔心，先好生歇息吧。」

說著，柳玉茹退了下去，她手裡捏著休書。呆呆站在原地。她從窗戶裡看到，遠處揚州越來越遠。

她或許這一生都不會再見到那個人了。

那個明媚又驕傲，那個如太陽一樣光芒四射的少年。他為她挨打，他和她玩鬧，他在賭場上豪賭身家，他帶她賭錢、鬥雞、唱歌、跑馬。

他給了她不一樣的人生，凡事總想著她。這是她一生從未遇到過的、對她這樣好的人。

而她就要失去他了。

她的眼淚模糊眼眶，她想讓自己回去，想用理智告訴自己，分開了就是分開了，活著比什麼都重要，然而她卻挪不動步子，滿腦子都想著他牽著馬，走在她前方，唱著小調，同她說，他以後每年都要給她過生日。

她想救他……

這個念頭閃現出來，感覺自己彷彿瘋了，內心有一個越來越清晰又瘋狂的念頭。

她想救他。這麼好的人，她不想放棄他！

她這輩子可能都遇不到這麼好的人了，他給了她這麼多，甚至在最後一刻，他都是選擇了先將她安穩送上船才去救自己的父親，他這樣好，她又怎能負他！

當這個念頭出現，就再也無法回頭。她咬了牙，乾脆走進房裡，迅速收拾了銀子和身分文牒、路引等東西，然後提了她以往常常用來嚇唬顧九思的劍，帶上傷藥和一些毒藥迷藥，取了冪蘺帶上，接著她去了船艙，吩咐道：「給我一條小船。等我走後，你再告知大夫人，拜託她護著我娘，大公子回去救老爺了，我回去，一定拚死把大公子帶回來！」

所有人愣了愣，柳玉茹厲喝道：「快去！」

這船的裝載是柳玉茹陪同顧朗華一手操辦，她在下人中威望極高，這麼一吼，管事立刻應下。

印紅跟到柳玉茹身邊來，焦急道：「夫人妳這是要去做什麼？」

「印紅，」柳玉茹看著船夫將小船放下去，推她轉過頭，抓住印紅的手，認真道：「妳好好照顧我母親，護著她，知道嗎！」

「夫人，」印紅死死抓著她，「姑爺去了就去了，您去了也沒用的啊！」

「他性子莽撞，我得去勸著。」

「要是勸不住怎麼辦！」印紅哭喊著，「您就不想想大夫人，她就您一個女兒，您怎麼辦！」

柳玉茹愣了愣，片刻後，她慢慢道：「郎君以誠待我，當以死殉之。」

說著，旁邊人叫了柳玉茹：「少夫人，船好了。」

「我會回來，來人，拉著她！」

柳玉茹推開印紅，揹著包裹，帶著帷帽，便從船上攀爬著麻繩梯子到了小船上。

印紅趴在船頭，哭得撕心裂肺，一時忘了稱呼，只是大喊著：「小姐！小姐！」

柳玉茹站在小船船頭，看著那遠去的大船，深呼了一口氣。她自己都不知道為什麼會做出這個選擇，然而當這個選擇做出了，她未曾後悔。

她立在船頭，朝著大船的方向跪下，深深叩首：「女兒不孝，就此拜別。」

而這時，蘇婉和江柔被驚動，她們到了甲板上來，蘇婉看著遠去的小船，顫抖著聲：「她……她回去做什麼！」

「少夫人方才說，」管事站在江柔身邊，低聲道，「大公子回去救老爺了，她拜託您護住柳夫人，她這番回去，必定拚死護住大公子平安回來。」

江柔沒說話，夜風夾雜江水輕拂而過，蘇婉軟了腿，江柔一把扶住她。

「柳夫人，」她看著揚州城，眼中含淚，神色平靜，「他們必當平安歸來。」

蘇婉用手捂著唇，她看著柳玉茹朝著她跪下，多年來軟弱不堪，卻在這一跪之間，有了人母的自覺。

她沒讓自己哭出聲來，低啞著聲，艱澀道：「您說得對……我們等著他們。」

等著他們，平安歸來。

柳玉茹下船時離岸邊還不算遠，她上了岸，便立刻去租了匹馬，直接往顧府趕去。

她方才學會騎馬，不敢太快，等到了顧府附近時，將馬藏好，從商人手中取了一盞燈，匆匆往顧家走去。

月光落到青石板路上，她走在小巷裡，驟然驚覺。

到此時此刻，竟和夢裡別無二致了！

她頓住步子，有些害怕。她怕自己走上前去，便是像夢裡一樣，看見顧九思滿身兵刃倒在面前。

然而她只是遲疑了片刻，深深吸了口氣，告訴自己不會。

因為夢已經改了，這一次，江柔已經走了，那麼顧九思也不會有事。

夢裡他讓她來救他，這一次，她便真的來救他，絕不會放棄他。

她提著燈，匆匆轉過青石巷道，便聽見不遠處人尖利的叫聲，柳玉茹心跳得極快，然而她還是告訴自己，往前，必須往前。

走在小巷裡，四處張望，此時顧府周邊已經布滿了人，王善泉和王榮站在顧府門口，而顧朗華守在門前，家丁持刀擋在前方。

「顧老爺，」王善泉笑著道，「您說的事，都是子虛烏有，終歸都是拿不出證據的事，您就別忽悠犬子，趕緊束手就擒，免得徒增麻煩。」

「你說我沒證據就沒證據？」顧朗華嗤笑，「我的證據都已經交給了某位御史大人，只要我死了，我保證，東都大獄，必有你的名字。」

聽到這話，王善泉低著頭，輕輕笑了。

柳玉茹看著王善泉的笑，心裡有些不好。若是放在以前，這樣的話大概能嚇到王善泉的，可是……若王善泉現在已經存了作亂的心思呢？

若王善泉也想趁著梁王一事自立，那東都一個御史，又能耐他何？

顧朗華似乎也想到這些，他面上看似不在意，卻仍舊有了幾分慌亂。王善泉輕咳一聲，隨後道：「顧大人，清者自清濁者自濁，您這話嚇嚇孩子就算了，在下也只是不想做得太難看，若是您敬酒不吃，只能吃罰酒了。」

顧朗華沒說話，過了許久後，他輕嘆一聲，低聲道：「說來說去，不過是為了錢，王大人，若顧家願將錢全部捐贈出來，可能抵了這罪過？」

「顧老爺玩笑了，」他溫和道，「朝廷法度，怎能用錢來收買？今日不是王某要將您如何，而是您犯了王法啊。」

「這麼說，」顧朗華閉上眼睛，「王大人是不肯放過顧家了。」

王善泉這次沒有遮掩，坦坦蕩蕩道：「正是。」

顧朗華深吸一口氣，大喝道：「列陣關門！」

說完，顧朗華便朝著房屋裡直衝而去，然而王榮的士兵卻是極快，王榮率先一個健步衝上去，領人抵住了大門，隨後兩方人馬交纏起來，就是這時候，柳玉茹見人群裡猛地衝出一個身影，一腳踹開抵著大門的人，提刀直接抵在王榮的脖子上，對著周邊大喝了一聲：「都給我退下！」

竟是顧九思來了！

他穿著一身粗布麻衣，手上提著一把鐮刀，頭上戴著箬笠，正是因著這裝扮，方在一直藏在人群中沒被發現。

王善泉看見顧九思臉色頓時變了，顧九思換了衣服在這裡，證明他是出逃後回來的，那麼……

他猛地回頭，立刻吩咐道：「立刻封鎖城池和各處碼頭！搜查顧家名下所有產業！通知淮南境內各城嚴查顧家欽犯，把通緝令全部發下去，把人給我抓回來！」

「你回來做什麼！」顧朗華看著顧九思，怒罵出聲。

顧九思的刀架在王榮脖子上，沒有回頭看顧朗華，只是道：「走。」

府裡的地道不能這麼快被發現，他得把人都攔在門外，讓顧朗華順著地道出去，然後離開。否則一旦被發現，只要在密道口點煙，那麼密道裡的人走得慢就要被薰死在裡面。

「走個屁！」顧朗華怒喝道，「你把這兔崽子給我，你走。」

「我武功高，我擋得住，再拖延誰都走不了！」

顧九思猛地回頭，提高了聲音：「一大把年紀了能不能不要任性了！」

「我可是你爹！」顧朗華猛地提聲：「哪裡有讓兒子為爹擋刀的道理！」

「顧九思，」王善泉抬手道，「你放了榮兒，我們可以好好談。」

「放我們出城。」顧九思果斷道：「要麼沒得談。」

「你們是朝廷欽犯。」王善泉嘆息，「和我講條件，也該合理一點。」

「王善泉，」顧九思冷著聲，「你不過就是要錢，如今顧家的錢我們可以都留給你，你為什麼就是不肯放我們一條生路？」

「放你們生路？」王善泉嘲諷道：「敬猴總得殺雞，不是你們總有下一個，個個和我要生路，我是活菩薩嗎？」

「錢都已經到手了……」

「我要的只是錢嗎？」王善泉怒喝：「我要的是你跪著！」

跪著。

豈止是他跪著。

是用他顧家的血，逼著整個淮南世家對他下跪，如果不是抄家滅族的鐵血手段，又怎能震懾他人？

「顧九思，」王善泉冷著聲道，「今日你跪下，我尚且可以留一條生路給你，你反抗得越厲害，我越是留你不得。你今日敢將刀架在我兒子脖子上，我便要用你顧家上下血洗來祭！」

「爹……」王榮顫抖著聲，王善泉聲音溫和：「榮兒，做人得有點志氣，別像個窩囊廢一樣，被人架著脖子和我祈求。」

「王善泉！」顧朗華怒喝，「這可是你親兒子……」

「我他娘十六個兒子！兒子算個屁！」王善泉大喝道：「給我放箭，給我上！」

話音剛落，便見士兵猛地撲了上來。

顧九思將顧朗華一推，然後死死拉上大門，大喝了一聲：「老頭子你給我走！」

顧朗華站在門口，整個人都愣了，他想打開那道門，可他清楚知道，打開了，也不過是送命而已。

顧九思提著刀，在外面瘋狂揮砍，大聲道：「你他媽不要我娘了？你給老子滾啊！」

顧朗華猛地一震。

對……還有江柔。

他們父子不能都送在這，顧九思已經保不住了，他必須回去，如果他也死了，江柔怎麼辦？

他顫抖著唇，用盡所有理智，顫抖著身子，轉過身衝進密道裡，他在密道裡狂奔，不敢回頭。

而顧九思站在門口，手裡提著一把搶來的刀，大有一夫當關，萬夫莫開的氣勢，同面前黑壓壓的士兵道：「來！給爺爺來！」

柳玉茹看著顧朗華進了門，就知道顧朗華一定是去了密道。

密道的另一個出口在顧家的另一個產業裡，王善泉已經派人去清顧家所有產業，柳玉茹不知道王善泉的人是不是會找到那邊的密道，可也顧不上那麼多了。她看著顧九思一個人被團團圍住，一路朝著王善泉廝殺過去。

王善泉看出顧九思擒賊先擒王的意圖，有了王榮的前車之鑒，他不敢鬆懈，乾脆澈底退出戰局，直接到遠處上了馬車，同自己幕僚道：「儘量活捉，捉不了就罷了。若這豎子不死，日後揚州怕是個個要來這麼一遭。」

幕僚拱手送走王善泉，而顧九思在人群裡，麻木揮砍著刀。

他一個人被許多人團團圍住，身上衣衫被血染汙，柳玉茹看著周邊打成一片，看熱鬧的鄰里都躲了起來，柳玉茹掃視四周一圈，見不遠處是一家糧油店，她趕緊趁著亂去了糧油店裡。

她用刀狠狠劈開糧油店的窗戶，此刻店裡的人都跑了，柳玉茹找了盛油的罈子，她一盆一盆端出來，然後貓著腰，藏在巷子裡，從巷子往外開始倒油。

顧九思一個人吸引了所有人的注意力，她心跳得飛快，就怕誰發現她。

然而大家全都朝著顧九思圍攻過去，沒人注意她。

柳玉茹倒完了地上的油，馬上開始將油、麵粉、衣服……什麼能燃的，都搬上了二樓。而這時候顧九思身上已經帶了刀傷，他喘息著，還堵著顧府門口，始終沒有讓人上前一步。

他手裡的刀已經砍捲了，他就搶下一把。身後是顧府的大門，他依靠著它，堅守著，不肯退讓一步。

肩上的傷口流著血，看著眼前烏壓壓的人，那一片刻，他是真真切切覺得，自個兒大概是要死在這裡了。

他喘息著，捂著傷口，而周邊的人被他殺怕了，誰都不敢上前。

終於有人在背後下令：「愣著做什麼？他一個人，你們這麼多人，還怕他不成！」

「活捉賞百兩，取其人頭賞五十兩，上去！」

得了這話，士兵大喝一聲，再次衝了上去。

顧九思低低一笑，抬眼看向前方，就是那一刻，他突然見到一個方向上，有零星火光亮起。

然後就看見不遠處的二樓，女子青衫隨風而擺，手中舉著火把，朝著人群裡猛地砸了過來！

顧九思睜大了眼，就在那一瞬間，火光沖天而起，柳玉茹站在樓上，瘋了一般從上面往下潑油！

一盆接一盆潑出去，下面人驚叫起來：「有幫手！」

「有幫手來了！」

「在二樓！」

有人發現柳玉茹，柳玉茹也顧不得多少，她閉著眼睛，用了自己所有力氣，將最後剩下的麵粉潑了出去！

她曾經在做飯時，讓麵粉不小心落入火中，一小點麵粉，卻炸開一片。

她不知道那是偶然還是必然，然而這卻成了如今唯一能夠想到的辦法。麵粉隨風飛散，她慌忙躲進屋中趴下。

當火舌將麵粉吞噬的瞬間，火勢瞬間炸開，周邊地動山搖，一切成了火海。

周邊木樓迅速燃燒，柳玉茹所處的屋子也劈里啪啦燒起來。

她匆匆趕下樓，剛下樓，就見裡面都是士兵。

柳玉茹拔出刀，雙手顫抖，惶恐地看著四周：「你們不要過來……」

然而就是這時候，有人踹門而入，顧九思衝進來，單手提刀，活生生劈出一條血路，抓住她的手，焦急道：「走！」

一片兵荒馬亂，許多人因為火勢逃散開去，剩下一些王善泉的親兵訓練有素，繼續追著他們。柳玉茹捂著口鼻，大聲道：「右邊巷子裡有馬！」

顧九思立刻抓著她，往右邊巷子衝過去。

「放箭！」後面有人大喊：「不計生死，放箭！」

話音說完，箭如雨而來，顧九思抬手用刀斬斷飛來的利箭，帶著柳玉茹翻身上馬，隨後疾馳而去。

如今城門已經鎖了，他們被困在揚州城裡，根本無法出去。

顧九思不知道顧朗華在哪裡，他迅速思索著去處，就聽柳玉茹道：「去湖邊！」

顧九思調轉馬頭，朝著湖邊奔去。後面士兵緊追不捨，柳玉茹緊緊抱著他，將頭埋在他懷裡，聞著他身上的血腥味。

「妳怎麼來了？」顧九思的語調有些僵硬。

柳玉茹抱著他，許久後，只是輕輕一句：「我放心不下你。」

「柳玉茹，」顧九思聲音裡沒帶半分情緒，「我發現妳這個女人，真是厲害得很。」

顧九思騎術了得，七拐八轉，將身後士兵落了一截，等到了湖邊，顧九思二話不說，帶著柳玉茹跳了進去。

兩人剛入湖中，就感覺箭密密麻麻落了進來，柳玉茹還沒反應過來，就被顧九思忽地抱住。

水流讓一切變得遲緩又沉悶，柳玉茹感覺顧九思拉扯著她兩人一起奮力往外游去。

兩人都憋足了氣，實在不行了，才忽地抬一下頭，換了氣繼續。

他們不敢停，一路隨著水流下去。身後是追趕聲，岸邊是獵犬聲，顧九思將腰帶一段遞給她，纏繞在她手上，另一端纏繞在自己手上，於是兩個人靠著這根腰帶，不至於在水流中失聯。

柳玉茹完全不敢想自己有沒有力氣這件事，她只知道拚命往前，追著顧九思的身影。

然而顧九思的動作越來越慢，等了一會兒後，柳玉茹看見他不再動作，澈底沉了下去！

柳玉茹用布帶將他拽起來，這才發現他臉色煞白，背後還插著一隻羽箭！

柳玉茹來不及多想，迅速用腰帶將他的腰綁上，然後拖著他繼續往前。

河水冰涼，水流湍急，她奮力往前衝著，幾次都感覺手腳快要失了力氣，可瞧見旁邊拽著的人，她都不知道自己哪兒來的勇氣，又多生出了幾分力氣，繼續往前。

她覺得這水流像是世間人的命運，所有人在裡面苦苦掙扎，終於沒了力，她突然想哭，想嚎啕大哭。她抱著身邊人冰冷的身軀，用已經無力的手勉強划動。

她的牙齒打著顫，感覺自己在水裡翻滾，而她是真的沒有力氣了。

「顧九思……」她用額頭輕輕觸碰著他的額頭，艱難道，「活下去……」

活下去，他們都要活下去。

她這一生，如野草，如螻蟻，是她自己拚命生長，奮力掙扎。總是逆著這世間給她的一切往上，如今老天爺想要她死，她也要逆流而上，絕不會這麼容易去死！

她和他在水裡順流飄著，她不肯睡過去，用最省力的方式儘量漂浮，隨水而去。

水中有石子砂礫，砸得她身上全是傷口，也不知道過了許久，她就是一直熬著，終於熬到了天明，看見遠處有河岸。

柳玉茹深吸一口氣，用收拾好的力氣，抓著顧九思游到岸邊，一上岸，她就癱到了地上。

她輕輕喘息著。

「起來。」

她和自己說，數到十，她就得起來。

她要把顧九思帶回去，好好的，完完整整帶回去。

她為自己倒數，數到一的時候，她再一次站起來，拖著顧九思，艱難地往岸上過去。

顧九思迷迷糊糊睜開眼，感覺到拖動著自己的人。

「玉……茹……」他沙啞道。

柳玉茹動作微微一頓，乾澀出聲：「你起得來嗎？」

顧九思轉頭看她，柳玉茹勉強笑著：「我沒力氣了。」

若放在以往，他是起不來的了。

帶著刀傷、劍傷，疼痛和疲乏一起湧來，可他們都深知如果不走，王家早晚要追上來。而面前的女子還沒倒下，他又怎能倒下？

於是他咬著牙關，忍著疼，艱難站起來。

他們互相攙扶著，一步一步往密林中走去。柳玉茹雙唇發白，誰都不敢說話，怕說了話，就再也走不動路。

兩人一路走到密林深處，終於找到一個隱蔽的山洞，兩人歇了進去，顧九思用草遮住洞口，坐到柳玉茹身邊。柳玉茹拿出傷藥和泡濕的紗布，替他包紮傷口。然後兩個人就著柳玉茹包裡泡開了的餅吃了兩口，終於歇下來。

柳玉茹靠著顧九思，輕輕閉上眼睛。顧九思抬起手，攬住她的肩。

他們什麼話都沒說。

既沒問你怎麼來了。

也沒問其他人如何。

他們互相依靠著對方，像是這人生裡，彼此的唯一。

柳玉茹和顧九思休息了一會兒，兩人終於恢復一些力氣，這時候顧九思的傷口疼起來，柳玉茹明確感覺到他的身體開始發熱。她有些慌亂，但很快鎮定下來。她從瓶瓶罐罐裡找了藥出來，餵顧九思服下，顧九思瞧著柳玉茹的樣子，忍不住笑了：「妳怎麼這麼聰明，還知道帶這麼多藥出來。」

這些藥都被裝在青銅瓶子裡，用木塞塞緊，防水防光，藏得嚴實。

柳玉茹想起來就來氣，瞪他一眼道：「誰同你似的，一聲不吭就知道跑，我今日要是不來，我看你怎麼辦？」

顧九思笑笑沒有說話，抬手枕在腦後，一副吊兒郎當的樣子，瞧著柳玉茹笑得滿不在意。

柳玉茹用眼神狠狠剜了他，檢查他的傷口，低聲道：「咱們先休息一下，存點力氣，然後我們去城裡找個地方落腳，你養傷，我去打聽公公的情況。找到公公養好傷後，我們一起去幽州。」

顧九思垂了眉眼，低聲道：「嗯。」

「我出去撿點柴火。」

「別走太遠。」顧九思神色溫和：「在我聽得到的地方，出了事我好過去。」

「我可求求您了，」柳玉茹忙道，「帶著傷就好好歇著吧，要是我真出了事你就好好躲著，千萬別出來送死。」

「那怎麼成？」顧九思打著趣，「小娘子為我出生入死，我自當生死相隨啊。」

「滾。」柳玉茹「啐」了一口：「若不是看在你爹娘就你一個的份上，我管你去死。」

顧九思笑出聲，眼裡全然不信，柳玉茹也不知道怎麼，憑空有了那麼幾分不好意思，趕忙起身出去。

她過去從未獨自在山野裡待過，她提著刀，心裡是有些害怕的。她怕人怕野獸，但好在現在晴空朗朗，陽光給了她勇氣，若這是夜裡，她就指不定敢不敢出來了。

她隨意撿了許多樹枝回去，回到洞裡，顧九思一看就笑了：「妳這是去撿柴的，還是撿棍子的？」

「就你話多。」柳玉茹不高興道：「有本事你去。」

「濕的樹枝燒不起來。」顧九思提醒道，「乾了的才行，那種踩著嘎嘣脆的，更容易點燃。」

柳玉茹愣了愣，低頭敲了敲懷裡抱著的樹枝，反應了一會兒才想明白。她臉紅了紅，懶得理他，又轉過身重新撿了一堆柴火過來。

她拿出柴火，打開鐵盒子，從裡面拿出火摺子，在顧九思指點下升了火。生完火後，她灰頭土臉的，顧九思就在一旁笑，指著她的臉道：「好了好了，現下真成小花貓了。」

「顧九思。」柳玉茹有些惱了：「你不氣我就不樂意是吧？」

「我隨便說句實話，怎麼就成氣妳了呢？」顧九思一臉無奈，柳玉茹拿他無法，便道：「你少說兩句話，省省力氣吧。等你好些，咱們得趕緊上路，他們肯定是順著河流搜查的，咱們沒多少時間拖延。」

顧九思點點頭，沉思道：「等妳有力氣，我們便走。」

「我是有力氣的，」柳玉茹嘆了口氣道，「是擔心你的傷。」

顧九思的傷口，箭落在肩上，她不敢拔，只能斬斷了方便活動，一條刀傷斜斜劃過整個背，一條割在手上，其他的小傷更是不計其數。

柳玉茹想了想，心裡還是不放心，便起身道：「我出去探探路，搞清楚路了，等一下回來你好直接走。你在這兒好好休養，別再浪費力氣了。」

顧九思應了一聲，沒有多話。

柳玉茹起身走到外面，順著一開始來的方向過去。

城市通常是順著水流而建，她如今必須帶著顧九思先進城，找個大夫和地方窩藏著，等顧九思好些了，再行離開。

他們如今有假的文牒，在淮南只要找到一個落腳的地方，稍稍改裝，深居簡出，藏一段時間不是難事，最關鍵的就是，這一段時間，能不能躲過搜捕。

柳玉茹思索著，小心翼翼順著河流的方向尋找著過去，走了沒多遠，便聽到了馬聲，她趕忙躲進林子蹲下身，馬聲很近，似乎只有一個人，柳玉茹有些奇怪，但沒有做聲，過了許久後，她聽見一個熟悉的聲音勒馬停住：「吁！」

柳玉茹猛地睜大了眼，瞧見河畔一個素衣公子駕馬而立，緊皺著眉頭，看著他們上岸的方向，似乎在思索著什麼。

竟是葉世安來了！

第十二章　亂世起

葉世安來做什麼？

柳玉茹完全想不到，她不敢貿然出頭，哪怕是一起長大的鄰家哥哥，此時此刻，她也不敢隨便給予信任。

她看見葉世安駕馬在周邊轉了一圈，然後走到樹林邊，他四處查探，竟不知道是怎麼找到了他們去時的路，一路追了過去。他一面追，一面還在邊上用劍另外劈砍出幾個方向的路，柳玉茹遠遠跟著，看著他的動作，有了猜想。

他或許……在幫他們遮掩痕跡？

這個想法冒出來，讓柳玉茹放鬆了幾分，然而還是不敢鬆懈，遠遠跟在葉世安身後，見他發現他們藏身的山洞後，她立刻急了，葉世安正打算揭開洞口遮掩著的荊棘，柳玉茹再也藏不住，迅速拔刀衝過去，將刀抵在葉世安身後，厲喝道：「不許動！」

山洞裡的顧九思瞬間睜眼，他翻身起來，握著刀彎了腰，打探著外面的情況。

葉世安被刀抵著，也沒有慌張，他舉起手來，平靜道：「玉茹妹妹，我沒有惡意。」

「你來做什麼？」柳玉茹警惕地詢問。

葉世安淡道：「救你們。」

「你為何要救我們？」柳玉茹還是不肯放心：「此刻我們是欽犯，你不怕葉家遭受牽連嗎？」

「唇亡齒寒，今日是顧家，來日焉知不是葉家？」葉世安開口道，「顧家的事我清楚，無論是道義還是良心，我都看不下王家如此肆意妄為，顧公子畢竟與我曾是同學舊友，妳又是我世交鄰妹，我能幫自然是會幫的。」

柳玉茹聽著，其實她已經信了，葉世安的為人她是知曉的，可如今顧九思重傷，她又只是一個弱女子，這刀若撤了，誰都拿葉世安沒有辦法。葉世安嘆了口氣：「玉茹妹妹，我若真想對你們怎麼樣，直接帶著王家的人過來就是了，單獨來找你們，又能有什麼好處？」

「玉茹，」顧九思的聲音從裡面傳了出來，「放下刀吧。」

聽了顧九思的話，柳玉茹終於找到支持者，她放下刀來，嘆了口氣道：「抱歉了，葉哥哥，今時不同往日，我得警惕些。」

「這是好事。」

葉世安不以為意，他點點頭，走上前，撥開了門口的荊棘，看見躺在裡面的顧九思。顧九思的刀放在手邊，他瞧著葉世安，嘴角帶著笑：「這種情況下還能見到你，我真是沒想到啊。」

葉世安打量他一眼，直接同柳玉茹道：「玉茹妹妹，妳將我的馬牽過來吧，等會兒我們一起把他抬上去，前方兩里就是大道，我的小廝帶著馬車候在那裡，你們先上馬，我牽著馬帶你們過去。」

「好。」

柳玉茹趕緊去牽馬，顧九思聽他的話，有些不高興道：「我自個兒站得起來，又不是死了，哪裡要你們抬？」

葉世安沒理會他，伸手就要去扶他，顧九思瞧著葉世安的手，冷笑一聲，拿著刀撐著自己站了起來，葉世安面無表情，淡道：「英雄。」

說完，葉世安轉了身，顧九思自己撐著自己上去，葉世安瞧著他，似笑非笑：「英雄請上馬。」

一聽這話，柳玉茹心裡發緊，顧九思現在的傷，哪裡能自己上去，她趕緊道：「我扶你……」

「不用。」顧九思本還猶豫著，一聽柳玉茹的話，自己抓了韁繩，咬牙翻身上去。

柳玉茹：「……」

不用這麼要面子，面子早就沒了，真的。

柳玉茹不好當著葉世安的面數落他，輕咳了一聲，顧九思立在馬上，朝她伸出手道：

「我拉妳。」

「不用不用。」

柳玉茹哪裡還敢讓他拉，自個兒趕緊爬了上去，她坐在顧九思背後，手裡抓著韁繩，顧九思像是被她抱在懷裡，顧九思皺了皺眉道：「妳下去，重新到我前面來。」

柳玉茹這次明白顧九思在糾結什麼，她覺得顧九思真的是無聊透了，沒理他，轉頭同葉世安道：「葉哥哥，不如我先領著九思到前面去，將他安置在馬車裡，再回來接你？」

「也行。」

葉世安點了點頭。不好放柳玉茹一個女子在林子裡，也不能放顧九思一個傷患在林子裡，最妥當的就是葉世安自個兒慢慢走，柳玉茹出去了，再讓家僕回來接他。

柳玉茹同葉世安道了聲抱歉，便駕馬領著顧九思往林子外出去，顧九思的臉色不太好看，等看不見葉世安了，他才小聲道：「妳當著他的面這麼抱著我，成什麼體統？」

「喲，」柳玉茹忍不住笑了，「你也會講體統啊？」

顧九思被她嘲諷得有些不好意思，他過往那架勢，的確是不把任何體統放眼裡的。於是他換了個話題又道：「你們說話怎麼這麼肉麻？他叫妳都不叫名字的，柳玉茹就柳玉茹，一定要喊成玉茹妹妹，葉世安就葉世安，一定要叫成葉哥哥，妳怎麼不叫我顧哥哥？」

「從小就是這麼叫的，」柳玉茹解釋道，「突然改，顯得生疏，多尷尬啊？」

「那有什麼尷尬的？」顧九思不滿道：「妳嫁了人，改個口又怎麼了？哦，妳這麼一口一個葉哥哥的，以後讓外面人聽見了，我的臉往哪兒放？」

柳玉茹聽著，有些無奈了，她覺得顧九思胡攪蠻纏，但她不想同他理論這些，便道：「好好好，那以後我不叫行不行？」

「他也不能叫。」顧九思道，「他得叫妳顧少夫人！」

「顧九思，」柳玉茹哭笑不得，「你怎麼總管這些莫名其妙的事啊？不就是這麼兩個稱呼，你糾結半天做什麼？」

「這哪裡是兩個稱呼的問題？」顧九思理直氣壯，「這是我的顏面！」

「行行行，」柳玉茹無奈了，她嘆了口氣道，「我知曉了，你別嘀咕這事了，我頭都被你說痛了。你一個大男人這麼婆婆媽媽的，不煩嗎？」

顧九思冷哼了一聲，扭過頭去，他大概也是覺得自己說得多了，再說下去不像個樣子，就不再多說了。

柳玉茹帶著顧九思行了兩里路，終於見到了葉世安說的馬車，那馬車前方掛著個牌子，寫著「葉」字。柳玉茹上前去，那侍從認出柳玉茹，同柳玉茹一起把顧九思扶上馬車，而後便聽柳玉茹的，騎馬去找葉世安了。

柳玉茹在馬車裡，檢查著顧九思的傷口，原本包紮好的傷口此刻滲著血，應當是他強行上馬的時候又裂開了。柳玉茹有些無奈：「你什麼時候才能改改你這脾氣？我和葉哥……」話沒出口，柳玉茹看見顧九思眼神迅速掃過來，趕忙改了口，「葉公子抬你上去就抬你上去，你強什麼？」

「剛才那小廝認識妳。」顧九思揚了揚下巴，柳玉茹愣了愣，有些茫然，「又怎麼了？」

「妳和葉家很熟嘛。」

顧九思酸溜溜開口，柳玉茹沒說話了，過了好久後，她慢慢道：「九思，你是不是……吃醋了啊？」

顧九思愣了愣，隨後他用嚇到的表情道：「柳玉茹，妳這個想法真的太可怕了。我不亂說話了，妳也別亂想了。」

柳玉茹抿唇笑了，抬頭點了點他的額頭，手指觸碰過去時，發現他額頭滾燙，她微微一愣，這才想起來，這人表現得生龍活虎，卻滿身帶著傷，還拖著高熱。見她不言，顧九思就知道她是想起他的病來，他放柔了聲音，溫和道：「我沒事，妳別擔心了。」

柳玉茹應了聲，抬手摸了摸他的額頭，坐到他身旁，讓他靠著自己，放低了聲音：「睡一會兒吧。」

顧九思沒說話，靠著柳玉茹，他說不出自己是什麼感覺，他覺得身邊這個女人太過不可思議。明明是那麼柔弱一個姑娘，是人家口中的大家閨秀，是提著刀都會顫抖的小女生，怎麼就能從那麼多人手下救下他，能拖著他在水裡飄這麼久，能在此刻還坐著，讓他靠在她消瘦的肩頭，給他一種，只要此人還在，便現世安穩的錯覺。

他的內心特別平靜，曾經以為自己無法抗下這麼大的風雨，可這風雨真的來了，他才發現，一切比想像裡要好上許多許多。

兩個人靜靜靠著，葉世安和小廝一起趕了過來，葉世安迅速上了馬車，讓小廝駕著馬車往最近的城池趕過去。

「你們有文牒嗎？」葉世安率先發問。

柳玉茹應了聲：「我們有兩份新的文牒。」

「那就好。」葉世安點點頭道，「等會兒你們就說是我朋友，水土不服，臨時染了病，其他一切我會出去交涉。」

說著，葉世安拿出一個包裹和一個盒子道：「你們先換了衣服，然後上妝，現下你們的通緝令已經發了出去，多改動些。」

說完，葉世安便走出馬車，馬車裡留下顧九思和她兩個人，柳玉茹有些難堪，顧九思抬手從旁邊抓了一條帶子，直接綁在眼睛上道：「妳換吧，我不會看的。」

柳玉茹沒說話，讓她在一個男子面前——哪怕他蒙著眼睛，讓她這麼換衣服，她也覺得有些難堪。

可是如今沒有這麼多時間浪費，於是她咬咬牙，終於還是開始換衣服。

顧九思聽著旁邊窸窸窣窣的聲音，不知道為什麼，自己的聽力彷彿變得格外的好，他甚至能分辨出大概是什麼重量的衣服落在地上。他感覺馬車裡有些燥熱，扭過頭去，假裝隨意道：「還沒換好啊。」

他一開口，柳玉茹就慌了，尷尬道：「嗯……」

「你們女人就是麻煩。」

他這話罵出口，柳玉茹頓時覺得尷尬少了幾分，氣性多了幾分，她將最後的腰帶繫上，嘲諷道：「我倒要看看等會兒你多快。」

說著，她抬手抓下繫在他眼睛上的帶子，將衣服扔給他道：「自個兒換吧你。」

柳玉茹說完，便轉過身去背對著他。若不是葉世安和小廝都在外面，外面也擠不下第三個人，她就出去了。顧九思嗤笑一聲，開始脫衣服道：「妳可別偷看我。」

「少不要臉。」

顧九思換得很快，沒一會兒就叫了柳玉茹：「好了。」

葉世安聽見裡面的聲音，詢問道：「那在下進來了？」

「進吧。」顧九思大大咧咧地回聲。

葉世安捲了簾子進來，這時候柳玉茹已經端端正正坐著了，顧九思帶著傷，無法坐得這麼端正，就沒了骨頭一樣靠在柳玉茹身上。

柳玉茹有些尷尬，她推了推顧九思，顧九思抬了眼皮，不滿道：「我傷著呢。」

於是柳玉茹無奈，只能朝著葉世安勉強笑著道：「他……他傷著呢。」

葉世安點點頭，完全沒有在意這個話題，只是道：「昨日我聽說顧家遭難，便趕了過去，但是也不能多做什麼，只能悄悄潛伏在暗中，後來看見二位入了湖，便順著下游一路找了過來。」

「你可見到王家的人？」柳玉茹忙道。

葉世安應聲道：「今早他們挨著一路搜查過去，不過好在昨夜一夜，這些兵都疲乏了，大多只是走個過場，沒有仔細搜查，只想著沿著河一路做做樣子。」

顧九思和柳玉茹鬆了口氣，顧九思沉默許久，終於道：「你可知我父親他……」

葉世安搖了搖頭：「未曾聽說令尊的消息。」

顧九思沒再多話，柳玉茹抬手握住他的手道：「此刻沒有消息，便是最好的消息。」

顧九思垂了眼簾，低低應了一聲。

葉世安抬眼看了二人一眼，猶豫片刻後，終於道：「雖然冒昧，可葉某還是想詢問……顧家……為何突然有此大禍？」

兩人都沒說話，許久後，柳玉茹回答：「我們與王家有仇怨，又提前得了消息，陛下想動梁王，因此我們打算離開，王家或許是知道了這消息，又或許是其他原因，昨夜就來了。」

「我們本打算今日走的。」

葉世安愣了愣，片刻後，他沉吟道：「江尚書與梁王一系牽扯頗深，陛下三月未曾臨朝，也就是說，如今陛下已經對梁王起了心思。可梁王哪裡是好相與的，他一直暗中屯兵，不過是差一個藉口而已。」

柳玉茹聽葉世安道：「所以，王家是看江尚書如今倒了，所以特地報復顧家？」

「你可以這麼認為。」顧九思冷靜道，「但是若想長遠些呢？」

顧九思抬頭看葉世安：「若是往更長遠一些，陛下想要處置梁王，梁王反叛，以梁王如今實力，以如今各藩王節度使擁兵自重之局勢，你覺得誰輸誰贏？」

葉世安不敢回答，他學過的東西，不允許他將如此大逆不道的話說出口。然而顧九思卻直言不諱：「梁王會贏。所有人會看著梁王一路攻入東都，再然後呢？」

「梁王師出無名，乃亂臣賊子，人人得而誅之。」柳玉茹說著，抬眼看向葉世安：「至此，天下大亂，再無朝廷綱紀。」

顧九思從旁邊端了水，抿了一口，他等著葉世安消化這些內容，隨後抬頭看向葉世安，平淡道：「到那時候，你覺得，王善泉想做什麼？」

葉世安如今若是再聽不明白，那就白被稱讚了那麼多年。

他此刻已經清楚了王善泉的意圖，王善泉所謀劃的，豈止是報復顧家？若是報復顧家，他怎麼會搭一個兒子進去？

他是準備自立為王，而顧家就是他的刀開刃的血，平了顧家，到時候他舉刀朝著所有人，誰又敢違逆？誰又敢反抗？

該交錢交錢，該稱臣稱臣。

而他們又能怎麼辦？

葉世安一時竟想不出其他的法子，他雙目無神，滿腦子順著顧九思的話往下想下去。

那是與之前十幾年截然不同的亂世，而這亂世之中，他一介讀書人，又能做什麼？

「那……」葉世安不自覺喃喃出聲：「葉家該怎麼辦？」

「走。」顧九思開口。

葉世安抬眼看著顧九思，有些茫然：「走？」

「不要留在揚州，」顧九思平靜道，「十三州哪裡都可以，揚州不行。」

葉世安沉默不言，他很快便明白了顧九思的意思。

縱然亂世中，十三州大家的境遇估計都差不多，畢竟打起仗來都要錢，可是能做到王善泉這步的卻不多。畢竟其他邊境的州府年年都有鹽稅，只有揚州的錢從來都交給了東都。而且這不是最慘，最慘的是，揚州空有錢糧，卻無雄兵，一旦亂起來，便是首先進攻目標。

葉世安深吸一口氣，抬頭看著對面兩人道：「我明瞭了，多謝顧兄指點。」

「指點談不上，」顧九思淡道，「不過你救我一命，我報你一恩。」

說著，一行人到了城門口，葉世安捲了車簾，下去交涉，守城的人隨意看了裡面的柳玉茹和顧九思一眼，柳玉茹在自己臉上加了痣，又變了裝，和畫像對比不出來，葉世安又給了銀子，對方沒過於檢查，便匆匆放行。

入城之後，葉世安將顧九思和柳玉茹安置在一座小院，又去請了大夫。

大夫過來，瞧見顧九思的傷，急得忙活了大半夜。

等傷口處理好後，大夫同柳玉茹道：「他接下來若是高熱一直不退，便危險了，若是高熱退了，也就沒有大事。」

柳玉茹愣了愣，許久後，她道：「若是不退會怎樣？」

大夫沉默不語，過了一會兒後，他嘆了口氣道：「準備後事吧。」

柳玉茹呆住，旁邊葉世安反應過來，忙給大夫白銀，讓小廝送了出去。

等大夫走了，葉世安才道：「玉茹妹妹，吉人自有天相，妳不必太憂心。」

柳玉茹一時聽不進葉世安說什麼，只是理智讓她強撐著自己，朝著葉世安點了點頭。她撐著要進屋去，葉世安卻道：「妳還是去休息吧，妳不比他好到哪裡去，再這麼強撐著，要出事的。」

「我沒事。」柳玉茹搖了搖頭，往裡面去道，「我還行的。」

「柳玉茹，」葉世安終於說道，「妳這個人，怎麼從小就這麼不聽勸呢？」

柳玉茹回頭看他，有些詫異葉世安會說出這麼逾矩的話來。葉世安嘆了口氣，卻是道：「我看得出來，妳性子打小就倔，要做什麼都會做到。我慣來欣賞，但是凡事要量力而行，妳這麼熬著，對妳和他都沒好處。我和我的小廝都在，等會兒我們照顧他，妳先好好睡一覺，行不行？」

柳玉茹知道葉世安說得沒錯，她掙扎了片刻，終於道：「我再看看他吧，看一眼，我就去休息。」

葉世安爭不過她，便見她捲了簾子進了屋裡。

顧九思閉著眼睛，很是疲憊，他到了安全的地方，沒了強行遮掩的動力，整個人迅速萎靡了下去。

柳玉茹坐到他身邊，他低聲道：「妳去休息吧，我沒事，別熬壞了自己。」

「我很快就好了……」他的聲音有些乾啞，「我明早就好了，然後咱們去找我爹……他一個人這麼到處亂走，我不放心……」

「好。」柳玉茹抬手拂開他額前的頭髮，溫和道，「明日你就好了，我帶你去找公公。」

顧九思沒說話，柳玉茹靜靜瞧著他，過了片刻，她還是放心不下，便去了隔壁，將棉被都抱了過來，乾脆歇在了外間。

葉世安看著她抱被子，有些發愣，片刻後，有些尷尬道：「玉茹妹妹，今夜我會照顧顧大公子。」

他也在房裡，她睡著怕是不好。

然而柳玉茹卻是搖搖頭道：「我就睡外間，無妨的。」說著，她有些無奈道：「聽不到他聲音，我睡著放心不下。」

葉世安沒有說話，片刻後，他終於還是點了點頭。

柳玉茹睡在外面，葉世安將小廝趕了出去，搬了凳子，便守在一旁。柳玉茹睡到凌晨，聽見顧九思夢囈，她驚醒睜了眼，慌慌張張進內間去，就見葉世安正在幫他換頭帕，葉世安朝著柳玉茹搖了搖頭，小聲道：「妳去睡吧，沒什麼事，他做夢了。」

柳玉茹還在剛起床時的茫然裡，瞧著床上的顧九思，聽他慌張道：「爹……爹你快走……柳玉茹……柳玉茹妳快走！快！」

柳玉茹清醒了幾分，她走過去，半蹲在床前，握住顧九思的手。

「沒事了，」她也不知道為什麼，有那麼幾分心疼，聲音帶了嘆息，寬慰道，「九思，我在，沒事了。」

葉世安靜靜看著。

他不知道怎麼，看著面前兩個人，感覺他們彷彿獨立形成了一個小世界，這世上的風雨於他們來說都無所畏懼，他手裡握著帕子，看著面前的姑娘，心裡突然有了幾分豔羨。

這是他一生從未遇到，卻十分期待的感情。

有這麼一個人，於生死相隨，不離不棄，禍福相依。

他突然生出那麼幾分遺憾，過了許久，顧九思慢慢穩定下來，他聽柳玉茹道：「葉大哥，你先去休息吧，我睡夠了，我照顧他。」

說著，她靠在床邊，握著他的手，溫和道：「我不在，他睡不安穩。」

葉世安也有些累了，見柳玉茹這樣固執，他無奈，只能自己去睡下。

柳玉茹坐在顧九思身邊，握著他的手，她這麼握著，顧九思當真就不胡亂叫嚷，安安穩穩睡了。柳玉茹也覺得睏，她便乾脆趴在床邊，小歇著陪著顧九思。

顧九思這一場高熱到第二日下午才退，他迷迷糊糊醒過來，看見柳玉茹坐在邊上，柳玉茹正在幫他擦著額頭。顧九思睜眼看著她，什麼都沒說，好久後，沙啞著聲道：「妳多久沒睡了？」

「睡了呢。」柳玉茹抬頭笑笑，她的笑容一如既往，同他道，「我和葉大哥輪流瞧著你的，我可沒這麼厲害。」

顧九思放心了些，閉上眼睛，應了一聲。柳玉茹聽出他的聲音乾啞，忙端水給他，餵了水，詢問道：「要不要吃點什麼？」

「都行。」

「那我去廚房盛點粥給你。」

「我爹有消息了嗎？」

「沒呢，」柳玉茹將杯子放在一旁，「葉大哥回揚州打聽消息了，明日回來。」

顧九思點了點頭，他有些疲憊。

柳玉茹去廚房端了粥來，將顧九思扶起來，失去了最初那股撐下去的力氣，此刻傷口發疼，哪兒哪兒都疼，顧九思動得小心翼翼，柳玉茹面色不動瞧著，餵粥給他。他靜靜看著面前的姑娘，細細打量著她的眉眼，柳玉茹察覺他的目光，有些奇怪地抬頭道：「你看什麼？」

「看看妳。」顧九思輕笑，「以往都沒認認真真瞧過妳。」

「那如今可看出一朵花來？」柳玉茹笑出聲。

顧九思答不上來，其實他也不知道自己為什麼看她，就是突然覺得，他當好好瞧瞧她，把這個人的每一個細節，這個人長什麼模樣，深深記在腦海裡。

而看著看著，他發現，這個人比記憶裡美好太多，他記得最初見她時候，覺得這姑娘長得平平無奇，畢竟他見過的美人太多，那東都宮廷裡，是這天下最美的女子彙集之處，他曾隨著舅舅在宮中看過那些繁華，揚州這清白小菜，對於他來說無論如何也入不得眼。

然而此刻瞧著，才發現他自個兒眼拙，眼前這姑娘，明明有一雙漂亮的眼，眼裡帶著秋水一般的明淨，夕陽柔軟的光似乎灑在這秋水上，又有那麼些說不出的溫柔。她的五官是生得極為精緻的，只是帶著些少女的稚嫩嬌憨，若是假以時日，骨骼張開了，必然是很好看的。

「好看的。」他沒遮掩，笑著道：「突然覺得妳長得還可以。」

然而這話絕不是讓女人開心的，柳玉茹抬頭瞪他一眼，將最後一口粥塞進他嘴裡，不滿道：「話都不會說，打小人家都說我長得好看、清秀、漂亮。」

「原來妳一直活在這樣的謊言裡？」顧九思張口就來。

柳玉茹不想理他了，將碗放回去，然後去熬了藥回來，讓他喝了藥，又幫他身上換了藥。

顧九思吃了東西，又休息了這麼久，整個人好上了許多。換藥折騰得他滿頭大汗，卻也清醒了許多。

等做完這些，柳玉茹便搬了個小桌子，坐在顧九思身邊，開始清點他們的盤纏。柳玉茹一面算著錢，一面詢問他：「大半天不說話，想什麼呢？」

「我在想，」顧九思話語裡帶了幾分憂慮，「我爹到底怎麼樣了。」

柳玉茹的手頓了頓，過了一會兒後，終於道：「無論如何，你已經盡力了。公公為人機智，不會有事的。」

顧九思應了聲。柳玉茹瞧他沒了以往的精神，她探過身子，趴在床邊，仰頭看著他：「你別操心了，咱們想想以後吧。」

「以後？」

「對啊，」柳玉茹笑咪咪道，「以後啊。咱們到了幽州，就要開始經營生意了，你說到時候我做什麼好？」

說著，柳玉茹想著道：「我養馬賣馬吧？你說到時候有錢人家還有沒有心情花錢？到了幽州，到底誰的錢好賺些？」

「賺錢賺錢，」顧九思忍不住笑了，「妳都掉錢眼裡去了。」

「你這話說的，」柳玉茹似是不高興，「錢是快樂之本啊，而且你花錢這麼多，我不多賺點，家裡怎麼夠你花。」

「那我不花了，」顧九思嘆了口氣，「妳給口飯吃就行，我好養的。」

「不賭了？」

「不賭了。」

「我信你個鬼。」

「真的不賭了。」顧九思輕笑，「有錢自然揮霍無度，無錢便兩袖清風，什麼位置，做什麼位置的事，這個道理我知道。」

見顧九思這麼認真說話，柳玉茹嘆了口氣：「我同你鬧著玩，等到了望都，你想賭錢鬥雞，只要別過分了，去玩玩終歸不是什麼大事。九思，」柳玉茹瞧著他，認認真真道，「我希望你像以前一樣，高高興興一輩子。」

顧九思沒說話，靜靜注視著她，他感覺喉頭哽咽，其實他好早就想問了，可又覺得問出來有幾分沒意思。

畢竟人已經來了，問了又做什麼呢？

可此刻聽著她的話，他還是忍不住道：「為什麼？」

「嗯？」柳玉茹有些聽不明白。

顧九思勉強笑起來：「妳回來做什麼？休書我已經給妳了，妳都在船上了，又回揚州城來，是做什麼？妳不要妳娘了？不要妳的小命了？柳玉茹，」顧九思頓了頓，卻是道，「我記著，妳向來是個會謀算的女人。」

怎麼做這麼傻的事呢？

柳玉茹聽著，過了許久後，她卻道：「那你為什麼又在出事時，先送我上船呢？」

顧九思愣了愣，柳玉茹平靜道：「出了事，按著你的脾氣，怎麼放得下你爹娘。你沒首先回揚州城去查探情況，確認你父母安危，反而是將我先送到了船上，確保我的平安，這又是為什麼呢？」

「我當時回去，也沒什麼用。」顧九思認真解釋著，「不過只是衝動犯傻，妳本就是無辜人，還是我妻子，我當確保妳的安危，這是我的責任。」

「那不就是了？」柳玉茹笑起來，「九思，我是你的妻子，盡我最大能力去救你，這也是我的責任。」

「你能為我學著理智，那我為你學著衝動一些，又有什麼呢？」

顧九思沒說話，他瞧著面前的人真誠的眼，不知道為什麼，心裡有什麼湧現出來。

「柳玉茹……」他沙啞開口，「妳太傻了。」

這世上多少人，說著要生死不離，卻大難臨頭各自飛。

而這個傻姑娘卻是背道而行，說好要各奔東西，兩自歡喜，卻又一頭扎回來，死活要陪他在這泥濘裡掙扎。

大家都以為她最會算計，卻不想這姑娘，才是真傻。

顧九思說不出是什麼感受，他只覺得，這女子青衣翻飛飄揚，於他絕望之時，手持火把的模樣，將一輩子印在他腦海裡。

他尚不明白這是什麼情緒，但他卻知道，這樣的感情下，他願意將一生給她。

「以後不要隨便寫什麼休書，」柳玉茹輕笑，「一封休書攔不住我，你若是真為我好，那你就明明白白把所有事都告訴我。我不傻，你要做什麼，我都會幫著你，我幫不了你，那就罷了。」

「我知道了……」

「顧九思，」柳玉茹瞧著他，神色認真，「你對我好，我也會對你好的。」

顧九思沒說話，他只是靜靜瞧著她，好久後，他伸出手，將她攬到懷裡，輕輕擁抱著她。

「我對妳還不夠好。」他輕聲道：「等以後，我會對妳更好。」

「以後我不賭錢，不鬧事，我什麼都聽妳的，妳想要的我都給妳，我會讓妳當誥命夫人，會讓妳平平穩穩，順順當當走完這一生。」

「我再也不任性了，我會是個好丈夫，絕不丟了妳的面子，也不讓妳失望。」

柳玉茹聽著，她輕聲笑了。

「九思，」她輕靠著他，溫和道，「你已經很好了，你沒丟我面子，也沒讓我失望。」

「你以前很好，未來只是更好而已。」

「顧九思，」柳玉茹聽著他的心跳，慢慢道，「你只要做好顧九思，我已很是歡喜。」

第十三章　少年歌

顧九思的高熱退了，最危險的時候過了，後續時間柳玉茹就給他煲著湯，而葉世安則是回揚州城，替顧九思打探消息。

顧九思的傷過了半月，才好得差不多了些。而這些時日，他們便聽路過的百姓說，梁王反了。

柳玉茹天天外出打聽消息，順便幫顧九思買藥。因著梁王謀反，物價開始飛升，糧鋪提價當天，柳玉茹便趕著去買糧食，那天人擠著人，大家瘋了一樣往裡面擠，柳玉茹個子小，被人擠得髮釵都亂了，仍沒搶進去。

她好不容易擠進去了，卻被告知已經搶完了。

她心知今日若搶不到，後面只會更加搶不到，於是到她趕緊到了第二家店鋪，拋開所有矜持，和人你推我攘，終於擠了進去，年長的婆子咒罵著她，她裝作聽不見，只是將銀子握在手裡，同前方賣糧食的小哥道：「我要十斗米，麵也行！」

「喲，夫人對不住了，」小哥笑起來道，「現在一人最多只能買一斗。」

「那就一斗！」

柳玉茹果斷開口。等拿到了米麵，當天她在城裡跑遍了所有糧商，終於搶了三斗麵回來。她回來時衣衫都被擠亂了，顧九思瞧著她的模樣，皺起眉頭道：「怎麼了？」

「無事。」柳玉茹用手梳了梳頭髮，故作輕鬆道：「沒事，今日糧商提價了，我去同他們搶糧食了。」

說著，她提起手裡的袋子，高興道：「我搶了三袋糧食，可厲害了。」

顧九思愣了愣，他嘆了口氣，卻是道：「看來梁王已是接近淮南了。」

「他不會過淮南的。」柳玉茹直接道，「他的目標是東都，從他的封地一路到東都就好了，淮南不會受難。」

「但百姓會。」顧九思語氣裡帶了幾分擔憂，「百姓受難，到時自然會有大批流民朝著沒有打仗的地方過去，淮南便是首選。」

柳玉茹沒說話，顧九思有些等不及了，便道：「我如今好了許多，明日葉世安若是再沒消息回來，我便親自去揚州城打聽消息。」

柳玉茹知道攔不住他，她嘆了口氣，點了點頭：「到時候我同你一起去。」

兩人商量好，但當天晚上，葉世安便從揚州城回來了。他帶了許多物資，葉世安看上去有些疲憊，面色不太好，他進來之後，關上大門，將東西放在桌上，同柳玉茹和顧九思道：「顧九思可好了？若是好了，趕緊上路吧。」

「我爹……」

顧九思話沒說完，葉世安便抬手止住他的聲音，他靜靜看著他，平靜道：「我去打聽過了，你走那日，顧家錢莊大火，後來抬出來一具屍體，從身上佩戴的東西以及驗屍官的結果來看……」

葉世安聲音頓了頓，終於還是道：「應當是你父親。」

聽到這話，顧九思身形微微一晃，柳玉茹一把扶住他，立刻道：「可確認了？」

「燒得不成人形。」葉世安搖搖頭，「我也只能聽轉述，不敢多說。」

「密道……」顧九思聲音乾澀：「密道出口……在錢莊……」

而那一日，王善泉讓人去搜查顧家所有產業。

所有人都說不出話，顧九思整個人都在顫抖，他死死抓著柳玉茹，努力讓自己不要哭出聲。

「那，」柳玉茹讓自己儘量鎮定下來，「屍首，如今在何處？」

「我派人去義莊打聽……已是燒了。」

顧九思的臉色變得煞白，葉世安看出他的情緒，抿了抿唇，慢慢道：「顧兄，如今不是難過的時候，梁王謀反，王善泉已經開始朝著城中各家富商下手，所有人都要按照比例捐糧捐錢，且所有當家都被扣押在王家府邸。在王家名冊上列舉的家族，出入必須通報，我也是藉著查看生意的名義出來，我父親還在揚州城中，我很快就要回去。你們要去幽州，如今就要趕快，等時局再亂一亂，你們拖得越長，就越難離開。」

「我明白。」柳玉茹深吸一口氣，沙啞道，「葉大哥，多謝你了，我們明日就走。」

「楊文昌呢？陳尋呢？」

顧九思突然開口，他似是不敢詢問，卻又不得不詢問，他看著葉世安，眼裡帶著希冀。

「顧家罹難當夜，楊陳兩家連夜出逃，陳尋家都走了，楊家只有楊文昌帶著他娘跑了出去，王善泉要求楊家將楊文昌交出來。」

「交出來……」顧九思聲音乾澀，「做什麼……」

「他們說，楊文昌與顧家牽扯太深，連夜出逃，視為逆賊。」葉世安垂下眼眸，柳玉茹憤怒道：「他們說是逆賊就是逆賊，他們眼裡還有王法嗎！」

「他們要的哪裡是王法？」葉世安苦笑，「他們是要殺雞儆猴，讓我們其他人看看出逃的下場罷了。」

「那他，」顧九思有些不敢發問，卻還是問了，「如今呢？」

葉世安沉默了，顧九思慢慢抬頭，他死死抓住柳玉茹，眼裡蓄著淚：「他如今，在何處？」

「王善泉用楊家一家要脅他，他回來了。」葉世安艱難開口：「明日午時，於菜市口行刑。」

顧九思蒼白了臉色，點著頭，只是道：「我知曉了……」

他說著，轉過身去，艱難道：「你們聊，我有點累，我去休息一會兒。」

他似乎是真的累了。

回去的時候，那個一貫意氣風發的人，卻是佝僂了背，走得格外艱難。他連上那只有兩層的庭院臺階，都踉蹌了一下，柳玉茹趕忙去扶他，他卻擺了擺手。

他背對著柳玉茹，克制著聲道：「無事……」

「我無事的……」他不知道是同自己說，還是同柳玉茹說，「我撐得住，我無事。」

他說著，撐著自己重新站起來，步入房中。

葉世安看著顧九思，又看了柳玉茹一眼，抿唇道：「玉茹，我知道這一切都不好接受，可是你們來不及想這麼多了，妳好好勸勸他，明日趕緊走。拖得越晚，變數越大。」

「你呢？」柳玉茹抬眼看他，帶了擔心。葉世安笑了笑：「王善泉如今也要用人，他派人來拉攏葉家，我又有什麼選擇？」

「亂世浮萍，擇木而棲，能活下去，已是不錯了。」

「葉哥哥……」聽到這樣的話，柳玉茹不知道為什麼，突然有些鼻酸，她感覺自己彷彿回到兒時，站在這少年面前。她啞著聲，恭恭敬敬行了一禮，沙啞道：「好好珍重。」

「我明白。」葉世安笑了笑，他瞧著柳玉茹，許久後，溫和道，「其實我以前一直以為我會娶妳，但才知道，人這輩子，大概就是命。」

柳玉茹愣了愣，葉世安退了一步，展袖躬身，認真道：「玉茹妹妹，有緣再會。」

說完，葉世安乾脆俐落轉身，出了大門，打馬而去。

柳玉茹在庭院裡站了片刻，平復了自己的心情，這才轉過身走進房裡。

房中沒有點燈，她沒有瞧見顧九思，卻聽見他的呼吸聲。藉著月色走進去，然後看見了他。

顧九思坐在床邊，蜷縮著，抱著自己，咬著牙，顫抖著身子，一句話也沒說。

他哭得不成樣子，眼淚鼻涕混雜在一起，卻沒有出半點聲音。

柳玉茹走到他身前，顧九思只是抱著自己，他似乎知道柳玉茹打算說什麼，吸了吸鼻涕，牙齒打著顫：「我沒事，妳不用說什麼，我沒事，我真的沒事……」

「我們明日就去幽州，我們不耽擱，我娘還在等我，妳也還要我送回去，我沒事，沒事……」

柳玉茹沒說話，她站在黑夜裡，靜靜注視著這個人，過了許久後，她蹲下身，張開雙臂，輕輕抱緊了他。

顧九思微微一愣，僵在她的懷裡，就聽她道：「你哭吧。」

顧九思沒說話，柳玉茹抱緊了他，低聲道：「我在這裡，我不笑話你。」

顧九思沉默了，柳玉茹就靜靜抱著他，感覺他的眼淚透過衣衫，落在她的肩頭。

「我一直叫他糟老頭子……」

「嗯。」

「我沒好好叫過他一聲爹。」

「我知道。」

「我總是覺得他不好，我覺得他打我，我覺得他不關心我，他不瞭解我。我討厭他特別多，我一直在氣他，我一直和他對著幹……」

「可我後悔了……」

顧九思哭出聲來：「我後悔了，我該對他好一點，我不該總是氣他。」

「他總想我讀書考個功名，總想著我要有出息一點，他是為我好，他就是怕有一天，有一天我落到今日這樣的田地……」

顧九思上氣不接下氣，靠在她懷裡，嚎啕出聲：「我有什麼用？我到底有什麼用？我誰都護不住，我護不住他，護不住楊文昌，我的父親，我的兄弟，我誰都護不住！」

「我自命不凡，我自以為舉世皆醉我獨醒，現在風雨來了，現在，不過區區一個王善泉！」顧九思喘息著，大罵著，怒喝著，「區區一個節度使，就能置王法於不顧，欺我辱我害我至此，讓我顛沛流離舉家逃亡，讓我喪父喪友，讓我狼狽至此。」

顧九思痛苦閉上眼睛，倒在柳玉茹懷裡，柳玉茹沒有說話，她只是死死抱著他，將頭靠在他頸間，聽著他撕心裂肺的哭泣聲，一言不發。

「是我害了他……」顧九思嚎啕大哭，「是我害了他……」

「不，九思，」柳玉茹說著，死死抱緊他，咬著牙，「不是你害了他。害了他的，是王善泉，是陛下，是梁王，是這亂世，這些為了自己權利不擇手段，將百姓當做螻蟻的人。」

「你沒做錯。」柳玉茹吸了吸鼻子：「錯的是他們，該受懲罰的是他們，你不能將他們的過錯攬到自己身上，懲罰自己沒有任何作用。」

顧九思聽不進去，他抱著頭，歪斜到地上，哭得不成樣子，柳玉茹吸了吸鼻子，她去扶他，啞著聲音道：「九思，你起來。」

顧九思沒動，她去拉他，他卻恍若未聞，他沉浸在自己的世界裡，抱著頭，蜷縮著，看上去懦弱又狼狽。

柳玉茹何曾見過他這番模樣？

她記憶裡的顧九思，永遠明亮驕傲，可現實打磨他，蹉跎他，試圖摧毀他。

她眼睜睜看著那如寶石一樣的少年，此刻變成了這副模樣。

柳玉茹有些酸澀，她扭過頭去，不敢看他，沙啞道：「起來。」

顧九思沒動，柳玉茹終於忍無可忍，她猛地回頭，怒喝道：「起來！」

顧九思的哭聲止住了，柳玉茹看著地上的人，叱喝道：「你現在哭有什麼用？你哭了，公公能回來？楊文昌能回來？你這樣唾棄自己，頹靡至此，就能讓一切改變？顧九思，沒有用！做不到！」

「你要往前看，」柳玉茹聲音哽咽，「你還有我，還有你娘，你得往前走，往前看。你說你後悔對不起公公，那如今呢？你若還這樣哭下去，這樣自責下去，是要等著以後，再說一聲，你後悔，後悔沒有好好對待我，對待你娘嗎？」

「你要報仇就去報，」柳玉茹蹲下身，一把抓住他的領子，逼著他直視著她含著淚明亮的眼，「你要改變什麼，你要爭取什麼，你要得到什麼，都得靠自己。顧九思，這一路有我陪著，你怕什麼？」

顧九思沒說話，他呆呆看著柳玉茹，好久後，他突然伸出手，猛地抱緊了柳玉茹。

他什麼都沒說，只是閉著眼睛，讓所有哽咽都微弱下去。

他們這樣僵持了許久，柳玉茹見顧九思情緒漸穩，便站起身來，扶著顧九思起來。

她打了水給顧九思，替他擦乾淨臉。顧九思這時候終於回神，看著她，好久後，卻是道：「我明日想回揚州。」

柳玉茹頓了頓手，許久後，低頭應了一聲。

她出去將水倒掉，回來後，終於還是道：「是去劫囚嗎？」

「不是。」顧九思轉頭看向窗外，低啞道：「去送別。」

「他是自願回來的，我能帶走他，也帶不走他全家。他選了這條路，我自然不能逼著他。」

柳玉茹沒說話，好久後，嘆息道：「他家當初不肯聽他的，是吧？」

「他家向來看不慣他。」顧九思聲音沙啞，「他應當是帶著自己母親出逃，如今安置好了他母親，然後回來了。」

「他真傻。」顧九思笑著，落下眼淚來，「太傻了。」

柳玉茹靜靜坐到他身旁，握住他的手。

那天晚上顧九思沒怎麼睡，他一直和柳玉茹說顧朗華，說楊文昌和陳尋，說他小時候。

他不知道是怎麼的，認認真真，仔仔細細，把這些人都回憶了一遍。他記得很清楚，甚至於第一次見到楊文昌時，那個小公子身上穿的衣服繡了朵菊花被他嘲笑娘氣，他都記得清楚。

第二日早上，他早早起來，兩人上了妝，戴了鬍子，幾乎看不出原貌後，顧九思穿上一身白衣，然後同柳玉茹一起去了揚州。

到了揚州城，顧九思去原來楊文昌最愛的酒樓裡買了一壇他最喜歡的笑春風，然後便同柳玉茹一起等在大牢門口。

王善泉要求全城的人出來觀刑，於是街上已經等了許多人，等到了時候，顧九思和柳玉茹看見楊文昌。

那是個陰天，清晨了，烏雲卻還籠罩在揚州城上，楊文昌穿著一身囚服，站在籠子裡，戴著枷鎖。

他的面色不太好，看上去有些憔悴，卻一如既往帶著傲氣，看見人，便笑出聲，「喲，還讓這麼多人來給我送行，看來楊某也是非同凡響的人物了。」

在場沒有任何人做聲，楊家的奴僕在人群裡低聲哭泣，楊文昌的馬車朝著菜市口遊去，可在場沒有一個人像對待囚犯一樣往他身上扔東西，所有人靜靜注視著他，像目送一個無法言說的英雄。

而楊文昌似乎不害怕，他行到半路，甚至高歌起來。

柳玉茹和顧九思一直低頭跟著，他們混在人群裡，聽著少年彷彿往日同他們策馬遊街時一樣，朗聲唱著他們熟悉的曲子。

他唱君不見黃河之水天上來；他唱五花馬，千金裘；他唱抽刀斷水水更流，舉杯澆愁愁更愁；唱怒髮衝冠憑難處，瀟瀟雨歇抬望遠。

他一路唱，周邊哭聲漸響，等他跪下等著刀落時，他已不再唱那些少年意氣的詩詞，他生平頭一次想起那些太過沉重的詩詞來。

興，百姓苦；亡，百姓苦。

周邊一圈圍滿了人，楊家人哭聲不止，王善泉坐在上方，讓縣令宣判楊文昌的罪行。

雨淅淅瀝瀝落下來，等縣令念完後楊文昌的罪行後，柳玉茹在旁邊找了一個乞兒，他提著顧九思買的笑春風，送到楊文昌面前，楊文昌看著那酒，愣了愣，片刻後，他大笑出聲，探出頭去，大口大口將酒喝下，等喝完酒後，王善泉道：「楊文昌，你可還有話說。」

「有。」

楊文昌抬起頭，看向眾人，他似乎找尋著誰，然後他的目光落在柳玉茹和顧九思身上，只是匆匆一掃，他便移開，隨後道：「我楊文昌曾以為，這世上之事，與我無關。自己不問世事，騎馬看花，便可得一世風流。可如今才知，人生在世，便如水滴，這洪流去往何方，你就得被捲著過去，誰都是在其中苦苦掙扎，誰都逃不開。」

「若再有來世，當早早入世，願得廣廈千萬間，」楊文昌聲音哽咽，「大庇天下寒士，俱歡顏。」

這話說出來，在場諸多人紅了眼眶。

而顧九思靜靜看著他，他什麼話都沒說，在一夜痛哭之後，他反而出奇的冷靜。他目送著這位從小到大的玩伴，看著他大笑出聲，然後刀起刀落，人頭滾落到地上，鮮血噴湧了一地。

從未有一刻，讓他這樣深刻的認知到什麼叫亂世。

也從未有一刻，讓他這麼真切的明白，願得廣廈千萬間，是何等迫切又真摯的願望。

他當年讀書聞得此句，只覺字落於紙上豪邁悲涼，然而如此聽著，卻是覺得，字字都帶著錐心刺骨的疼。

雨淅淅瀝瀝落下，周邊的人開始散去，楊家人哭著上來收屍，而他和柳玉茹留在暗處，一直站著。

直到周邊再也沒有了人，他看著大雨沖刷了楊文昌的血跡，走上前去，跪在地上，將手貼在他的鮮血上。

柳玉茹在旁邊替他看著，顧九思讓鮮血混著雨水浸透他的手掌。

「文昌，」他開口，「好好去吧，你的願望，我會幫你實現。」

願得廣廈千萬間，大庇天下寒士俱歡顏。

顧九思跪在地上，認認真真磕了三個頭，然後站起身，抓著柳玉茹的手，頭也不回的走了。

柳玉茹跟在他身後，顧九思很平靜，他們蒙混過城門守衛，離開了揚州城。揚州城門外，是他們買下的馬車。

因為顧家是走水運離開的，王善泉如今加強了船隻監管，必須要最新的官府文檔才能走水路。因此柳玉茹和顧九思乾脆放棄了水路的想法，改為陸路。

於是他們買了馬車，來揚州前停在了外面，讓車夫等著他們。此刻他們回來，柳玉茹上馬車清點行李，顧九思跟著一旁的車夫學著如何趕馬車。

他學得快，車夫送他們到了下一個城，他便已經學得差不多。

他們在城裡住了一夜，城裡的住宿費沒上去，但是伙食費用卻是高了許多。進屋的時候，顧九思瞧著她愁眉苦臉，便道：「怎麼了？」

「若吃飯的錢再這麼漲下去，我怕咱們到不了幽州。」

顧九思愣了愣，抿了抿唇道：「那我們其他能節省的就多節省一些吧。」

「也只能如此了。」柳玉茹嘆息一聲。

顧九思點點頭。夜裡他們睡在一起，顧九思背對著她，柳玉茹不知道他是睡了還是醒著，想了想，終究還是伸手，從背後抱住他，有些擔憂道：「你若是難過，便說出來，別這樣憋著。」

「沒事的。」顧九思輕聲道，「妳別擔心。」

「九思，」柳玉茹把頭抵在他的背上，艱澀道，「你這樣，我很害怕。」

顧九思沒說話，靜靜看著夜裡，他其實清楚知道柳玉茹在害怕擔心什麼，可他又說不出來。過了好久後，終於道：「玉茹，我並不是不想哭。我只是突然就哭不出來了。」

他看看黑夜裡，神色麻木：「人一輩子，總該長大。妳不用擔心，我大概……」

「只是長大了吧。」

柳玉茹聽著這話，忍不住抱緊了顧九思。

她多想這個人一輩子不長大，多想他們一輩子都像以前一樣，別人罵他酒囊飯袋、紈褲子弟，說他傲慢任性，目中無人，都好。

都比如今要好。

她想哭，卻哭不出來，她咬了牙關，不想驚擾他。

而顧九思感知到她的情緒，轉過身去，將人攬在懷裡，深深嘆息。

「玉茹，」他覺得有些眼酸，卻還是道，「璞玉固然真實，但被打磨出來的玉，也有它的美好。妳不用為我難過，人這輩子，總會經歷點事。我記得他們的好，我經歷過，其實就夠了。」

「其實文昌說得不錯，人如水珠，哪裡有真正的風平浪靜，獨善其身？我若不立起來，便是其他人立起來扶著我。若是如此，那還是我立起來吧。」

顧九思閉上眼睛，有些痛苦道：「這種無能為力的痛苦，我這輩子，不想再經歷第二次了。」

「我明白……」柳玉茹說：「我明白。」

那日晚上他抱著她，一直沒有放手。柳玉茹不知道是他在溫暖著她，還是將她看作一塊暖石，在暖著自己。

第二日早上，他們早早起身，顧九思駕著馬車，柳玉茹坐在車裡。他們的盤纏雖然不少，但柳玉茹不知道前面的情況，不敢多吃。而顧九思忙著趕路，於是就是柳玉茹餵他一口，他吃一口。

三日後，他們出了淮南，踏上了青州的土地。揚州和幽州望都之間，隔著青州和滄州兩個州，踏入青州之後，氣氛明顯不太對，流民到處都有，成群結隊走在路上。兩人行了一個白天，傍晚才看到第一個城池，顧九思和柳玉茹一起入城，問了店鋪的價格後，發現每一家店鋪的價格都高得離奇。柳玉茹和顧九思思索片刻後，決定一起睡在馬車裡，和店家買了幾個饅頭，顧九思同店家隨意攀談著道：「外面這麼多流民，都是打仗過來的嗎？」

「有打仗的，也有滄州來的。」

「滄州？」顧九思皺了皺眉，對方點頭道：「對啊，滄州，今年滄州大旱，又趕上了打仗，朝廷也管不了了，到處都是流民，唉。」

店家嘆了口氣，顧九思沒說話，他帶著饅頭和柳玉茹一起回了車裡，嘆息道：「後面的路怕是越來越不好走了。」

「也沒有其他法子。」柳玉茹皺著眉：「周邊沒有什麼船了，只能走下去。」

顧九思點了點頭，沒再多話。

後面幾日，越接近滄州，流民越多。

街道上經常馬車和流民混雜在一起，那些流民拚命追逐著馬車，大聲乞討。

柳玉茹和顧九思都不敢給糧食，有一個女人要得狠了，攔在馬車面前，顧九思沒有辦法，柳玉茹在裡面聽著，急了衝出去，怒道：「放手！」

對方抱著個孩子，她面上已經沒有半點人色，她滿臉祈求看著柳玉茹，沙啞著聲道：「夫人，我的孩子才兩歲，求求您，行行好吧……」

柳玉茹的手微微顫抖，她看著面前的人，幾乎想開口答應了，然而也就是在這時，前面一輛富商的馬車裡，突然扔出了饅頭。

所有人衝了上去，柳玉茹看見那些人像瘋了一般撲過去爭搶，而站在前方的富商只是個少年，他看見流民往他馬車上爬，驚恐道：「饅頭都給了你們了，你們怎的這樣貪得無厭！」

那些流民完全沒有理會他的話，柳玉茹眼睜睜看著越來越多人衝過去，掀翻了那輛馬車，而那少年被拽了下來，所有人撕扯著他的衣服，然後慢慢淹沒在流民中間。

柳玉茹痛苦地閉上眼睛。

顧九思也不忍再看。

他們都清楚，這少年就是太過天真良善，生死面前，對於大多數人，哪裡還有什麼底線可言？

這些都是餓瘋了的野獸，一旦示弱，一擁而上，哪裡還有半分活路。

柳玉茹將刀遞給顧九思，沙啞著聲道：「若還有人扒馬車，你別心慈。」

顧九思垂下眼眸，低聲道：「我明白。」

他將刀別在腰間，那女子去而復返，顧九思猛地拔出刀，叱喝道：「要命就滾開！」女子被驚到，所有人看著顧九思的刀，好久後，大家慢慢散去，讓出路來。

而柳玉茹坐在馬車裡，她深深喘息，覺得胸口發慌。

惡人哪裡是這樣容易做的？

若你本性純良，若你骨子裡就是個好人，做這一件事，便已是受著良心譴責，坐立不安。

當日晚上，柳玉茹和顧九思不敢再睡馬車裡，他們終於去了一家客棧，好在如今客棧不算貴，貴的都是糧食，夜裡柳玉茹做了噩夢，她夢見白日那個女人的孩子哇哇大哭，哭著哭著沒了氣息，她抱著孩子，眼裡流出血淚，聲嘶力竭道：「妳害死了我兒！妳害死了我兒！」

柳玉茹尖叫著驚醒，被顧九思一把抱進懷裡。

「莫怕，」顧九思緊緊抱著她，安撫道：「玉茹，我在這裡莫怕。」

柳玉茹急促喘息著，她艱難抬頭，看著顧九思，慌亂道：「我夢見那女人了……」

「她死了……她好像死了……」

「玉茹！」顧九思大喝一聲，驚醒了她，柳玉茹呆住，她看著顧九思，好半天，眼淚奔湧而出。

「對不起……」她痛哭出聲：「我不知道我怎麼了，我……對不起……」

她自己都不知道自己是在對誰說對不起，也不知道自己是在哭什麼，而顧九思卻也沒問。他只是看著她，他看著她哭，就慌亂得不行，忙抱著她，不由自主低頭親吻在她額頭上，柔聲道：「沒事，玉茹，我在，誰都傷害不了妳。我在呢。」

柳玉茹終於冷靜下來，靠著顧九思，一言不發。

許久後，她沙啞著聲道：「馬車不能要了。繼續下去，目標太大了。」

顧九思明白柳玉茹的意思。

他應了一聲。

等第二日，他們就將馬車賣了。他們沒賣銀子，換了許多糧食。顧九思甚至還換了一袋酒，掛在腰帶上，以備不時之需。

兩人賣了馬，開始跟著流民遷移。他們偽裝得和流民別無二致，一起在路邊和富商要飯，穿得破破爛爛。

滄州走了一半，他們便發現人越來越少，太陽越來越毒辣，隨處可見都是乾裂的土地。

滄州的城池已經不讓進了，他們便和流民一起，待在城門外面。夜裡很冷，他們互相靠在一起取暖，柳玉茹就和他暢想著，他們什麼時候才能走到幽州，等走到了，他們要做什麼。

柳玉茹餓了，她好久沒吃肉，於是她一直描繪著：「我想開個酒樓，當裡面的老闆，每日都去吃好吃的。」

「想吃東坡肉、糖醋里脊、麻婆豆腐……」

「其實我還喜歡辣口，想請一個蜀地的廚子……」

顧九思聽著柳玉茹念叨，他也餓，然後等大家都睡了，他悄悄從懷裡拿了一小塊餅，遞給柳玉茹。

柳玉茹拿著餅，想要分給他。不到手掌大小的餅，顧九思搖了搖頭道：「我吃過了，妳吃吧。」

柳玉茹不信：「我都沒看見你吃，怎麼就吃過了？」

顧九思笑了：「方才悄悄吃的，吃太快了，妳沒瞧見。」

柳玉茹抬手推了推他的頭：「你當我傻呢。」

說著，她將餅分成了兩半，一人一半。

兩人不敢吃太快，小口小口咬著。

城外的星星很明亮，在夜空裡，配合著夏日蟬鳴，夜風徐徐，竟有了一種莫名的安定。

柳玉茹靠著顧九思，看著天空的星星，認認真真咀嚼著嘴裡的餅道：「我已經好多年沒看星星了。」

「以前看？」

「看。」柳玉茹毫不猶豫道，「小時候我沒事，特別愛看星星。我很想知道，星星上住的是神仙，還是故去的人。我以前曾經有個弟弟。」

柳玉茹突然開口，顧九思有些意外，「嗯？」了一聲：「然後呢？」

「沒了。」柳玉茹嘆了口氣：「我娘說是意外沒的，可我總覺得是我爹的妾室做的。」

「其實我很怕這種三妻四妾的男人，」柳玉茹說著，突然想起什麼，趕忙解釋道，「我不是善妒，我只是覺得，成個親，有時候連命都可能保不住。後宅的女人，心狠起來太可怕了。」

「放心吧。」顧九思輕笑，「我不會有什麼三妻四妾的。」

「你也得能有啊。」柳玉茹下意識開口，「咱們現在一塊餅都得分著吃，再來幾個怎麼辦？」

顧九思哽了哽，他忍不住道：「雖然現在情況是惡劣了一點，但是未來會好的。」

柳玉茹抿唇輕笑，顧九思有些不高興了，他覺得柳玉茹沒把他的話放心上，於是道：「妳現在別瞧不起我，等我到了幽州，就去謀個職位，日後一定讓妳跟著我吃香喝辣，妳想吃什麼就吃什麼。」

「你心裡，我只知道吃啊？」

「還知道錢。」

柳玉茹靠著顧九思，聽他說話，就覺得高興。兩人靜默了一會兒，柳玉茹突然道：「你說，如果，我是說如果，咱們到了最後一刻，不是你死就是我死的時候，你會把最後一塊餅，或者最後一口水留給我嗎？」

顧九思愣了愣，柳玉茹嘆了口氣：「我怎麼問出這種問題來？你別介意，我……」

「我不知道。」顧九思開口，柳玉茹愣了愣，她也不知道為什麼，心裡有那麼幾分難受，但她卻是理解的。然而接著她便聽顧九思道：「我現下心裡想著的是，我不但要把最後一口水，一塊餅給妳，我還希望能將削肉給妳吃，倒血給妳喝，拚了命，也要送妳回幽州。」

「可是人心莫測。」顧九思抬眼看著前方，「誓言是很容易的，可真的到那一刻，是不是就能做到呢？」

「我不知道。」他轉頭笑了笑：「或許只有到那一刻，才會真的知道。而我不確定的事情，我這輩子都不會許諾妳。」

「我答應妳的就會做到，這一點，妳大可放心。」

——《長風渡【第一部】長風起》未完待續——

高寶書版集團
gobooks.com.tw

YE 034
長風渡【第一部】長風起（上卷）

作　　者　墨書白
責任編輯　吳培禎
封面設計　茵來登曼特
內頁排版　賴姵均
企　　劃　何嘉雯

發 行 人　朱凱蕾
出　　版　英屬維京群島商高寶國際有限公司台灣分公司
　　　　　Global Group Holdings, Ltd.
地　　址　台北市內湖區洲子街88號3樓
網　　址　gobooks.com.tw
電　　話　(02) 27992788
電　　郵　readers@gobooks.com.tw（讀者服務部）
傳　　真　出版部(02) 27990909　行銷部 (02) 27993088
郵政劃撥　19394552
戶　　名　英屬維京群島商高寶國際有限公司台灣分公司
發　　行　英屬維京群島商高寶國際有限公司台灣分公司
初　　版　2023年4月

本著作物《長風渡》，作者：墨書白，由北京晉江原創網絡科技有限公司授權出版。

國家圖書館出版品預行編目(CIP)資料

長風渡【第一部】長風起/墨書白著. -- 初版. -- 臺北市：英屬維京群島商高寶國際有限公司臺灣分公司, 2023.04
　冊；　公分. --

ISBN 978-986-506-711-3 (上卷：平裝). --
ISBN 978-986-506-712-0 (中卷：平裝). --
ISBN 978-986-506-713-7 (下卷：平裝). --
ISBN 978-986-506-714-4 (全套：平裝)

857.7　　112005354